€4,-

Günter von Lonski
Bittere Medizin

W0270689

Im Verlag CW Niemeyer sind bereits folgende Bücher des Autoren erschienen:

Das letzte Lied
Tödlicher Wind
Mord auf dem Schützenfest

Bibliografische Information der Deutschen Nationalbibliothek
Die Deutsche Nationalbibliothek verzeichnet diese Publikation in der Deutschen Nationalbibliografie; detaillierte bibliografische Daten sind im Internet abrufbar über http://dnb.ddb.de

© 2012 CW Niemeyer Buchverlage GmbH, Hameln
www.niemeyer-buch.de
Alle Rechte vorbehalten
Umschlaggestaltung: Carsten Riethmüller
Umschlagfoto und Bearbeitung: CW Niemeyer Buchverlage
Druck und Bindung: AALEXX Buchproduktion GmbH, Großburgwedel
Printed in Germany
ISBN 978-3-8271-9406-0

Günter von Lonski

Bittere Medizin

CW Niemeyer

Auch Wesemanns 3. Fall spielt natürlich wieder an allseits bekannten Orten des Weserberglands, doch bleiben die Geschehnisse reine Fiktion. Sämtliche Handlungen und Charaktere sind frei erfunden. Oder?

Über den Autor:

Günter von Lonski wurde 1943 in Duisburg-Laar geboren. Er studierte an der Hochschule der Künste in Berlin. Seit 1981 schreibt er Romane, Krimis, Jugend- und Kinderbücher, Hörspiele, Kurzgeschichten, Glossen, Satiren und Schulbuchbeiträge. 2010 erhielt er den Rolf-Wilhelms-Literaturpreis der Stadt Hameln. Günter von Lonski ist verheiratet, hat zwei Kinder und lebt in der Nähe von Hannover. Er ist außerdem Autor von bereits zwei erschienenen Weserbergland-Krimis „Das letzte Lied" und „Tödlicher Wind", in denen der akribische Journalist Hubert Wesemann ermittelt - spannend, unterhaltend, mit einem Schuss Humor und Ironie.

Mehr über Günter von Lonski und seine Aktivitäten erfahren Sie unter www.vonlonski.net

Eine gute Medizin schmeckt dem Gaumen bitter.
Chinesisches Sprichwort

EINS

„Wesemann, Sie haben doch sicher nichts Vernünftiges zu tun", bellt Baxmann durchs Telefon, „machen Sie einen Bericht vom Karnevalsumzug in Hessisch Oldendorf. Da haben Sie endlich auch mal was zu lachen."

„Eigentlich wollte ich an diesem Wochenende ..."

„Machen Sie was draus, Wesemann! Unsere Hörer sind anspruchsvoll. Also keinen Bericht mit kleinem Konfetti, eher mit ordentlichem Tschingderassabum und Helau!"

„Helau!" Wesemann sieht Karola an. Sie hat sich seinen Bademantel angezogen und kocht gerade Kaffee. „Schöne Grüße von Baxmann", sagt Wesemann, obwohl Baxmann nichts in diese Richtung gesagt hat. Doch Baxmann ist auch Karolas Chef und sie eine seiner besten Angestellten, sagt er. Wesemann ist nur ein freier Mitarbeiter des örtlichen Rundfunksenders.

„Hattest du mir nicht ein freies Wochenende versprochen?", fragt Karola.

„Sieh das nicht so pessimistisch. Kann doch lustig werden bei so einem Karnevalsumzug. Lauter nette und fröhliche Menschen. Vielleicht kannst du sogar auf dem Prinzenwagen mitfahren ... wenn ich meine Beziehungen spielen lasse!"

„Du und deine Beziehungen!", sagt Karola.

„Ich brauche das Geld. Ich habe Großes vor und es betrifft auch dich!"

„Nein", sagt Karola, aber schon nicht mehr ganz so nachdrücklich. An einem halb verregneten und halb verschneiten Sonntagnachmittag alleine vor dem Fernseher herumzuhängen, macht auch keinen allzu großen Spaß. „Aber ohne Verkleidung!“

„Wir schauen mal, ob wir auf dem Weg zufällig an zwei Pappnasen vorbeikommen.“

Die beiden Pappnasen, die Wesemann am Kiosk ersteht, sind allerdings nicht aus Pappe, sondern aus Schaumstoff. Dann die B 83 von Hameln nach Oldendorf die Weser hinunter und dann hinein ins Vergnügen. Karola fröstelt, als sie ziemlich am Rande von Oldendorf aus dem Auto steigen. Es hat heftig geschneit in der Nacht und die Temperaturen schreien nach dicken Socken und Glühwein. Bei ihrem strammen Fußmarsch die Schilfstraße hinauf wird die Umgebung jeck und jecker. Rot-weiß gekleidete Würdenträger, Kinder und Erwachsene als Biene Maja, Räuber Hotzenplotz, Schneekönigin, Elfe oder Indianer verkleidet laufen mit ihnen in die gleiche Richtung. Vier Jungs kommen ihnen entgegen, stützen sich gegenseitig, haben wohl volltrunken die Orientierung verloren. Gruppen von Gardemädchen, Zigeunerinnen, Chinesen und Hexen eilen zur Aufstellung. Endlich der Zug in seiner Entstehungsphase. Wagen für Wagen wird in eine Reihe eingewiesen, um zwei soll es losgehen und Karola meint, sie hätten noch gut eine Stunde zu Hause im Warmen sitzen können.

Die Musik bricht los. Laut, närrisch überlaut. *Das Rote Pferd* und *Der Hustende Regenwurm* werden auf die Zuschauer losgedröhnt. Der Zug setzt sich in Bewegung. Am Straßenrand wird gelacht, geschunkelt und gesungen. Wesemann sammelt eifrig Originaltöne auf seinem Handrekorder. Karola friert. Sie laufen dem Zug voraus die Mühlenbachstraße hinunter. Und dann heißt es warten am Straßenrand. Und nochmals warten. Wesemann spendiert Karola einen lauwarmen

Glühwein, er muss noch fahren. Endlich kommt der erste Wagen, dann eine Fußgruppe mit vielen, vielen roten Marienkäfern, eine etwas schräge Musikkapelle und endlich der Prinzenwagen. Mit ihrer Lieblichkeit und seiner Tollität. Bonbons werden geworfen, kleine Schnapsflaschen an bekannte Gesichter verteilt und wer sich zu weit vorwagt, wird mit Papierstreifen aus irgendeinem Schredder überschüttet.

Ihre Lieblichkeit entdeckt den Rundfunkreporter, sie macht ihren Prinzen auf Wesemann aufmerksam. Sie winken ihm beide zu, den Prinzenwagen zu erklimmen. Karola lehnt eine Begleitung kategorisch ab. Wesemann setzt einen Fuß auf die wackelige Leiter am Wagenende. Entscheidet sich dann zugunsten eines unbeschadeten Weiterlebens und lässt das mit dem Erklimmen des Prunkwagens.

Er fängt Originaltöne auf der Straße ein, befragt lustige und weniger lustige Mitläufer nach ihrem Alkoholstand und ihrer allgemeinen Verbindung zum Festtrubel. Vom Festwagen klingt ein eigens komponiertes Lied für den Oldendorfer Karneval aus den Lautsprechern und wird von dem Prinzenpaar ziemlich schräg mitgesungen. Singen kann man das bei seiner Tollität wohl nicht nennen, der Mann brummt in den unterschiedlichsten Tonlagen. Er scheint schon einiges getrunken zu haben. Dafür überfordert Ihre Lieblichkeit die Stimmbänder und lässt die roten Warndioden an Wesemanns Handrekorder aufblinken. Dann gibt es für Wesemann noch ein Kusshändchen vom Prinzenwagen, mehr für alle, ein farbenprächtiger Orden wäre ihm auch lieber gewesen. Damit hätte er Baxmann sicher imponieren können.

Wesemann sieht sich nach Karola um. Plötzlich knirscht und knackt es, Holz splittert, Menschen schreien auf und bevor sich Wesemann versieht, liegt er schon neben ihm, Ihre Tollität persönlich. Auf dem feuchten Asphalt. Regungslos. Die Musik dudelt unbeeindruckt weiter, ein Gaffer kotzt in den erstbesten Vorgarten.

Ein unrühmlicher Abgang für seine Hoheit und noch dazu so endgültig. Wesemann will dem Prinzen den Puls fühlen. Doch da gibt es nichts mehr zu fühlen. Sein linker Arm und das rechte Bein sind merkwürdig verdreht, der Kopf liegt auf der Seite, Blut sickert aus Nase und Ohren. Die Augen sind offen und starren auf die weißen Strumpfhosen eines Gardemädchens. Das Gardemädchen sinkt ohnmächtig gegen eine Hauswand. Mehrere Zuschauer telefonieren, einige machen Fotos mit ihren Handys. Schon ist das Rote Kreuz zur Stelle. Begleitet in jedem Jahr den Zug, kümmert sich um die Volltrunkenen und die Leichtverletzten handgreiflicher Auseinandersetzungen. Der Prinz scheint sich die Zunge halb abgebissen zu haben. Wesemann schaut weg, sonst muss er sich auch noch übergeben. Vorsichtig wird der Prinz auf eine Trage gelegt und zu einem Einsatzwagen gebracht. Ein Schuh hat sich von seinem Fuß gelöst und wird von einem Nachwuchsretter eilfertig hinterhergetragen.

Wesemann sieht sich nach Karola um. Gerade hilft sie der Prinzessin von der wackeligen Leiter des Prunkwagens. Ihre Lieblichkeit eilt hinter den Sanitätern her, so schnell es ihre dicken Beine hergeben. „Bodo! Bodo!“ Auf dem Prinzenwagen sah sie hoheitsvoller aus. Die Musik bricht ab.

„Meinst du?“, fragt Karola und deutet mit dem Kopf auf den zurückgebliebenen Blutfleck auf dem Asphalt.

Wesemann nickt.

„Tot!“

„Lass uns fahren!“ Karola hängt sich bei Wesemann ein, er spürt ihr leichtes Zittern. Es beginnt zu regnen und zu schneien. Gleichzeitig. Ein völlig unangebrachter Gedanke schießt ihm durch den Kopf: Sie hätten besser ins Kino gehen sollen.

Es ist eine gedrückte Stimmung im Auto, als sie zurück nach Hameln fahren. Karola fährt, Wesemann auf dem Beifahrersitz. Er ruft in der Radioredaktion an und gibt seine Informationen zu dem Unfall durch. Baxmann ist zur Sitzung des Golfclubs. So einen Blödsinn braucht Wesemann jetzt in seinem Kopf, um sich über die quälende Stimmung hinwegzuretten.

Karola stellt das Auto ab, Wesemann will noch Kuchen besorgen und Karola geht schon mal in die Wohnung hinauf, um Kaffee zu kochen.

„Kanntest du ihn?“, fragt Karola.

Wesemann hat einen halben Mohnkranz und zwei große Stücke gedeckten Apfelkuchen mitgebracht.

„Das geht auf die Hüften“, hat Karola gesagt.

„Bei mir nicht!“, hat Wesemann geantwortet.

„Dann eben aufs Herz!“, und Karola hat sich das Stück Mohnkuchen in der Mitte durchgeschnitten. Auch nicht schlecht, hat Wesemann gedacht, hab ich noch was für morgen.

„Müsstest du eigentlich auch kennen“, sagt Wesemann und spült seinen Kuchenbissen mit einem Schluck Kaffee hinunter. „Doktor Bodo Schobinsky.“ Er trinkt noch einen Schluck, nickt anerkennend zur Qualität des Kaffees, aber Karola sieht es nicht, sie schielt auf die Fernsehzeitung.

„Schobinsky wohnte in Rinteln und hat sich in den letzten Jahren mit einigem Geld in Bad Münder breitmachen wollen. Wollte irgendwas im Kurpark bauen. Aber was genau …“

Wesemanns Handy klingelt. Er sieht Karola an. Karola verzieht die Mundwinkel, Wesemann hebt entschuldigend die Schultern und nimmt das Gespräch an. Nachdem er sich gemeldet hat, drückt er auf den Lautsprecher des Apparates.

„Wesemann, Sie waren doch sicher beim Karnevalszug in Oldendorf."

Jetzt verzieht Karola auch noch die Augenbrauen. Wesemann legt die Hand aufs Handy und flüstert: „Hauptkommissar Bertram", und Bertram fragt, mit wem er gesprochen hat.

„Nur ein kleiner Hustenanfall", sagt Wesemann.

„Mal ganz privat gefragt", meint Bertram, „waren Sie verkleidet? Vielleicht als Sherlock Holmes?" Wenn Bertram lacht, zappelt der Telefonhörer in Wesemanns Hand.

„Möchten Sie, dass ich sofort auflege?"

„Mal nicht so griesgrämig, Wesemann, war doch nur ein Scherz."

„Ihre Scherze sind …"

„Na, na, Sie wollen mich doch sicher auch weiterhin zu Ihren Freunden zählen?"

„Freunden?"

„Wir haben da diesen toten Karnevalsprinzen auf den Tisch bekommen. Waren Sie zufällig in der Nähe, als der Unfall geschah?"

„Er wäre beinah auf mich draufgefallen."

„Wesemann, das hätten Sie uns nicht antun können." Wieder dieses Lachen.

„Ihnen wäre ich auch weiterhin im Traum erschienen, das garantiere ich Ihnen!"

„Nun ja, der Arzt hat einen natürlichen Tod festgestellt. Also beim Karnevalsprinzen. Eine Verbindung von Alkohol, Diabetes, Herzschwäche und den Folgen eines Sturzes aus drei Metern Höhe aufs unnachgiebige Straßenpflaster. Damit wäre die Sache für uns erledigt. Wenn Ihnen nicht noch etwas Außergewöhnliches in diesem Zusammenhang aufgefallen ist. Aber, ich warne Sie …"

„Nein." Wesemann legt auf.

Karola ist zur Arbeit gefahren. Wesemann rasiert sich, hört die Nachrichten von *radioTOTAL* und bekommt trotzdem nichts mit. Finanzkrise, abgebrannte Scheune, ein weiteres Tiefdruckgebiet löst das augenblickliche ab. Wesemann träumt sich in andere Regionen. Mit Karola am weißen Strand liegen, das Meer rauscht, die Sonne lacht und alles ist billig, billig. „Du kaufen Tuch für schöne Frau oder Gürtel, echt Leder!" Sicher, der Prinz hatte einiges getrunken, aber war er so besoffen, dass er einfach so vom Wagen gefallen ist? Wesemann, du siehst überall Gespenster. Er muss eine Kita besuchen, um einen Bericht zu machen. Es tropft durchs Dach und die Farbe blättert von den Wänden.

Dann nimmt Baxmann den Bericht über die Mängel in der Kita doch nicht. Für den toten Schobinsky lässt er eine neue Praktikantin einen Nachruf verfassen:

Der tragische Unglücksfall überschattet die traditionsreichen Karnevalsfeiern in Hessisch Oldendorf. Karnevalsprinz Doktor Bodo Schobinsky stürzte beim Umzug am gestrigen Sonntag vom Prunkwagen. Der Arzt konnte nur noch seinen Tod feststellen. Die Karnevalisten Hessisch Oldendorfs trauern und mit ihnen alle, die den rührigen Geschäftsmann kannten. Nur der zweite Vorsitzende des ausrichtenden Karnevalsvereins Blaue Veilchen war zu einer Stellungnahme bereit: „Wir stehen alle unter Schock. Gestern haben wir noch zusammen gefeiert und heute bleibt sein Platz beim traditionellen Heringsessen unbesetzt. Auch Ihre Lieblichkeit Prinzessin Irene hat ihre Teilnahme aus tiefer Trauer abgesagt. Wir wissen noch nicht, wie es weitergehen soll."

Soweit Olivia Gabulow vom tragischen Tod des Karnevalsprinzen in Hessisch Oldendorf für radioTOTAL.

Für Wesemann hat Baxmann eine andere Idee, wäre ihm am neunten Loch eingefallen. „Wesemann, die öffentlich-rechtliche Konkurrenz schläft nicht. Wir müssen unseren Hörern etwas Neues bieten. Fantasie, Kreativität. Etwas, worüber man spricht. Ich sage nur: Features, Features, Features."

„Vielleicht etwas über Hamelns Nachtleben?"

„Was hat das mit Fantasie und Kreativität zu tun? Wesemann, Sie sollen sich etwas einfallen lassen. Etwas Neues, Unerhörtes. Natürlich nichts, was unsere Werbekunden vergrault. Wir sind zwar ein mutiger Sender, immer klar, sachlich und informativ, aber die Berichte nehme ich natürlich ab, bevor sie über den Sender gehen. Ich muss schließlich auch den Kopf hinhalten. Also ran an die Arbeit. Ich rechne auf Sie, äh, stehe natürlich auch, also, äh …"

Wesemann ist ein freier Mensch mit eigenen Entscheidungen. Er wird sich um sein Privatleben kümmern. Also erst mal kein Enthüllungsjournalismus. Am letzten Wochenende war Karola zu einem runden Geburtstag bei einer Freundin in Krefeld. In ihrer Abwesenheit hat Wesemann nach dem Lesen einer Immobilienanzeige in der Dewezet das gemeinsame Schicksal energisch in die Hand genommen und eine Wohnung angemietet. Für beide. Emmernstraße. Kernige Altstadt. Angenehme Räume und ein netter Vermieter.

Wesemann wird Karola vom Radiosender abholen und direkt mit ihr in die neue Wohnung fahren. Dort ist alles vorbereitet für seinen, nun ja, es wird Zeit, seinen Heiratsantrag. Die Räume sind besenrein und mit luftigen Schals und Resten von Gardinen aus dem Geschäft im Erdgeschoss dekoriert. In der Mitte des größten Zimmers hat Wesemann in einem Meer von Rosenblättern ein Wasserbett aufgestellt. Mit Wasser musste er es selber füllen, die Pumpe war im Preis nicht enthalten und für das wasserlose Wasserbett hatte Wesemann einen satten Rabatt ausgehandelt. Wasserbetten sind wohl nicht mehr so gefragt. Vielleicht ist so ein Wasserbett etwas direkt, aber Wesemann ist nun mal kein Schmuser und Charmeur.

In der Ritterstraße kauft er einen Strauß lachsfarbener Rosen, das wäre die neue Modefarbe, hat die Floristin gesagt. Aber vielleicht wollte sie die Rosen auch nur loswerden, einige der Blütenblätter segeln schon aufs Pflaster, als Wesemann zum Kastanienwall zurückgeht. Karola ist pünktlich. Mit einem strahlenden Lächeln fliegt sie ihm in die Arme und damit versetzt sie dem Blumenstrauß den Todesstoß. Doch Karola ist wohl gelaunt und nimmt den guten Willen für die Tat.

Sie hängt sich bei ihm ein, sie überqueren die Straße und biegen dann in die Baustraße ein. Der restliche Blumenstrauß wird in einem der Abfallkörbe beiläufig entsorgt, obwohl Wesemann bei der verkaufstüchtigen Floristin reklamieren wollte.

Von der Baustraße geht es in die Emmernstraße. Halt! Stopp! Kein Durchkommen. Das Sträßchen wird von einem quer stehenden Feuerwehrauto blockiert und die wenigen Lücken neben dem großen Wagen sind von einsatzwilligen Wehrleuten verstellt. Wesemann fragt einen der Wehrmänner nach der Ursache ihres Einsatzes, schließlich ist er auch in seiner Freizeit Journalist.

Über dem Geschäft für Inneneinrichtungen sei ein Wasserbett ausgelaufen. Das Wasser sei durch die Decke des alten Fachwerkhauses gesickert und auf Gardinen, Tischdecken und Wolldecken getropft, sogar die Kasse sei voll Wasser gelaufen.

Wesemann ist für Augenblicke wie gelähmt. Wie konnte das passieren. Das Bett war ausdrücklich als auslaufsicher angepriesen worden. Er wird hoffentlich nicht für den Wasserschaden aufkommen müssen, mal sehen, was seine Versicherung dazu sagt. Sein netter Vermieter hat ihn auch entdeckt, ist gleich auf ihn losgestürmt und nimmt mit ausfallenden Worten Abstand von dem Mietvertrag mit solch einem … Chaoten! Wie man auch so kindisch sein könnte, unter dem Bett den abgeflexten Nagelgurt einer Polizeisperre zu drapieren. Ob das vielleicht ein neuartiger Nervenkitzel sein sollte?

Sie gehen in Wesemanns Wohnung in der Deisterstraße. Wesemann ist völlig durch den Wind. Abgeflexter Nagelgurt. Schade um den originellen Heiratsantrag. Das war Sabotage! Karola schaut Wesemann immer wieder von der Seite an, in Höhe des Rattenfängerhauses bleibt sie plötzlich stehen, zieht Wesemann in ihre Arme und flüstert ihm ins Ohr: „Ja, ich will!"

Für Wesemann ein Grund, gleich im Vorübergehen in Engins Laden noch eine Flasche Schampus zu besorgen, aber dann sagt Karola: „Nur nicht sofort", und Wesemann fällt ein, dass er noch eine Flasche Rotkäppchen-Sekt im Kühlschrank hat.

Was ist schon so ein Wasserbett gegen das eigene Sofa. Da kennt sich Wesemann aus, mit jeder Sprungfeder und jedem Knitter. Man kann darauf sitzen, liegen, schlafen, dösen, sich räkeln und jetzt ist da auch noch Karola. In seinen Armen. Wesemann schwebt auf irgendeiner Wolke und Karola mit ihm. Himmelstag. Wenn da nicht dieses nervige Telefon wäre und am anderen Ende der Leitung der Chef vom Dienst. Baxmann. „Was macht unser neues Projekt?"

„In die Hose!"

„Wesemann, Sie sind immer so schnell eingeschnappt. Lassen Sie sich nicht so hängen. Ran an den Feind. Übers Internet kann man uns sogar deutschlandweit hören. Um den Deutschen Radiopreis will ich uns auch bewerben."

„Uns?"

„Wesemann, warum sagen Sie nichts?"

„Weil ich nichts zu sagen habe!" Damit ist für ihn das Gespräch beendet. Karola holt eine Flasche Rotwein. Wesemann sieht sie gar nicht, er starrt auf den dunklen Bildschirm des Fernsehgerätes.

„Was will er denn?", fragt Karola.

„Den Deutschen Radiopreis."

„Mit seinen Verkehrsmeldungen?"

„Wir machen jetzt auf Enthüllungsjournalismus."

„Ich hatte mich schon so auf unseren Abend gefreut."

„Abend?" Wesemann streckt die Hände nach Karola aus.

„Was soll das denn werden", fragt Karola, „nur Frauen sind multitaskingfähig. Du bist doch mit deinen Gedanken noch ganz bei deinen Enthüllungen."

„Stimmt", sagt Wesemann und zieht Karola an sich.

„Lass den Quatsch", sagt Karola, „wir brauchen eine neue Wohnung und die bezahlt sich nicht von Luft und Liebe."

„Man muss doch nicht immer arbeiten.“

„Hol deine Aufzeichnungen, wir machen den Bericht gemeinsam.“

„Vorher oder nachher?“

„Jetzt. Nachher kommst du doch nicht mehr hoch.“

Wesemann seufzt, erhebt sich, holt sein Aufnahmegerät aus dem kleinen Aufnahmestudio und überlegt sich einen Einstieg in den Radiobericht.

„Fang an“, sagt Karola, „schneiden können wir später.“

„Du hast viel gelernt in den letzten Wochen. Hat dir Baxmann schon meinen Job angeboten?“

„Los!“

Karola schaltet den Handrekorder ein.

Kennen Sie Hamelns Partnerstädte? Quedlinburg, Torbay, Saint-Maur-des-Fossés, Kalwaria Zebrzydowska und l'Ondit. – l'Ondit? Nie gehört? Eine idyllische Kleinstadt am Nöléberg. Romantisch gelegen zwischen Coqauvine und Maläsé. l'Ondit ist bekannt und berühmt für seine einmalige Sehenswürdigkeit: den l'Onditer Teppich. Weltkulturerbe! Liegt mitten auf dem Marktplatz und wird viel bestaunt und bewundert. Für die l'Onditer oder l'Onditenser – wie sie sich selber nennen – gibt es kein größeres Vergnügen, als den ganzen Dreck der Stadt unter diesen Teppich zu kehren und alle sehen ihnen dabei zu. Ein großes Spektakel und Vergnügen.

„Toll“, sagt Karola.

„Das ist fantastisch. Viel zu schade für Baxmanns Tingeltangelbude.“

„Hab ich mir jetzt eine kleine Belohnung verdient?“

„Eine große! – Aber erst nach Fertigstellung des Berichts.“

Gerade kommt die Oberbürgermeisterin l'Ondits aus dem Rathaus und schwingt eigenhändig den Besen, um zweihundertachtzigtausend Euro unter den Teppich zu kehren. Sie ist traurig. Den Tränen nahe. Alles war wohldurchdacht und so schön eingefädelt. Neu sollte alles werden, edel, repräsentativ. Die Sanierung ihrer Chefetage wäre im Gesamthaushalt der Stadt niemals aufgefallen, wenn die Mucker nicht die Finger gehoben hätten, um sie bei den Etatberatungen anzuschwärzen. Ade nun, Wohlfühlensemble und Motivationsaccessoires. Der Sanierungsposten für die Chefetage wurde gestrichen. Kleingeister, diesmal habt ihr gesiegt! Doch jeder Politiker kennt sich aus mit EU-Zuschüssen, Subventionen und Ausgleichszahlungen. Schnell beugt die Frau Oberbürgermeisterin das Knie und zieht einige Scheinchen wieder unter dem Teppich hervor – gerade so viel, wie die neue Farbe für die Verschönerung ihres Büros kosten wird. Und noch einen lila Fünfhunderter obendrauf für die neue Schreibtischleuchte.

Doch nichts bleibt verborgen. Ernst-August zu Klüt für radioTOTAL – undercover.

Karola lacht über seinen Ernst-August zu Klüt, und über ihre Belohnung kann sich Wesemann nicht beklagen.

Am nächsten Morgen wird gemeinsam gefrühstückt. Wesemann bringt Karola zum Sender, will sich aber selbst nicht sehen lassen. Ist unsicher, wie sein Bericht angekommen ist.

Es ist so ein schöner Tag, Frühlingssonne, ein Rotkehlchen singt und zweimal „Guten Morgen, Herr Wesemann." Er setzt sich auf eine Bank im Bürgergarten mit Rundumblick: gegenüber die ehemalige Reichs- und Landeszentralbank, dann *radioTOTAL*, Kunstkreisstudio, rechts Rathaus und Weserberglandzentrum. Ihm geht dieser Karnevalsprinz nicht aus dem Kopf. Ein Gedanke im Hintergrund will nach vorn, findet aber nicht den richtigen Einstieg.

Eine junge Frau schiebt ihr Rad durch den Bürgergarten, zieht ihre Winterjacke aus. Bisher konnte sich Wesemann immer auf seine Gehirnwindungen verlassen. Er öffnet sein Laptop, gibt in die Suchmaschine den Namen Dr. Bodo Schobinsky ein. Ergebnis: Schobinsky war ein umtriebiger Geschäftsmann, das geben die aktuellen Zeitungsartikel her. Sein neuestes Großprojekt war die Erschließung einer Mineralquelle im Kurpark von Bad Münder. Aber das Projekt muss irgendwie gehakt haben. Dazu finden sich nur Andeutungen zwischen den Zeilen und plötzlich stocken das Projekt und auch die Berichterstattung. Aus und vorbei.

Wer könnte Genaueres wissen? In Bad Münder? Dazu fällt ihm nur Gerd Ort ein. Ein pensionierter Lehrer. Wesemann ruft ihn an, Gerd Ort kann auf die Schnelle keinen Grund finden, warum er nicht mit Wesemann sprechen sollte, obwohl er mehrmals zu einer Ablehnung ansetzt.

Wesemann macht sich auf den Weg. Unterwegs hält er an einem Kiosk an, um eine Packung After Eight zu kaufen. Man bringt etwas mit, wenn man einen Besuch macht, hat ihm Karola beigebracht. Wesemann kauft zwei Packungen und legt eine ins Handschuhfach.

Gerd Ort trägt die Strickjacke seiner verstorbenen Großmutter auf, so sieht es jedenfalls aus, und der Hund, der sich mit ihm an die Tür geschleppt hat, ringt sich nicht mal ein Bellen ab, verzieht sich lieber gleich wieder in die Wohnung. Als Wesemann das Wohnzimmer betritt, wird ihm sofort der Grund klar. Diese grauweiße Promenadenmischung hat den einzigen einigermaßen bequemen Sessel belegt. Gerd Ort setzt sich in seinen Schaukelstuhl, für Wesemann bleibt nur der bandscheibenfeindliche Brettstuhl mit dem Herzchen in der Lehne. Aber After Eight annehmen und nicht einmal Danke sagen.

„Tja, dieser Dr. Schobinsky", sagt Gerd Ort, „ein echter Ossi. Mit Bärschermeysdor für Bürgermeister und Schlübber für Unterhose. Ich weiß, wovon ich spreche, hab' selbst die ganze bucklige Bagage drüben. Vor der Wende haben sie angestanden für ein Pfund Kaffee oder eine Tafel Schokolade, aber nach der Wende …"

Wesemann macht den Mund auf, um die *political correctness* wenigstens verbal wiederherzustellen, lässt es dann aber doch. Man soll seinen Informanten nie widersprechen.

„… kamen sie in einem nagelneuen BMW. Ich musste mir bei meinem Schwager einen Mercedes ausleihen, um nicht wie ein Verlierer dazustehen."

„Und Doktor Schobinsky?"

„Der hatte erst einen Opel, dann einen Alfa und aktuell fuhr er, glaube ich, einen Jaguar. Seine Frau hat einen …"

„Was ist mit der Quelle im Kurpark?" Wesemann wird allmählich ungeduldig, zumal Gerd Ort nicht mal einen Kaffee anbietet.

„Ach, so", Gerd Ort lacht, „das Kuckucksei. Darüber weiß ich eigentlich nichts. Offiziell. Aber inoffiziell …"

Wesemann steht auf.

„… mein Apotheker hängt mit drin. Setzen Sie sich mal wieder, Wesemann, es wird was Längeres." Wesemann hockt sich wieder auf den Stuhl, Gerd Ort greift hinter sich und wirft ihm ein Sitzkissen zu. „In Bad Münder treten auf engstem Raum sieben verschiedene Quellen aus unterschiedlichen Gesteinstiefen zutage." Wesemann macht den Mund auf … und wieder zu. „Vier dieser Quellen werden als Heilquellen genutzt: Sole, Eisen, Bitterwasser und Schwefel, glaube ich. Aber seit Jahren munkelt man von einer achten Quelle. Schobinsky ist auf undurchsichtige Weise an ein geologisches Gutachten genau zu diesem Thema gekommen. Die Quelle wurde von ihm unter dem Rhododendronstrauch meines Apothekers lokalisiert und schon war sein Geschäftssinn erwacht. In einer Nacht-und-Nebel-Aktion, sprich nach dem sechsten oder siebten Klaren, hat Schobinsky dem benebelten Wilhelm-Karsten den Garten abgeschwatzt. Gleich am nächsten Tag waren sie beim Notar und Wilhelm-Karsten ist jetzt den Garten los und seine Frau. Der Garten mit seinen Rhododendrenbüschen war ihr ganzer Stolz. Wo sie jetzt sind, wer weiß … Jedenfalls wollte Schobinsky ordentlich in seine Idee investieren. Eine riesige Bohrmaschine ist angerückt und hat sich in die Erde gefressen." Gerd Ort verzieht den Mund zu einem hämischen Grinsen. „Sie sind auch fündig geworden. Eine bisher unbekannte Quelle wurde angestochen und Schobinsky zählte in Gedanken schon die Taler. Doch als das Wasser an die Oberfläche kam, hatte es keine heilende, eher eine abschreckende Wirkung. Die Bauarbeiter wollten kündigen, kein Kunde hat mehr die Apotheke betreten und von den umliegenden Grundstücksbesitzern wurde Schobinsky verklagt. Die Flüssigkeit, die da an die Oberfläche sprudelte, roch so streng nach vergammeltem Fisch und brackigem Meerwasser, dass sie infolge einer einstweiligen Verfügung umgehend geschlossen werden musste." Gerd Ort beugt sich vor. „Kann ich dir etwas anbieten? Vielleicht ein Glas Mineralwasser?"

Eigenartiger Humor. Wesemann steht auf. Die Promenadenmischung schnarcht. Gerd Ort bringt Wesemann zur Tür.

Jetzt einen Kaffee. Aber zuerst will er sich die Quelle ansehen, Pflicht vor Kür!

Es kann nur die Apotheke am Kurpark sein. Von einem kleinen Stichweg aus kann er in den Garten der Apotheke sehen. Unspektakulär. Rasen, Wiese, kein Rhododendronbusch, dafür ein Edelstahlrohr, in das mit einiger Anstrengung ein dünner Mann passen könnte, darüber eine Glaskuppel. Wesemann denkt an den Mann in der Kanonenkugel. Mit imponierenden Sechskantmuttern aus Edelstahl am Einfassungsring.

Wesemann schnüffelt. Es riecht ganz leicht nach Rotbarsch und vergammeltem Tang.

Unterhalb der Terrasse ist das Gelände mit Baustelleneisen abgesteckt und mit einem rotweißen Band gesichert.

„Auf der Terrasse möchte ich an lauen Sommertagen trotzdem nicht sitzen“, murmelt Wesemann, „der Herr Apotheker wird froh sein, dass Schobinsky seine Pläne nicht weiter verfolgen kann.“

Wesemann geht weiter zur Straße und dann die drei Steinstufen zur Apotheke hinauf. Eine altmodische Türklingel schlägt an, ist aber nicht zu entdecken. Alles elektronisch heutzutage. Niemand im Verkaufsraum. Von hinten kommt ein großer, schlanker Mann mittleren Alters. Auf der Nase eine randlose Halbbrille und den dunklen Anzug mit einem aspirinweißen Kittel geschützt.

„Sind Sie der Apotheker?“, fragt Wesemann.

„Wilhelm-Karsten Abel.“ Der Mann verbeugt sich leicht.

„Mein Name ist Hubert Wesemann“, Wesemann verbeugt sich nicht. „Ich möchte Sie fragen, in welcher Beziehung Sie zu dem verstorbenen Doktor Bodo Schobinsky gestanden haben.“

„Erstaunlich, dass sich die Polizei noch nicht hat blicken lassen. Ich rechne mit allem: Verdächtigungen, Unterstellungen, Anschuldigungen. Aber Sie habe ich wirklich nicht erwartet, Herr Wesemann. Obwohl Sie doch für Ihre Schnüffeleien bekannt sind.“

Wesemann greift sich ein Salbeibonbon aus dem Probierschälchen. „Dann können wir es sicher kurz machen.“

„Können wir eben nicht. Ich bin von den Medien heruntergeputzt und lächerlich gemacht worden. Ich habe mir geschworen, nie mehr ein Wort über Doktor Schobinsky zu sagen.“

„Ich kann auch einfach senden, was mir so einfällt.“ Das ist doch immer Wesemanns größter Trumpf, um hartnäckige Verweigerer zum Sprechen zu bringen.

Eine ältere Frau kommt zur Tür herein, grüßt. „Einen Augenblick bitte", sagt Herr Abel und wendet sich in Richtung der rückwärtigen Räumlichkeiten. „Frau Stubbe … könnten Sie bitte kommen!"

Frau Stubbe kommt und Herr Abel führt seinen Besucher in einen kleinen Nebenraum. Raucherzimmer hätte man den Raum inklusive Einrichtung vor fünfzig Jahren genannt.

„Sie können sich sicher denken, dass ich auf Schobinsky nicht allzu gut zu sprechen war." Der Herr Apotheker bietet Platz auf einem abgeschabten Sofa an. Bestens geeignet für ein kleines Mittagsschläfchen zwischen eins und drei. „Er hat uns reingelegt, uns um unseren schönen Garten betrogen. Meine Frau hat es nicht ertragen, sie hat den unglücklichen Ort verlassen und mich leider auch. Der Mann war mit allen Wassern gewaschen und nur auf seinen Vorteil bedacht. – Nun ist er tot und ich habe immer noch diese grässliche Quelle im Garten."

„Wenn er so geschäftstüchtig gewesen ist, wird er die Quelle doch nicht einfach aufgegeben und das ganze investierte Geld in den Wind geschrieben haben!"

„Er hatte noch Großes mit dieser ekelhaften Quelle vor. Großes! Doch darüber weiß ich nichts, wir haben uns nur noch über unsere Anwälte unterhalten."

Wesemann gähnt leicht. Vielleicht hätte er den Kaffee doch vor dem Besuch trinken sollen.

„Wer könnte denn etwas über seine Pläne wissen?"

„Na, wer weiß denn was über geschäftliche Großprojekte?", höhnt Apotheker Abel, „die Banken natürlich. Wenn wir kleinen Geschäftsleute kommen und um einen Kredit bitten, schlagen sie uns die Tür vor der Nase zu. Aber für einen Doktor Schobinsky wurde der rote Teppich ausgerollt."

„Wissen Sie zufällig, wo der Teppich hinführte?"

„Sie sind wirklich ein origineller Mensch, Herr Wesemann. Ich habe heute Morgen schon Ihren Bericht im Radiosender gehört. l'Ondit – ts, ts, ts."

„Die Bank!"

„Ich würde an Ihrer Stelle bei der TWH-Bank in Hannover nachforschen."

Wesemann nimmt sich noch zwei Hustenbonbons aus einer ramponierten Faltschachtel und verabschiedet sich.

Der weiß noch eine Menge über Schobinsky, überlegt Wesemann, als er zurück zum Auto unterwegs ist. Wenn er auspacken würde, müsste Wesemann sicher ein paar neue Karteikästen für die Buchstaben SCH anschaffen. Oder eine neue Datei im Computer anlegen.

Bei der erstbesten Bäckerei mit einem Stehcafé hält Wesemann. Der Kaffee ist nicht schlecht und Wesemann ruft bei der Bank in Hannover an. Die Telefonzentrale verweigert die Weiterleitung. Er soll seine Telefonnummer hinterlassen, die Pressestelle würde zurückrufen. So wird das nichts, Wesemann!

Er sitzt allein zu Hause. Wie ist das denn nun wieder gekommen? Er hatte doch was Gemeinsames geplant, aber dann hat Karola irgendetwas von früh zu Bett gehen und morgen anstrengender Tag gesagt, ist gegangen und hat Wesemann auf seiner Couch mit einer Flasche Bier zurückgelassen. Er trinkt einen Schluck aus der Flasche, steht auf und geht ins Bad. Beim Händewaschen schaut er in den Spiegel. Gefällt er sich? Haare waren noch nie seine Freunde. Ob er sich ein Toupet zulegen solle? Lächerlich. Baxmann hat ein Toupet. Das ist ihm mal beim Golfspielen vom Kopf geflogen. Seine Golffreunde haben ein Schild gemalt und an einen Baum genagelt: Achtung, tief fliegender Fiffi. Hört auf den Namen Baxi. Nicht besonders origineller Witz! Aber Baxmann ist damit in die Vereinsgeschichte eingegangen.

Die Haut um die Augen wirft Falten, zu wenig Vitamine und zu viel Kaffee. Hat Karola gesagt. Er könnte sich Wasser in die Wanne laufen lassen und ein Entspannungsbad gönnen. Die Flasche mit dem Badezusatz ist leer. Außerdem hat er jetzt keine Lust aufs Baden. Er könnte in eine der vielen Gastwirtschaften in der Innenstadt gehen und etwas essen. Zu viel Aufwand und zu weit.

Er schlurft zurück zur Couch. Sollte er sich vielleicht gleich ins Bett legen? Zu früh! Er könnte anrufen. Irgendjemanden. Seinen Sohn. Das wird nichts. Zwei Männer, zwei Welten und kein gemeinsames Thema. Oder Karola?

Der Wetterbericht im Fernsehen. Kalt, aber nicht richtig kalt, Schnee, aber kein richtiger Schnee und keine Besserung in Sicht. Er fühlt die Leere in seinem Kopf. Karola. Einfach jemanden zum Reden. Das ist doch nicht zu viel verlangt. Wenn Karola nicht will … er könnte mal wieder bei Lina in Bad Pyrmont anrufen. Ein Lächeln macht sich breit, wenn er an Lina denkt. Aber das Mobilteil des Telefons liegt irgendwo in seiner Wohnung. Und mit Lina wäre auch nichts gewonnen. Er müsste bloß früher aufstehen und jeden Tag mit ihr zum Großmarkt fahren.

Als er sich endlich aufraffen kann, ins Bett zu gehen, liegt er da mit offenen Augen und ist hellwach. Dieser Karnevalsprinz. Ihre Tollität. Wohnt in Rinteln, so viel hat ihm sein Archiv nun doch verraten. Rinteln, Oldendorf – Oldendorf, Rinteln. Das konnte doch nicht gut gehen. Und dann noch einer von drüben.

Am nächsten Morgen nochmals rein ins Internet. Eingeschleppt wurde der Karneval-Virus in Hessisch Oldendorf 1966 durch die stationierten niederländischen Soldaten. Der Vereinsvorsitzende ist Torben Kirschbaum. Getränkegroßhändler. Wesemann schaut aufs Datum. Stand Februar 2004. Aber so etwas ändert sich nicht so schnell. Kirschbaum wohnt in Welsede, rechts von der B 83. Wesemann recherchiert die Adresse und fährt hin.

Der Getränkemarkt liegt da, wo Getränkemärkte gern liegen. Am Rande der Ortschaft. An der Kasse sitzt eine magere Endfünfzigerin. Die Angestellte hat seine Frau für ihn ausgesucht, geht es Wesemann durch den Kopf, oder es ist seine Frau. Er fragt nach Herrn Kirschbaum. Bevor die Magere antworten kann, tritt ein stattlicher Mann zwischen den gestapelten Getränkekästen hervor. Die Magere steckt sich eine Zigarette an und widmet sich einem Romanheftchen.

„Was kann ich für Sie tun?“, fragt Kirschbaum. Dabei stapelt er herumstehende leere Kästen zu einem neuen Turm auf.

„Sie sind doch der Vorsitzende der Blauen Veilchen Oldendorf?“

„Der bin ich. Und Sie?“

„Hubert Wesemann, *radioTOTAL*!“

„Ach, der! - Traurig, traurig ...“, sagt Kirschbaum.

Wesemann hebt eine Augenbraue.

„... dass man sein Geld mit Schleichwerbung verdienen muss. Oder ist Ihr Bericht über den Teppich in Dingens etwa nicht von Kibek bezahlt worden?“

„Hat Sie der tragische Tod des Karnevalsprinzen nicht erschüttert?“

„Natürlich, aber damit gehe ich nicht hausieren.“

„Mich würde interessieren, wie Schobinsky in dieses ehrenvolle Amt des Karnevalsprinzen berufen wurde.“

„Ganz einfach, er wurde gewählt."

„Er kam doch aus Rinteln, hatte er denn so viel Reputation in Oldendorf?"

„Sie können aber schwere Wörter." Kirschbaum lacht, und die Magere hustet.

„Oder hat er ein bisschen nachgeholfen, wie das in den Hochburgen des Karnevals doch auch nicht unüblich ist."

„Davon weiß ich nichts, ich bin nur für das leibliche Wohl der Karnevalisten zuständig. Um Kasse und Brauchtum kümmert sich Doktor Vonderheiden."

„Doktor Vonderheiden?"

„Der praktische Arzt ..."

Die Magere hustet.

„... mit Praxis in Oldendorf."

„Danke!" Wesemann verabschiedet sich mit Handschlag. Den Handschlag wird er sich merken und beim nächsten Treffen seine Hand nicht so schnell zum Zerquetschen freigeben.

„Wollen Sie nicht wenigstens eine paar Flaschen Bier mitnehmen, damit sich meine vergeudete Arbeitszeit noch ein wenig gelohnt hat?"

„Ich hab noch eine Flasche im Keller. Null Komma drei drei!"

Kirschbaum schüttelt den Kopf, Wesemann grinst beim Hinausgehen, aber seine Hand tut saumäßig weh.

Wesemann fährt nach Hessisch Oldendorf. Die Parkplätze vor Dr. Vonderheidens Praxis sind natürlich alle belegt und drinnen sieht es auch nicht besser aus.

Zwei Patienten melden sich vor ihm am Empfang an, dann steht er vor der Sprechstundenhilfe. Sie schaut nur kurz auf. „Karte, zehn Euro, waren Sie schon einmal bei uns?"

„Ich bin nicht krank."

Jetzt schaut ihn die Sprechstundenhilfe direkt an.

„Ich möchte Doktor Vonderheiden sprechen."

„Haben Sie es mal im Comedy-Club versucht?"

Neue Patienten warten bereits hinter Wesemann, lachen aus Solidarität über den Witz der Sprechstundenhilfe. Damit kommen sie auch nicht schneller voran. Alles geht der Reihe nach.

„Ich bin Journalist und mache einen Bericht über die traditionellen Wurzeln des Oldendorfer Karnevals."

„Warum haben Sie das nicht gleich gesagt!" Die Sprechstundenhilfe steht auf, überlegt kurz. „Wenn Sie bitte einen Augenblick im Lesezimmer Platz nehmen möchten."

„Lesezimmer?"

„Ja, ja, war früher das Wartezimmer, aber lesen klingt beruhigender als warten, meint der Doktor." Sie wendet sich dem Gang im hinteren Bereich der Praxis zu.

Wesemann betritt das Wartezimmer. „Guten Morgen!" Acht Patienten, darunter zwei Kinder, abgegriffene Zeitschriften und drei „Guten Morgen!"

Wesemann setzt sich auf einen der letzten freien Stühle, halb von einem Ficus überwuchert.

Zwei Frauen neben ihm haben sich in ein anregendes Gespräch vertieft. Wesemann möchte lieber den Artikel im Spiegel über den vorhergesagten Weltuntergang lesen. Kann er aber nicht, muss sich überraschen lassen. Fast zwanghaft hört er hin, worüber sich die beiden Frauen ereifern. Wesemanns Berufskrankheit oder ganz normales menschliches Verhalten?

„... der hat sich von seiner Familie getrennt, als sie schon drei Kinder hatten, vier Monate nach der Scheidung hat er wieder geheiratet. Aber treu war er trotzdem nicht. Noch zwei Frauen und drei Kinder."

Ihre Gesprächspartnerin wird ins Sprechzimmer gerufen, wenn es noch so heißt. Die allein gelassene Gesprächspartnerin wendet sich an Wesemann. Jetzt kann er seinen Artikel ganz vergessen.

„... und vor fünf Jahren hat er dann seine Vorliebe für Afrika entdeckt und sich eine Schwarze mitgebracht. Kaum konnte sie genug Deutsch, um einkaufen zu gehen, hat sie ihre Schwester nachkommen lassen. Die ist jetzt auch schwanger. Das wäre jetzt sein siebtes Kind – oder sein achtes ...? Wenn man die Kinder nebeneinanderlegt, hätte man auf jeder Straße seinen eigenen Zebrastreifen."

Wesemann wird aufgerufen. Andere Männer bekommen alles und er ... Er muss sich noch einen Augenblick gedulden, die Sprechstundenhilfe deutet auf die Stühle im langen Gang. Ob er jetzt Karola rasch anrufen soll? Aber acht Kinder ... Die Tür zum Zimmer 3 öffnet sich, eine Patientin bedankt sich im Gehen, wenig später kommt der Doktor in den Flur. Rundes Gesicht, ungesunde Gesichtsfarbe, bestimmt Raucher, aber weiße Gesundheitssandalen an den Füßen.

„Sie wollen mich sprechen?" Er geht zurück in den Raum. Wesemann hinterher. „Sie sind Journalist?"

„Ich recherchiere über das Brauchtum des Oldendorfer Karnevals."

„Tja, angefangen hat alles vor, warten Sie mal ..."

„Ich weiß", sagt Wesemann, „vor fast fünfzig Jahren mit den holländischen Soldaten."

„Ach, das wissen Sie schon?"

„Aber nicht alles."

Dr. Vonderheiden setzt sich hinter seinen Schreibtisch, Wesemann hockt sich auf die Kante des Patientenstuhls. „Ich würde gern etwas über den letzten Karnevalsprinzen erfahren."

„Der ist tot."

„Ich weiß", sagt Wesemann, und der Blick des Doktors bohrt sich in Wesemanns Pupillen.

Jetzt schnell etwas fragen, bevor der Herr Doktor blockiert.

„Hatten Sie in Oldendorf so wenig eigene Interessenten, dass Sie sich einen Prinzen von auswärts holen mussten?"

„Schobinsky!" Dr. Vonderheiden lehnt sich auf seinem Stuhl zurück. „Meine erste Wahl war er nicht. Es gab durchaus Kandidaten, die in Oldendorf fest verwurzelt sind und einen ordentlichen Karnevalsprinzen abgegeben hätten."

„Warum ist es keiner von ihnen geworden?"

Dr. Vonderheiden antwortet nicht sofort, greift nach einem Kugelschreiber und lässt die Mine mehrmals ein- und ausfahren. Training fürs Spritzenhändchen? „Ich will nichts gesagt haben, aber so eine Karnevalssession lässt sich nicht allein mit Frohsinn und Bützcher bestreiten, die kostet richtig Kohle und damit kann nicht jeder winken."

„Verstehe", sagt Wesemann.

„Aber keine Zitate von mir in Ihren Berichten!" Dr. Vonderheiden steht auf. Wesemann ebenfalls. „Geld regiert die Welt", sagt Dr. Vonderheiden, „dabei bleiben unsere Traditionen auf der Strecke. Gegen das Ich-bezahle-alles-Argument kann man wenig ausrichten. Da wird man selber schnell zum Außenseiter. Ausgelacht hat mich dieser Schobinsky, als ich mit meinem Brauchtum kam. Wenn ich nicht endlich aufhören würde, gegen ihn zu agieren, würde er mir mal etwas genauer auf die Finger schauen lassen. Ich wäre nicht der erste Kassenwart, in dessen Büchern sich Unregelmäßigkeiten finden ließen."

„Traditionen sind die Würze des Lebens!" Das ist Wesemann spontan eingefallen, Dr. Vonderheiden schenkt ihm ein beflissenes Lächeln, draußen kann sich Wesemann ein Grinsen nicht verkneifen. Er ruft Karola an. Sie macht gleich Mittagspause und hätte gegen einen gemeinsamen Kaffee nichts einzuwenden.

DREI

Sie gehen ins Museumscafé in der Hamelner Altstadt, weil es einfach so nah ist.

„Du siehst ein bisschen angestrengt aus", wird er von Karola begrüßt.

„Ich schlafe schlecht – so allein."

„Manche Ehepaare wären froh, getrennte Schlafzimmer zu haben." Karola bestellt sich einen Milchkaffee. Wesemann einen Espresso.

„Ich brauche Nähe", sagt Wesemann. Er legt seine Finger auf Karolas Hand. Sie schaut ihm in die Augen, anders als dieser Dr. Vonderheiden, und sie lächelt und grinst nicht. „Ich hätte nichts gegen eine gemeinsame Wohnung."

„Wir waren schon ganz nah dran", sagt Wesemann.

Milchkaffee und Cappuccino kommen. Wesemann hatte einen Espresso bestellt, die Bedienung entschuldigt sich, Wesemann bleibt bei dem Cappuccino.

„Mir geht die ganze Zeit nicht aus dem Kopf, wie das Stück vom Nagelgurt unter das Wasserbett kam." Wesemann lässt Zucker in seinen Cappuccino rieseln.

„Hat vielleicht ein Handwerker vergessen, der die Räume renoviert hat."

„Ich habe noch einmal mit dem Vermieter telefoniert. Drei Anläufe habe ich gebraucht, bis er nicht mehr aufgelegt hat. In die Wohnung zu kommen war wohl nicht allzu schwer, die Wohnungsschlüssel steckten in der Tür und die Tür zum Treppenhaus ist immer offen. Wer hätte auch das Wasserbett klauen sollen, und andere Gegenstände waren noch nicht in der Wohnung."

„Ist ein bisschen wenig für eine gemeinsame Zukunft." Karola rührt in ihrem Milchkaffee. Eine Frau mit einem Kinderwagen drängt sich zwischen den Tischen hindurch. Das Kind im Wagen trägt eine alberne Sonnenbrille auf der Nase. Wofür Eltern ihr Geld ausgeben, aber keine Handschuhe für das Kleine!

„Da ich den Nagelgurt nicht in die Wohnung geschafft habe, muss es jemand anderes gewesen sein. Vielleicht wollte er unseren Zusammenzug verhindern?"

„Ich kann es nicht gewesen sein, ich wusste doch von nichts", sagt Karola.

„Ich auch nicht … doch. Ich hab zufällig deinen albernen Tangopartner getroffen", sagt Wesemann. „Ich wollte ihm eins auswischen und habe ihm von unserer ersten gemeinsamen Wohnung erzählt. Wie hieß er doch gleich? Ist der nicht bei der Polizei?"

„Wer?"

„Dein Eintänzer vom Tangokurs?"

„Das ist doch alles schon so lange her. Du weißt doch, dass ich längst nicht mehr dabei bin."

„Jetzt bist du bei mir!" Wesemann lächelt Karola an. Karola lächelt zurück. „Ihr habt euch auch nie wieder getroffen?"

„Werd' nicht albern", sagt Karola. Sie trinkt ein Schlückchen von ihrem Milchkaffee, schaut wie zufällig auf die Uhr an der Wand und hat es plötzlich sehr eilig. „Ich muss los!" Sie springt auf, rafft ihre Sachen zusammen und gibt Wesemann einen flüchtigen Kuss. „Ich melde mich …"

„Und heute Abend?", ruft ihr Wesemann hinterher, doch Karola dreht sich nicht mehr um.

Jetzt schmeckt ihm sein Cappuccino auch nicht mehr. Er geht nach Hause und macht sich schick fürs

Business. Anzug, Krawatte, noch mal mit einem Tuch über die Schuhe geputzt und die Rolex übers Handgelenk gestreift. Hat ihm sein türkischer Freund Engin verkauft. Nicht vom Original zu unterscheiden und macht mächtig Eindruck.

Wesemann hat sich entschlossen, ohne Anmeldung in der TWH-Bank in Hannover aufzukreuzen.

Eine gute Dreiviertelstunde und er biegt ins Parkhaus an der Osterstraße ein. Von hier aus kann alles angelaufen werden: Oper, Varieté, Kneipen, Bars, Einkaufsstraße, Holländische Kakaostube und natürlich die Banken.

Wesemann steigt die Stufen zur schweren Eichentür hinauf. Und wie jetzt reinkommen? Rechts eine Sprech- und Schauanlage. Mal auf den Knopf drücken. Auf dem kleinen Monitor erscheint das Bild einer freundlichen Mitarbeiterin. „Bitte geben Sie Ihren persönlichen PIN-Code ein."

„Ich hab keinen."

„Bitte geben Sie Ihren …" Das Spiel wiederholt sich mehrmals, dann wird der Bildschirm für kurze Zeit schwarz und gleich darauf erscheint das Bild eines jüngeren Mannes. Die Krawatte sitzt schief, also ein echtes Bild und nicht wie vorher ein Video.

„Sie wünschen?"

„Ich würde gern mit jemandem sprechen, der für die Finanzierung der neuen Heilquelle in Bad Münder zuständig ist."

„Haben Sie sich angemeldet?"

„Würde ich dann hier draußen stehen und mich mit einem kleinen grauen Kasten unterhalten?"

Wieder verweigert der Bildschirm für eine Weile seine Tätigkeit. Dann ist der junge Mann erneut zu sehen. „Wenn Sie von der Presse sind, könnte ich Ihnen einen Termin mit der Pressestelle vermitteln."

„Ich bin Investor!“

Ein kurzes Zögern, dann: „Treten Sie bitte ein!“ Die schwere Eichentür springt automatisch auf. „Mein Name ist Constantin von Meier“, sagt der junge Mann vom Bildschirm. „Nehmen Sie doch bitte Platz“, eine einladende Geste in Richtung der ledernen Sitzgruppe, „einer unserer versierten Mitarbeiter steht Ihnen sofort zur Verfügung.“

Wesemann ist froh, dass sein Sohn Geologie studiert. Aber damit könnte er auch bald mal zu Potte kommen. Er sieht sich um. Eine Bank? Eher eine schnieke Wartehalle. Von Geld keine Spur, kein Kassierer, keine Schalter, keine Angestellten, keine Einzahlungen, keine Abhebungen, keine Sonderangebote für Tagesgeldanlagen oder Prämiensparverträge. Wesemann hat durchaus eine Vorstellung, wie hier die Bankgeschäfte abgewickelt werden. Er hat mal in der Finanzkrise eine Sendereihe über Banken und ihre Geschäftspraktiken gemacht.

Normalerweise haben solche Banken drei Hauptabteilungen, jede mit einer gesonderten Funktion und in einer abgeschirmten Etage. Abteilung Beteiligung unterstützt Großkunden bei Fusionen, Übernahmen und bei der Kapitalbeschaffung. Die Abteilung Kredite leiht Geld an Großunternehmen und die Industrie. Und dann gibt es noch die Abteilung Anlagen. Diese Abteilung bringt den Aktionären der Bank die dicken Dividenden. Sie erwirtschaftet die bestmöglichen Gewinne aus den umfangreichen Investmentfonds von Stiftungen, Firmen, Pensionskassen, Güter- und Vermögensverwaltungen und mächtigen Organisationen.

Natürlich gibt es noch einige kleinere Abteilungen wie Verwaltung, die alles schwarz auf weiß festhält und beurkunden lässt, dann die Sektion Immobilien, die kauft und verkauft, entwickelt und verpachtet – oberhalb der zehn Millionen Grenze. Und dann noch ganz hinten in einer Ecke die wenigen Büros der Abteilung Devisen, klein aber sehr effektiv. Junge Wertpapierhändler, die in Millisekunden Weltwährungen kaufen und verkaufen, Millionen mit der dritten oder vierten Dezimalstelle hinter dem Komma erwirtschaften und mit fünfunddreißig ausgesorgt haben – entweder im eigenen Weingut in Südfrankreich oder in der Ameos-Klinik an der Wilhelmstraße.

Ein Mann kommt auf Wesemann zu. Groß, extrem selbstbewusst in maßgeschneidertem Dunkelblau. Er stellt sich als Löhneisen vor, Wolfgang Löhneisen. Von ihm geht eine Welle der Geringschätzung aus, die er mit einem aufgesetzten Lächeln kaum zu überspielen versucht. Bestimmt ein Vertreter der Abteilung Kredite. Er scheint sich schon zu langweilen, bevor er Wesemann die Hand geschüttelt hat. „Sie kommen in Angelegenheit der neu erschlossenen Quelle in Bad Münder?" Er macht keine Geste in irgendeine Richtung, scheint Wesemann im Stehen abfertigen zu wollen. „Wir wurden vom tragischen Tod Doktor Schobinskys bereits informiert."

„Ich bin auch nicht gekommen, um für einen Kranz zu sammeln!" Wesemann ist sauer. „Ich hätte gern gewusst, warum sich Ihre Bank an einem Projekt beteiligt, das im wahrsten Sinne des Wortes zum Himmel stinkt."

„Sind Sie Umweltschützer?", fragt Herr Löhneisen.

Wesemann, wenn du jetzt nickst, kannst du dir in wenigen Sekunden die Bank wieder von draußen betrachten. „Ich schütze nur meine eigenen Interessen."

Das scheint die passende Antwort gewesen zu sein. Herr Löhneisen nickt. „Eine normale Mineralquelle wäre für uns einfach uninteressant gewesen. Der Kurbetrieb schwächelt. Wo sich früher Fürsten, Grafen und Industrielle tummelten, halten heute die AOK und die Barmer die Anwendungsbereiche besetzt."

„Aber Sie sind noch involviert?"

„Darüber kann ich Ihnen keine Auskunft geben."

„Es muss also noch ein zusätzliches Konzept hinter der Nutzung der Mineralquelle stecken, die eine Investition für Sie interessant gemacht hat?"

Löhneisens Handy klingelt. Löhneisen ignoriert das Klingeln. War sicher nur ein Zeichen, dass er diesem neugierigen Frager bereits genug Zeit gewidmet hat. „Lassen Sie sich eine Vollmacht ausstellen und ich gebe Ihnen Einblicke in das Projekt."

„Von wem bekomme ich diese Vollmacht?"

„Von Doktor Schobinsky!" Das Handy klingelt erneut. Löhneisen verabschiedet sich mit einem geringschätzigen Grinsen.

Wesemann ruft Karola an. Sie nimmt das Gespräch nicht an. Wesemann versucht es bei Bertram. Der Hauptkommissar ist sofort am Apparat. Wesemann erkundigt sich nach neuen Erkenntnissen im Fall Schobinsky.

„Fall ist gut", Bertram lacht, „nein, keine neuen Erkenntnisse im Fall des Falles."

Wesemann berichtet in Andeutungen von seinen Gesprächen mit dem Apotheker, dem Vorsitzenden des Karnevalsvereins und dem Banker. Im Hintergrund raschelt Papier, Bertram scheint nicht besonders interessiert zu sein. „Irgendetwas stimmt da nicht", sagt Wesemann, „der Mann hatte zu viele falsche Freunde und zu wenig Profil. Es würde mich nicht wundern …"

„Wesemann, ich habe keine Zeit für Ihre Hirngespinste. Melden Sie sich wieder mit Tatsachen."

„Tatsache ist, dass Schobinsky keineswegs so betrunken war, um freiwillig vom Wagen zu fallen."

„Verschonen Sie mich, Wesemann! Lesen Sie denn keine Zeitung? Wir stecken bis über beide Ohren in Arbeit. Ein mysteriöser Fall. Ein Mann ist vor etlichen Jahren verschwunden. Spurlos. Aber jetzt hat die Staatsanwaltschaft ein Ermittlungsverfahren wegen Verdacht des Totschlags eingeleitet. Ein Paar, das früher im Landkreis Hameln-Pyrmont gewohnt hat, wurde in Paderborn zu einer langen Haftstrafe verurteilt. Achtundvierzig Taten des Inzestes und vier Vergewaltigungen wurden dem Paar zur Last gelegt, dafür gab es neuneinhalb und sechs Jahre Haft."

„Solche Meldungen vergisst man nicht so leicht. War aber nichts drin für einen Hamelner Radiojournalisten."

„Vielleicht jetzt. Unser Vermisster aus Hameln soll Kontakt zu dem verurteilten Ehepaar gehabt haben. Eine Tochter des Ehepaars behauptet, der Vermisste sei im Haus der Eltern mehrmals gefoltert worden. Sie sollen ihn gefesselt, ein Kreuz auf die Brust gelegt und einen Schlüssel auf die Brust tätowiert haben."

„Wer macht denn so etwas?"

„Teufelsaustreiber, Wesemann. Teufelsaustreiber aus Hameln oder Umgebung. Jetzt heißt es Zeugen befragen, mögliche Tatorte finden und Leichen exhumieren. Wenn Sie zu diesem Fall etwas zu sagen hätten, wäre ich Ihnen sehr dankbar. Aber Ihr gefallener Karnevalsprinz hat nun wirklich keinerlei Charme. Es war bewiesenermaßen ein Unfall, und damit ist der Fall für uns erledigt! Guten Tag!"

Wesemann wählt Karola an. Er muss sich beruhigen. Kann er aber nicht, Karola hebt nicht ab.

Wesemann, im Augenblick hast du wirklich keinen guten Lauf, Bertram hat kein Interesse mehr am Fall

Schobinsky, Baxmann will spektakuläre Features und Karola meldet sich nicht. Macht er eben erst einmal einen Bericht über ... ach, was soll's, heute wird er sich etwas gönnen. Einen Espresso beim Italiener in der Ritterpassage. Und vielleicht ein Stückchen Tiramusu? Es bleibt dann doch beim Espresso. Wesemann streckt sich, als er die Passage verlässt. Ein durchdringendes „Töröòö", klingt vom Marktplatz her durch die Ritterstraße. Jetzt bloß kein Ralle! Wesemann eilt die Ritterstraße hinauf und verdrückt sich in ein Blumengeschäft. Das ist ein bisschen unsozial gegenüber Ralle, aber mit seinem Gebrüll bläst er ihm alle Gedanken aus dem Kopf. Und jetzt muss er sich konzentrieren. Schobinsky? Kein neuer Gedanke. Die Exorzisten von HK Bertram? Wesemann, lass die Finger von religiösen Angelegenheiten. Vielleicht gibt es doch etwas nach dem Tod und dann stehst du mit deinem atheistischen Artikel im Regen. Da ist noch dieser Tangotänzer. Hat er sich wieder an Karola herangemacht? War es vielleicht nie zu Ende?

„Ach, Sie sind das." Die Floristin begrüßt ihn mit einem Lächeln, und jetzt erkennt Wesemann sie und das Blumengeschäft. Sie hat ihm die Rosen verkauft. Die lachsfarbenen.

„Sie waren sicher zufrieden mit unserem anspruchsvollen Gebinde", jetzt strahlt sie, „sonst wären Sie wohl nicht wiedergekommen?"

Wesemann setzt eine ernste Miene auf, draußen kommt das Töröòö näher, Wesemann berichtet von dem Totalverlust der Rosenblüten schon nach wenigen Minuten.

„Das können nur die lachsfarbenen gewesen sein", sagt die Floristin, „die sind viel heikler als die anderen Farben. Die darf man nicht schütteln und sollte sie immer senkrecht nach oben tragen. Wir haben sie aus dem Sortiment genommen. Die Leute können nicht damit umgehen. Heute könnte ich Ihnen gelbe Rosen anbieten ... im Sonderangebot ..."

Dann schon lieber Ralle mit seinem Töröö̈ö.

Mit einem knappen „Wiedersehen" verlässt Wesemann den Laden. Bestimmt ist er längst von Ralle entdeckt worden und wird sehnsüchtig erwartet. Heute wird ihm Wesemann höchstens eine Flasche Bier ausgeben und keinen Wein. Doch Ralle ist in ein Gespräch mit einer russischen Folkloresängerin vertieft und winkt Wesemann nur einen Gruß zu. Wesemann hat noch keine zehn Schritte Distanz gewonnen, da keucht Ralle auch schon neben ihm. „Brauchste wieder Sensationen?"

„Hast du eine?"

„Hab' ich gelesen. Materie – schneller als Licht."

Wesemann bleibt stehen. „Und?"

„Sensation, Einstein kaputt. Überleg mal: Materie überholt Licht im Tunnel. Kräsch!"

„Verstehst du was davon?"

„Klar."

„Ich nicht, kannst du es mir erklären?"

Unbemerkt hat Ralle die Richtung zum Drogeriemarkt in der Stadtgalerie eingeschlagen. „Ganz einfach. Also zwei Läufer." Ralle trippelt auf der Stelle. „Der eine macht einen Blitzstart, der andere ist dick. Der Dicke mit neuen Schuhen. Und zack, kurz vor dem Ziel der Dicke vorbei am Blitzstart. Materie schneller als Licht! Die Sensation! Steht überall in der Zeitung. Sogar in der Dewezet. Töröö̈ö!"

Wesemann sieht Ralle an, Ralle grinst, Wesemann will ihm fünf Euro zustecken, doch Ralle hat Hausverbot im Drogeriemarkt und Wesemann muss ihm die Flasche Rotwein schon selber kaufen.

„Nächste Woche ab nach Bayern. Besuch meine Schwester. Viel Materie im Kuhstall. Aber kein Licht! Törööö!"

Wesemann will sich diesen Eintänzer vornehmen. Der liegt ihm auf der Seele. Augusto irgendwer. Polizist. Nachname unbekannt. Bertram wird ihm sicher weiterhelfen können. War schließlich Sachbeschädigung, den Nagelgurt unters Wasserbett zu schieben.

An Bertrams Telefon meldet sich eine Frau Klumke. Ist Bertram aufgestiegen? Hat er jetzt eine eigene Sekretärin. Wesemann fragt nach HK Bertram. Frau Klumke meint, er habe sich verwählt. Dabei hat Wesemann die Nummer in seinem Handy gespeichert. Er entschuldigt sich, versucht es nochmals mit der gespeicherten Nummer, HK Bertram meldet sich - im Hintergrund weibliches Gekicher.

„Haben Sie unseren Vermissten gefunden?", fragt Bertram.

„Ich bin dran", sagt Wesemann. „Zwischenzeitlich brauche ich eine weiterführende Auskunft von Ihnen."

„Die Polizei, dein Freund und Helfer." Bertram scheint einen Schnupfen zu bekommen, er spricht so nasal. Oder hält er sich die Nase zu?

„Ich suche einen Polizisten aus Ihrer Inspektion mit dem Vornamen Augusto."

„Augusto?"

Im Hintergrund wieder dieses Gekicher.

„Wüsste ich jetzt nicht spontan", sagt Bertram.

„Er soll ein leidenschaftlicher Tangotänzer sein."

„Augusto? Tangotänzer?"

Im Hintergrund Gemurmel.

„Sie meinen sicher August Hempel." Bitte Bertram, jetzt nicht wieder lachen! Doch Bertram hält sich nicht an Wesemanns Wünsche. Erst nach einiger Zeit kommt er wieder zu Atem. „August Hempel hat in der Polizeiinspektion als Hausmeister gearbeitet. Aber nicht lange, die Arbeit war ihm nicht anspruchsvoll genug, vor etwa einem Jahr hat er einen privaten Wachdienst aufgemacht. Oder war es eine Hundeschule?“

Wieder dieses hohe Gekicher im Hintergrund. Hoffentlich ist die Klumke nicht Bertrams neue Kollegin. Wesemann legt auf. Sein Blick fällt auf ein Fenster mit Spirituosen. Harte Schnäpse, weiche Liköre und mittendrin eine braune Riesenflasche Hexenfeuer. Mit dem Inhalt könnte man sicher eine ganze Kompanie Soldaten außer Gefecht setzen.

Wesemann will nach Hause. Bei Engin unten im Laden irgendetwas Leckeres kaufen und sich einen gemütlichen Nachmittag machen. Und vielleicht auf die Schnelle mit Engin einen Tee oder einen Kahve trinken. Kahve heißt Kaffee auf Türkisch, hat Engin gesagt, den türkischen Namen für Tee hat er vergessen. Hexenfeuer! Beinah wäre ihm ein Taxi über die Füße gefahren, man sollte den Ostertorwall besser an einer Ampel überqueren. Wesemann findet, dass es in seinem Leben schon viel zu viele Ampeln gibt. Unfall, Krankenhaus, Karola an seinem Bett. Wenn sie nicht gerade mit diesem Eintänzer … Hexenfeuer, Exorzismus. Da hat er doch was in seinem Archiv. Engin muss warten.

Richtig! Haddessen, zwischen Unsen und Höfingen. Eintrag in seinem Archiv unter H. Gerti Handtke. Hatte einen ordentlichen Beruf, über zwanzig Jahre bei einer Bausparkasse gearbeitet. Dann ihre wahre Berufung entdeckt. Zweites Gesicht. Handauflegen, Besprechen, Kräuter. Warzen, Kinderlosigkeit, Geldsorgen. Zusätzliche Bemerkung: steht auf Spenden.

Wesemann steckt sich vorsichtshalber einen zusätzlichen Zehner ein und macht sich auf den Weg durch den Wald.

Vor dem roten Backsteinhäuschen steht ein schwarzer Skoda-Kombi. Ein kleiner Rosenstock neben der Haustür mit einer einzigen verwelkten Blüte. Frau Handtke öffnet. Langes Kleid mit Blumenmuster, Zigarette in der rechten Hand, leichter Oberlippenbart, aber schmale giftgrüne Pantöffelchen mit rosa Puscheln an den Füßen und Fliegen auf der Klebefalle am Fenster. Wohl noch vom letzten Jahr. Es riecht nach aufgewärmtem Braten und Kamillenblüten.

Ihr Blick gleitet über sein Gesicht, dann hinab bis zu den Schuhen, dann wieder aufwärts bis zum Haaransatz. Ihr Ausdruck bleibt neutral, sie scheint ihn nicht einordnen zu können. Am Auffälligsten im Wohnzimmer ein großes Aquarium.

„Guppies?", heuchelt Wesemann Interesse. Er kennt überhaupt keine anderen Zierfische. Außer Goldfischen natürlich.

„Das sind chinesische Paradiesfische." Frau Handtke scheint aufzuwachen. „Oder genauer gesagt: Makropoden. Gehören zur Familie der Labyrinthfische. Eine der wenigen Fischarten, die ertrinken kann."

„Jetzt, wo Sie es sagen!" Alles Hokuspokus. Wesemann, wo bist du mal wieder reingeraten.

Frau Handtke beobachtet ihn aus den Augenwinkeln. Ein Lächeln huscht über ihr Gesicht. „Labyrinthfische haben eine Atemhöhle über den Kiemenbögen. Die Luft für diese zusätzliche Atmung wird von den Fischen an der Wasseroberfläche mit dem Maul aufgenommen, während die verbrauchte Luft gleichzeitig über die Kiemendeckel ausgestoßen wird. Verhindert man die Luftaufnahme durchs Maul, ertrinken sie."

Neben dem Fernsehgerät ein ansehnlicher Rosenquarz und mitten auf dem Tisch ein großes Sparschwein.

„Wo haben Sie die Schmerzen?“ Sie hat eine merkwürdig dunkle Stimme, nur gehört würde man sie für erotisch halten.

„Im Augenblick nur im Kopf.“

„Damit gehen Sie besser zum Hausarzt.“

„Nicht solche Schmerzen, mehr gedankliche.“

„Da hilft eine Inhalation mit Kamillenblüten.“

„Beim Nachdenken?“

„Inhalation mit Kamillenblüten hilft immer.“

Wesemanns Blick fällt auf einen Spruch, mit einem Lötkolben in eine dünne Baumscheibe eingebrannt: *Keine Arznei einzunehmen wirkt so gut wie einen mittelmäßigen Arzt zu haben.*

„RTL oder Pro Sieben?“, fragt Wesemann.

„Laotse!“, sagt die Kräuterfrau.

„Sie haben doch sicher von dem jungen Mann aus Hameln gehört, der bereits seit einiger Zeit verschwunden ist?“

„Wir sind medial recht gut vernetzt!“

„Jetzt sind Vermutungen aufgetaucht, er könnte sich in Exorzistenkreisen bewegt haben …“

„Und da meinen Sie, weil ich mich mit natürlichen Heilmethoden befasse, hätte ich was damit zu tun?“

„Nein, nein. Ich dachte nur, vielleicht können Sie mir einen Tipp geben, wo ich weiterforschen kann?“

„Junger Mann, wir sind seit Generationen evangelisch. Reine Linie. Ohne Konvertiten! Und die Tür ist für Sie da, wo der Maurer ein Loch gelassen hat.“

Das saß, Wesemann, sowohl der junge Mann als auch der unmissverständliche Hinweis, das Haus zu verlassen. Er wirft zwei Euro in das Sparschwein und geht. Mieses Geschäft, aber ihr Zwiebelbraten hat köstlich aus der Küche gerochen. Oder war es Schmorbraten? Kann Karola auch einen richtig schönen Braten zubereiten? Er wird sie mal fragen, nicht direkt natürlich.

Mit einem Hinweis im Fall des Verschwundenen wird er HK Bertram nicht weiterhelfen können. Hätte nicht schaden können, das Verhältnis zwischen den beiden Ermittlern ein wenig aufzubessern. Muss er die Wespen um Schobinsky eben selbst aufscheuchen.

VIER

Er wird Karola anrufen und sie nach ihren Kochkenntnissen bezüglich saftiger Braten mit viel Soße befragen. Das ist doch völlig unverfänglich. Er wählt ihre Nummer, die Mailbox springt an. Er ruft im Sender an. Karola ist nicht anwesend und mehr weiß die neue Praktikantin auch nicht.

Da stimmt etwas nicht. Wesemann zieht sich die Schuhe an und geht ins Gino, liegt gegenüber vom Sender und an einem Campari Soda kann er sich lange festhalten.

Er muss sich sehr lange festhalten. Ein Taxi bringt einen Besucher für Baxmann, Besucher für die anderen Mitarbeiter kommen zu Fuß oder mit dem Fahrrad, ein Pizzadienst trägt zwei flache Kartons ins Haus, zwei Touristinnen setzen sich, ermattet von ihrem Kulturkampf im Namen der Stadtbesichtigung auf die Steinstufen. Bis zum Glockenspiel am Hochzeitshaus haben sie noch eine Dreiviertelstunde Zeit. Sie trinken Mineralwasser aus großen Flaschen, gleich werden sie eine Toilette suchen und die Bedienung fragt Wesemann nun schon zum dritten Mal, ob er noch einen Wunsch hätte.

Gerade entschließt sich Wesemann zu einem Espresso, da fährt drüben ein Peugeot-Cabriolet vor. In Gold! Bei dem Wetter natürlich mit geschlossenem Verdeck. Auf der Straßenseite steigt schwungvoll ein Mann aus … es ist der Tangotänzer. Er eilt ums Auto herum, öffnet die Beifahrertür und wer erscheint? Karola. Sie verabschieden sich mit einem Küsschen. Mit einem Mega-Küsschen, wenn Wesemann das richtig gesehen hat.

Das Auto fährt weg, der Espresso muss warten, Wesemann eilt über die Straße und fällt fast die Stufen zum Eingang des Senders hinauf. Er reißt die Tür auf, schießt durch den Flur, zerrt an der Glastür zum Sender. Die neue Praktikantin schaut ihn voller Mitleid an. Die Tür muss aufgedrückt werden. Wie oft hat Wesemann schon vor dieser Tür gestanden?

Karola zieht sich gerade den Mantel aus und hängt ihn an die Garderobe.

Wesemann baut sich vor dem Empfangstresen auf und pumpt sich auf. Karola dreht sich um, scheint überrascht, schenkt ihm ein Lächeln.

„Schön, dich zu sehen!"

Frauen können so scheinheilig sein. Gerade hat sie noch mit einem anderen herumgeknutscht und jetzt ist wieder eitler Sonnenschein? Nicht mit ihm! „Was war das gerade draußen?"

Karola kommt an den Tresen. „Peugeot 304 B02 aus dem Jahre fünfundsiebzig. Ein richtiger Oldtimer!"

„Ich meine nicht das Auto, ich meine den Mann."

„Du hast doch neulich mit ihm gesprochen und ihm verraten, dass wir zusammenziehen wollen."

„Ich bin fast sicher, dass er den Nagelgurt ..."

„Ach, Wesemann ...", Karola legt ihre Hand auf Wesemanns, „... die Liebe trübt dir den Blick."

Die Praktikantin kichert hinter ihrem Bildschirm.

„Du hast ihn geküsst!"

„Wie eine Schwester ihren Bruder."

„Schöner Bruder!" Wesemann muss zugeben, dass es in der Erinnerung nicht gerade nach glühender Liebe aussah. Aber was nicht ist ...

„Willst du heute Abend zu mir kommen", fragt Karola, „ich könnte uns etwas Wunderbares zum Abendessen machen."

„Schmorbraten?“, fragt Wesemann schon halb versöhnt.

„Rühreier oder Spiegeleier.“

„Mal sehen, ob ich Lust auf Eier hab‘.“

„Dann also um sieben bei mir.“

„Um sieben.“ Baxmann lässt sich trotz des Wortwechsels nicht blicken, steckt wohl noch immer in seiner Besprechung. Wesemann dreht sich um und geht zur Tür. „Ziehen“, ruft ihm die Praktikantin hinterher. „Es geht mit Drücken, aber das bringt nicht viel!“ Die beiden Frauen lachen, von Baxmann noch immer kein Lebenszeichen, es wird eine schwierige Besprechung sein.

Nie im Leben würde sich Wesemann einen Peugeot zulegen. Und dann noch zum Aufklappen. Gibt es seinen Corsa auch als Cabriolet?

Er ruft beim Apotheker an. Wenn er irgendwo ansetzen kann, dann bei dem Mann ganz nah an der Quelle. Schöne Metapher, wird er sich merken.

Wilhelm-Karsten Abel hat im Augenblick wohl nicht allzu viele Kunden. Er begrüßt Wesemann sogar mit einem Lächeln. Man zieht sich ins Raucherzimmer zurück und diesmal gibt der Herr Apotheker dem Namen alle Ehre. Er setzt sich auf das Sofa und steckt sich eine Zigarre an. Er qualmt sie vielmehr an. Wenn Wesemann immer diesen Geruch von Kabeljau und Tang in der Nase hätte, würde er sicher auch zum Zigarrenraucher.

Abel bietet Wesemann einen Kräuterschnaps an. Selbst gemacht. Aber Wesemann muss, leider, leider, verzichten. Er ist mit dem Auto unterwegs.

„Was wollen Sie denn von mir wissen?“, fragt Abel.

„Ist das eine Montechristo?“ Wesemann schnuppert, er hat auch mal einen Bericht über kubanische Zigarren gemacht.

Abel lächelt schief. „Kann ich mir nicht leisten bei der Geschäftsentwicklung."

„Bei meinem letzten Besuch haben Sie angedeutet, dass Schobinsky noch Großes vorhatte mit der Quelle, obwohl sie in ihrem Erscheinungsbild wohl nicht ganz seinen Vorstellungen entsprach."

„Ich habe nichts angedeutet und schon gar nichts gesagt, nur um Ihr Erinnerungsvermögen aufzufrischen. Für Gedächtnisschwäche gibt es übrigens auch sehr wirksame Medikamente." Er pafft an seiner Zigarre. Zuhause wird Wesemann seine Kleidung lüften müssen.

„Schobinsky ist natürlich im Karree gesprungen, als seine Mineralquelle ans Licht sprudelte. Sie hat furchtbar gestunken, und Dutzende von Anwohnern haben sich bei der Polizei beschwert. Die Arbeiter, die die Bohrung durchgeführt hatten, haben Schobinsky ein Glas abgefüllt, um ihn probieren zu lassen. Hat er aber abgelehnt. Wenige Tage später ist er wieder aufgetaucht, um Proben zu entnehmen. Man munkelt, er wollte die stinkende Brühe medizinisch nutzen."

„Nach dem Motto: Nur bittere Medizin ist gute Medizin?"

„Auch in der Heilkunde gibt es die unterschiedlichsten Glaubensrichtungen. Warzen werden besprochen, mit dem Saft des gelben Schöllkrauts behandelt oder mit einem Gemisch aus Salicylsäure und Milchsäure betupft. Ich würde Clabin-Tropfen empfehlen, dann weiß ich, warum die Warzen verschwinden."

„Warum?" Wesemann weilt mit seinen Gedanken in anderen Regionen.

„Ich kann Ihnen den Beipackzettel holen."

„Schobinsky wollte also irgendwelche Tinkturen aus der Quelle abfüllen?"

„Das habe ich nicht gesagt. Allerdings könnte er die Absicht gehabt haben in dieser Richtung vorzugehen."

„Aber das faulige Wasser trinkt doch kein Mensch."

„Tja", sagt Abel, „angeblich kann man auch mit Urin heilen."

Wesemann wird die Luft in dem kleinen Raum zu stickig. Er hustet, steht auf und findet kaum die Tür vor lauter Qualm.

Wesemann ist es ein wenig mulmig, als er am Abend zu Karola fährt. Sie hat ihn zum Essen eingeladen, hoffentlich will sie ihn nicht abservieren. „Ich muss dir etwas sagen ..." Aber bei Spiegel- oder sonst wie Eiern? Aber dann ist es doch ein bisschen mehr: gebackener Schafkäse mit Preiselbeeren und Feldsalat. Eine feine Strategie. Wenn er dann so richtig satt ist, kommt die Enthüllung und Wesemann kann sich nicht mehr wehren. Ach, was soll's, das Essen sieht viel zu verlockend aus und wie es duftet. So verwöhnt ihn niemand, der ihm eine Abfuhr erteilen will.

„Damit", sagt Wesemann nach einem Schluck Rotwein und noch immer kauend, „ist die Frage nach dem Eintänzer noch nicht beantwortet."

„Nach wem?"

„Du weißt doch genau, von wem ich spreche."

„Willst du uns den Abend verderben?"

„Du hast ihn geküsst."

„Wesemann, liebst du mich?"

„Ganz unumwunden und geradeheraus: Ja!"

„Dann vertrau mir."

„Und liebst du mich auch?"

„Allein die Frage ist schon eine Unverschämtheit."

„Aber du hast mich doch auch gefragt", meint Wesemann verblüfft.

„Du bist ein Mann und auf Männer kann man sich nicht verlassen. Zum Nachtisch gibt es Mousse au Chocolat."

„Dein abtrünniger Kuss sei dir verziehen. Aber küsse nie wieder …"

„… bestimmt nicht in deiner Gegenwart."

Beim Mousse au Chocolat plaudert man über den Sender, Baxmanns unbekannten Besuch, die Praktikantin und den geplanten neuen Fußbodenbelag im Studio. Und dann … dann kommt keiner mehr auf den Tangotänzer zu sprechen.

Wesemann hat Karola zur Arbeit gebracht und ist nach Hause gefahren. Eine Meldung auf seinem Anrufbeantworter: „Wesemann, der Adler ist im Horst!"

Baxmann und seine Sprüche.

„Wir haben jede Menge Anrufe auf Ihren Bericht aus l'Ondit. Toll, zukunftweisend, phantastisch. Das neue Format kommt an. Jede Menge Anrufe, E-Mails und sogar Briefe. Ein paar Anrufer haben sogar gelacht. Ein Reisebüro plant schon Pauschalreisen nach l'Ondit. Na, Wesemann, wie wär's mit einem neuen Bericht aus l'Ondit? Unsere Hörer stehen drauf. Also ran an die Tasten. Die Konkurrenz schläft nicht!"

Wer Baxmann zum Chef hat, braucht keinen Klammerbeutel, der ihn pudert. Doch Wesemann hat da schon mal was vorbereitet. Wenn er den Bericht gleich zum Sender bringt, kann er vielleicht Barzahlung verlangen.

Er hat neulich einen Bericht aus dem Deutschen Bundestag gesehen. Auf YouTube. Die rührige Gabriele Lösekrug-Möller hat gesprochen. Über Mindestlöhne. Sie ist Bundestagsabgeordnete des Weserberglandkreises und setzt sich besonders für die kleinen Leute ein. Wesemann wird mit ihr sprechen, wenn sie mal wieder im Wahlkreis ist. Auch er will ein Mindesteinkommen haben, das sein Existenzminimum sichert. Ganz aktuell ist Lösekrug-Möller sogar in den Parteivorstand der SPD gewählt worden. Da kann sie sich bei Gelegenheit dann um die Aufstockung seines Mindesteinkommens bemühen. Vielleicht um vier Flaschen Rotwein und einen Kasten Bier in der Woche – mindestens aber im Monat. Oder sie geht gleich zu seinem Chef, damit sie bessere Honorare für ihn aushandelt. Gegen LöMö hat Baxmann keine Chance. Sie argumentiert ihn nieder. Wesemann ist einfach zu nachgiebig und lässt sich immer wieder mit einem Hungerlohn abspeisen.

Vor dem Sender steht das Peugeot-Cabriolet und gerade kommt der Eintänzer aus dem Sender.

„Lass es", sagt Karola, als Wesemann wutschnaubend den Empfang des Senders betritt. „Und wenn du mir nicht vertraust, lass ich es."

Die Praktikantin kichert.

Wesemann, jetzt aber schnell die Kurve kriegen. „Ich bin rein geschäftlich hier." Er muss sich auf ein regelmäßiges Atmen konzentrieren. „Wie gewünscht, ein Bericht aus l'Ondit. Nicht mehr ganz neu, aber noch immer aktuell."

„Hast du ihn auf dem Stick?"

Wesemann gibt ihr den Stick, Karola drückt ihm einen Kuss auf die Lippen und der schmeckt nach mehr. Erst jetzt setzt sich das Peugeot-Cabriolet in Bewegung, wie Wesemann durch das große Fenster zur Straße sehen kann. Es freut ihn.

l'Ondit kommt nicht zur Ruhe. Diesmal sind es gleich mehrere Ratsfraktionen, die sich in geheimer Absicht dem

Marktplatz nähern, um Unangenehmes unter den größten Teppich der Welt zu kehren.

Vor langer, langer Zeit hatte l'Ondit zur Bodenbevorratung eine Menge Ackerland zu einem angemessenen Preis erworben. Das Land lag brach und schlummerte vor sich hin. Sehr zum Leidwesen eines Ratsherren, der seine angrenzenden Flächen gern gewinnbringend veräußert hätte. Da kamen ihm die Mehrheitsverhältnisse im Magistrat der Stadt l'Ondit zur Hilfe. Seine Stimme wurde bei entscheidenden Abstimmungen dringend gebraucht. Er gab sie gern, doch dafür erwartete er eine Zustimmung zu seiner Forderung, das brachliegende Ackerland als Bauland auszuweisen. Jetzt war er auch gern bereit, sein eigenes Land an die Stadt zu veräußern, allerdings zum Preis von Bauerwartungsland und mit einem satten Gewinn von mehr als einer Million gegenüber dem Ackerland. Rechtlich völlig unbedenklich. Macht man heutzutage so in unserem Staat.

Ein Bebauungsplan wurde erstellt für Hunderte von Eigenheimen und einen großzügigen Gewerbepark. Er sollte der Stadt Gewinn und Auftrieb bringen. Doch welche Pleite. Statt der erhofften Planungsgewinne lastet ein millionenschwerer Schuldendienst noch für Jahrzehnte auf den Schultern der Bürger.

Ernst-August zu Klüt für radioTOTAL – undercover.

Das wird bestimmt für einiges Amüsement in Wesemanns Kleinstadt sorgen. Baxmann wird den Beitrag mit Sicherheit noch heute Abend senden. Und dann immer wieder, wenn es mal nichts Aktuelles zu berichten gibt.

Wesemann muss schmunzeln, doch dann verhärten sich plötzlich seine Züge. Er hat vergessen, Baxmann nach einer Barzahlung zu fragen. Er muss dringend einkaufen und seiner Scheckkarte traut er nicht mehr.

Hat beim letzten Versuch, Geld abzuheben, schon ein wenig gemuckt. Und tanken muss er auch.

Abends kommt Karola. Sie nimmt ihn an die Hand und mit. Erst denkt Wesemann, es geht zum Sender. Vielleicht doch noch Bargeld? Dann biegt Karola vom Kastanienwall in die Sedanstraße ein und schließlich in die Gartenstraße. Sie parkt das Auto, sieht sich suchend um, nimmt wieder Wesemanns Hand und zieht ihn ein paar Häuser die Straße hinauf. Nicht mal ein Lokal in der Nähe. Wesemann sträubt sich innerlich, durch dunkle nasse Straßen zu laufen. Schließlich bleibt Karola vor einer Haustür stehen, sucht etwas in ihrer Handtasche und schließt mit dem Etwas die Haustür auf. Es geht in den ersten Stock. Eine Freundin von Karola besuchen oder vielleicht ihre Blumen gießen und danach doch noch ein nettes Lokal in der Innenstadt heimsuchen?

Die Wohnung ist leer. Nicht ganz. Fußböden, Türen, Badewanne und Toilette sind drin. Hinter der Klinke zu einem größeren Zimmer steckt eine Klarsichthülle mit irgendwelchem Papierkram.

„Drei Zimmer, Küche, Bad, Balkon und alles zu einem annehmbaren Preis." Karola nimmt die Klarsichthülle an sich. „Und das ist der Mietvertrag, bereits vom Vermieter unterschrieben."

„Schon vom Vermieter unterschrieben?" Wesemann dreht sich einmal um die eigene Achse.

„Nun sieh dich in Ruhe um und wenn du fertig bist, kannst du dich entscheiden: Wohnung und Hochzeit oder Junggesellendasein und Tiefzeit."

„Erpressung!", murmelt Wesemann. Er geht durch die Räume, schaut aus den Fenstern, öffnet die Tür zum Balkon. Er weiß natürlich längst, wie er sich entscheiden wird, doch so leicht will er sich nicht geschlagen geben. „Und einen Parkplatz fürs Auto gibt es auch?"

„Sogar zwei!"

Das sind so Momente, die man nie vergisst, und eine ruhige Wohnung ist es auch. Schließlich kehrt er an den Ausgangspunkt seiner Wohnungsbesichtigung zurück und schließt Karola in die Arme.

„Wie bist du denn an die Wohnung gekommen?"

„Reine Erpressung!"

Wesemann schiebt sie ein wenig von sich und schaut ihr in die Augen. Sie funkeln, ein bisschen wild sogar.

„Ich habe August Hempel aufgelauert und ihn zur Rede gestellt. Nach einigem Zögern hat er das mit dem Nagelgurt zugegeben. Ich habe ihm mit der Polizei gedroht und er hat mich zu einem Kaffee eingeladen. Bei unserem Gespräch hat sich herausgestellt, dass er gerade eine neue Wohnung anmieten wollte. Ein Schnäppchen. Durch Beziehungen. Seine ehemalige Schwiegermutter ist verwandt mit dem Bruder von … na ja, ist auch egal. Jedenfalls keine Anzeige wegen des Nagelgurts, Hampel übernimmt die Kosten des Wasserschadens und muss sich eine andere Wohnung suchen. Wir können sofort einziehen, wenn du willst."

„Ja, ick will!"

„Ich heirate in Sonnengelb", sagt Karola. „Am Montag erledigen wir die Formalitäten und solltest du dich wieder drücken …"

„Ich drück nur noch dich", sagt Wesemann, „bis dir die Luft wegbleibt."

„Lass mir noch ein bisschen Leben, ich habe bei Gino einen Tisch für zwei Personen bestellt." Und Karola bezahlt dann auch. „Ist wohl besser, wenn ich in Zukunft unsere Finanzen verwalte, sonst fliegen wir nach wenigen Wochen schon wieder hochkant aus unserer wunderschönen Wohnung raus!“

Als Wesemann die Treppe zu seiner Wohnung in der Deisterstraße hinaufsteigt, hat er noch immer dieses dämliche Grinsen im Gesicht und den Refrain eines unbekannten Lieds im Kopf: Ich liebe dich und du liebst mich und da liegt alles drin.

Wenn Wesemann gewusst hätte, was alles mit der neuen Wohnung auf ihn zukommt ... Gleich in der nächsten Mittagspause muss er Karola abholen. Es geht in einen Möbelmarkt draußen vor den Toren der Stadt. Schlafzimmerschrank ist Schlafzimmerschrank – denkt Wesemann. Er wird überwältigt von dem Riesenangebot. Wenn da nicht Karola mit ihren klaren Vorstellungen wäre, würde er verzweifeln: zu klein, zu klein, zu klein, zu klein, zu klein, zu klein, zu klein, zu klein, zu klein, zu klein, der passt!

Anschließend geht es in die Cafeteria. Schwarzwälder Kirschtorte zwischen Kartoffelsuppe und Pommes.

„Was macht dein toter Karnevalsprinz?"

„Er ruht, ob allerdings in Frieden wage ich zu bezweifeln."

„Wir brauchen auch noch neue Lampen."

„Auf Schobinskys herausragenden Geschäftssinn waren wohl nicht alle gut zu sprechen. Wenn er nicht aus Versehen vom Narrenschiff gefallen ist, könnte die Quelle am Kurpark der Auslöser gewesen sein. Könnte. Aber nichts Genaues weiß man nicht."

„Im Schlafzimmer hätte ich gerne eine Lampe, die man mit einer Fernsteuerung dimmen kann. Dann hätte man genug Licht beim Einräumen des Kleiderschranks und wenn du schnarchst, könnte ich noch ein bisschen lesen."

„Ich schnarche nicht", sagt Wesemann, „jedenfalls habe ich noch nichts davon gehört."

Männer und Schnarchen ist ein heikles Thema, also ablenken. „Was hatte Schobinsky denn vor?", gibt Karola dem Gespräch eine neutrale Richtung vor.

„Wenn ich das wüsste."

„Nachdenken, Wesemann, nachdenken. Egal was er plante, er wollte es doch sicher nicht für sich behalten. Schließlich war er ein Mann der großen Sprüche, wie man hört. Und die suchen die Öffentlichkeit. Du bist doch ein findiger Journalist ..."

„Du meinst, er hatte noch irgendwas vor mit der Quelle? Erster Spatenstich, Grundsteinlegung, Aufstellen einer Bautafel oder so?"

„Vielleicht!"

„Aber jetzt kann ihn niemand mehr befragen."

„Ich muss zurück zum Sender." Karola trinkt ihren Rest Kaffee.

„Moment!" Wesemann fingert sein Handy aus der Jackentasche, wählt eine Nummer, meldet sich. „Wissen Sie, ob Schobinsky irgendetwas Spektakuläres mit der Quelle vorhatte? - Ach, nee, in sechs Wochen wollte er an die Öffentlichkeit gehen? - Schade, mehr wissen Sie nicht? Danke, Sie haben mir sehr geholfen!" Wesemann schaltet das Handy aus. „Da war was geplant, aber mein Apotheker weiß auch nicht mehr."

„Hör dich doch einfach mal um, ob er irgendwelche Drucksachen in Auftrag gegeben hat. Spruchbänder, Informationsflyer, Imbisskarten."

Wesemann hilft Karola in ihren Mantel und drückt sie an sich, will sie gar nicht mehr loslassen. „Ich werde mich in den Druckereien der Region umhören. Jetzt gleich."

„Was denn nun, jetzt oder gleich!"

„Gleich jetzt!"

Karola dreht sich um und schaut ihrem Wesemann in die Augen. „Aber freu dich bloß nicht zu früh, solche Drucksachen kann man heutzutage auch online bestellen."

„Nicht Schobinsky, der kam aus dem Osten und war wohl sehr misstrauisch."

Wesemann stöbert in seinem Archiv nach Adressen von Druckereien. Ob er alle Kartons in die neue Wohnung mitnehmen kann? Wahrscheinlich nicht, er wird alles scannen und auf Online-Dateien abspeichern müssen. Aber das kann dauern, so lange wird er wohl noch seine alte Wohnung behalten müssen.

Sechs Druckereien in Hameln. Kein Erfolg. Sieben in Bad Münder und Umgebung. Die vorletzte lässt ihn nicht gleich abblitzen, als er sich meldet.

„Wesemann, bist du das?" Eine männliche Stimme, nicht mehr ganz jung.

Wesemann schluckt. „Hier ist Wesemann und wer bist du beziehungsweise sind Sie?"

„Kannst du dich nicht mehr erinnern? Wir haben auf dem letzten Oktoberfest in Münder die Lüttje Lage eingeführt."

Wesemann muss überlegen.

„Allerdings mit Pils und Wodka!", sagt sein Telefonpartner.

Da fällt es Wesemann wieder ein. „Oje, erinnere mich bloß nicht daran, der nächste Tag war fürchterlich und ich sollte einen Bericht über ein Orgelkonzert in der Hamelner Marktkirche machen."

„War trotzdem ganz nett, müssen wir unbedingt mal wiederholen."

Wesemann kann sich nicht mehr genau an den Abend erinnern und schon gar nicht an seinen Mitstreiter und das Orgelkonzert. Vielleicht wäre es besser, jetzt aufzulegen, bevor sich da wieder etwas anbahnt. Doch dann beginnt er fast zwanghaft mit seinem Bericht über Schobinskys Unfall. Der Drucker hat natürlich davon gelesen. „Das ist sicher tragisch, volltrunken von einem Karnevalswagen zu fallen“, sagt der Drucker, „und wer bezahlt mir nun die Broschüren?“

Wesemann, das war der langen Rede kurzer Sinn. „Welche Broschüren?“

„Schobinsky hat fünftausend in Auftrag gegeben. Startschuss für die Verteilung sollte seine Pressekonferenz sein, die er persönlich drüben am Kurpark abhalten wollte. Und jetzt? Jetzt liegen sie hier rum und keiner interessiert sich dafür.“

„Doch, ich.“

„Willst du alle fünftausend?“

„Wenn mir einfällt, was ich damit machen soll. Aber lies doch mal vor, was auf der Titelseite steht.“

„Moment.“ Schritte, Rascheln, Schniefen in ein Taschentuch. Der Drucker liest: „NEU. Kurklinik für alternative Medizin. – Wieder: NEU. – Behandlungen bei Problemen mit Leber, Galle, Niere dank NEU erschlossener Mineralquelle als Grundlage hochwirksamer Dekokte …“

„Was sind denn Dekokte?“

„Das kann ich nicht alles am Telefon vorlesen. Ich weiß auch gar nicht, ob das nicht geheim ist.“

„Wir könnten uns treffen.“

„Dann bring ich die Broschüre mit, so als Druckmuster, kannst du dir dann unauffällig und ohne mein Wissen ansehen.“

Nach längerem Hin und Her einigen sie sich stilgerecht auf einen Termin in Bad Münders China-Restaurant.

An dem Abend hat Karola Spätdienst im Sender, Wesemann wird sie nachher vom Sender abholen. Er nimmt Ente kross gebraten, der Drucker Schweinefleisch süßsauer. Dazu natürlich ein Bier. Der Kellner lächelt und empfiehlt ein Tsingtao. Das Bier stamme aus einer chinesischen Brauerei, die vor über hundert Jahren von Deutschen gegründet wurde.

„Immer her damit", sagt der Drucker.

Der Kellner lächelt: „Beim Essen kommt der Appetit, beim Lernen die Dummheit."

„Was soll das denn?", fragt Wesemann.

„Fernöstliche Weisheit – er hat Hunderte davon."

Wesemann will endlich die Broschüre sehen.

„Da ist etwas dazwischengekommen", sagt der Drucker, er grinst zufrieden. „Die Broschüren wurden heute Morgen von einem Boten abgeholt und bar bezahlt."

„Woher kam der Bote?"

„Weiß ich doch nicht. Von irgendeiner Bank aus Hannover."

„Da kann also jeder bei dir vorbeikommen und sich Drucksachen abholen, die ein anderer bestellt hat?"

„Reg dich nicht auf, ich bin froh, dass ich sie losgeworden bin." Der Drucker sucht in den Innentaschen seiner Jacke, legt dann ein längliches Format auf den Tisch. „Das eine Exemplar habe ich gerade noch retten können."

Beim Griff in die Innentasche zieht er eine zweite Broschüre heraus. Sie segelt über den Tisch und landet neben Wesemanns Stuhl. Wesemann bückt sich. Ein A5-Format. Auf der Titelseite eine winkende Katze, darüber das Versprechen: *Jetzt einsteigen – Millionär werden.* Wesemann schiebt die Broschüre über den Tisch.

„Auch so ein Auftrag von Schobinsky", sagt der Drucker und steckt die knallbunte Werbung ein. „Man macht einen Entwurf, weil eine Auflage von ein paar Millionen angekündigt wird, dann hört man nichts mehr von der Sache und die Auflage wird irgendwo in Fernost gedruckt."

„Der Bank-Bote kam aus Hannover? Vielleicht von der TWH-Bank?"

„Stimmt! – Bist du Hellseher?"

Wesemann nickt und zieht das Faltblatt aus Schobinskys Auftrag über den Tisch. Auf der Titelseite eine munter sprudelnde Fontäne mit frischem, klarem Wasser. Auf den beiden Innenseiten dann freundlich lächelnde Menschen in weißer Kleidung, die messen, abfüllen, rühren, beobachten und lächeln.

Ein kleiner Abschnitt über die Traditionelle Chinesische Arzneimitteltherapie. Zehntausend Rezepturen gegen eine Vielzahl von Erkrankungen, insbesondere gegen energetische Defizite.

... keinen Gegensatz zwischen der Schulmedizin und der Traditionellen Chinesischen Medizin. Die TCM basiert auf einer zweitausendjährigen Tradition. Dabei ist TCM ein moderner Begriff, der erst nach der kommunistischen Machtübernahme in China gebräuchlich wurde. Durch ihre zweitausendjährige Tradition hat die Chinesische Medizin eine hohe Stabilität durch Erfahrung und Überprüfung ihrer beeindruckenden, theoretischen Modelle erreicht. Sie sieht den Menschen als lebendiges Wesen, das ständig verschiedensten Einflüssen ausgesetzt ist. Bei der Behandlung wird versucht, die energetische Konstellation des Patienten zu erfassen und gegebenenfalls zu unterstützen. Damit können Krankheiten vermieden und die Gesundheit wiederhergestellt werden. Die Behandlung umfasst neben der Lebenspflege Qigong und Taiji auch eine spezielle Ernährungsberatung. Hinzu kommen Akupunktur, Tuina und Phytotherapie.

„Was sind denn Tuina und Phytotherapie?", fragt Wesemann. Der Drucker zuckt mit den Achseln. Sie winken den Kellner herbei und nach einigen missverständlichen Äußerungen ergeben sich halbwegs brauchbare Deutungen: Tuina sei eine selbstständige chinesische Massageform und Phytotherapie die Lehre der Verwendung von Heilpflanzen als Arzneimittel.

... dabei sollte TCM nicht als Alternativmedizin, sondern als Komplementärmedizin gesehen werden. Die westliche Medizin ist leistungsstark in ihrer quantitativen und kausalen Betrachtung. Also im Messen und Sichtbarmachen. Ihre Stärken liegen bei akuten und organischen Erkrankungen, die den Einsatz starker Sofortmaßnahmen erfordern: Chirurgie, Intensivmedizin, Chemotherapie, Antibiotika, Labordiagnostik und bildgebende Verfahren. Die Chinesische Medizin konzentriert sich auf das Qualitative, das Befinden des Menschen, die Funktionen seiner Organe und das Zusammenspiel zwischen Seele und Körper. Ihre vornehmlichen Einsatzfelder sind das Vorbeugen und Behandeln funktioneller Störungen wie Migräne, Allergien, Infektanfälligkeiten, Reizdarm und Störungen psychosomatischer Art.

Der Drucker sagt „Plost!"

Durch intensive Forschungsarbeit sei es nun gelungen, am Rande von Bad Münders Kurpark eine Quelle zu entdecken, die als Grundlage für hochwirksame Dekokte erschlossen würde. Aus dem weiteren Zusammenhang der Broschüre ergibt sich, dass es sich bei Dekokten um Absude handelt, die nur in Verbindung mit dem Wasser der neuen Quelle ihre einmalige Wirkung entfalten könnten. Ganz klein und weit unterhalb des Textes eine leicht zu übersehende Information: Der ungewöhnliche Geruch des Dekoktes könnte bei manchen Patienten undifferenzierte Abwehrreaktionen auslösen. Diese würden allerdings in speziellen therapeutischen Einzelgesprächen schnell abzubauen sein. Auf der Rückseite der Broschüre die Abbildung eines Klinikkomplexes, die sich erst bei näherer Betrachtung als Zeichnung herausstellt.

Der Gründer der neuen Klinik, Dr. Bodo Schobinsky, werde in Dankbarkeit für die Unterstützung durch seine Frau der Klinik den Namen *Margareten-Klinik am Kurpark* geben.

„Viel Text", sagt Wesemann.

„Wer viel Geld ausgeben soll, will informiert sein."

Die beiden Männer bestellen noch ein Tsingtao.

Der Kellner bringt das Bier, lächelt: „Gānbēi!"

„Was heißt das?", fragt Wesemann.

„Trockne das Glas."

„Haben die denn keine Spülmaschine?"

Der Drucker setzt zu einer Erwiderung an, Wesemann grinst, der Drucker hebt sein Glas. „Ist das nicht eine erstklassige Druckqualität?" Er langt über den Tisch, um nach der Broschüre zu greifen, doch Wesemann ist schneller und steckt sie ein.

„Ich werde darauf zurückkommen, wenn ich meine Hochzeitskarten drucken lasse", sagt Wesemann.

Die Ente und das Schwein kommen und der Kellner sagt etwas, was beide nicht verstehen. Aber das Essen schmeckt – na ja, ist mal eine Abwechslung. Ob Karolas Fünfziger so enden sollte?

Couch, Sessel und Tisch wurden in die neue Wohnung geliefert. Wesemann hat belegte Brötchen zum Frühstück mitgebracht und Karola ihre Kaffeemaschine.

„Eigentlich habe ich Arbeit", sagt Karola, „Baxmann hat auf seinem Computer Powerpoint entdeckt, jetzt will er alle Abrechnungen in Säulen, Kuchenstücken oder Fieberkurven abrufen können."

„Du Arme."

„Keine Panik! Ich habe auf Vorrat gearbeitet und liefere alles bröckchenweise." Sie greift nach einem Brötchen mit Mortadella.

Wesemann nimmt Kochschinken. Er berichtet Karola von seinem Gespräch mit dem Drucker. Karola hört aufmerksam zu und entscheidet sich für luftig leichte Fenstervorhänge in Pastellfarben.

„... ich fahre gleich nach Hannover zur TWH-Bank. Da stimmt doch was nicht. Der Initiator der neuen Kurklinik ist tot und die Bank übernimmt die Broschüren, die ohne Schobinsky eigentlich eingestampft werden müssten?"

„Oder doch lieber in Weiß?", überlegt Karola.

Wesemann kaut, trinkt seinen Kaffee und dann muss Karola auch schon los.

Bei der TWH-Bank wieder der Fingerdruck auf die Klingel der Gegensprechanlage, Fragen, Antworten, Schweigen.

Nach einer ganzen Weile und Rückenschmerzen von der gebückten Haltung vor der Sprechanlage summt endlich der Türöffner.

Wesemann wird erwartet. Herrn Löhneisen kennt er bereits. Er will an ihm vorbei ins Innere der Bank eindringen, doch der Arroganzler verstellt ihm den Weg. „Sollten Sie wieder Fragen zu unserem Engagement in Bad Münder haben, kann ich Ihnen mit einem Satz antworten: Sie sind vergebens gekommen. Und noch ein Rat von mir: Schonen Sie Ihre Benzinkasse vor weiteren Zugriffen und ersparen Sie sich und uns weitere Fahrten von Hameln nach Hannover."

„Sie haben sich über mich erkundigt?“ Wesemann hofft auf eine überraschte Reaktion.

„Guten Tag“, sagt der Arroganzler und dreht sich um. Sein unauffälliger Wink gilt einem abseitsstehenden Wachmann, der sich in Richtung Wesemann in Bewegung setzt. Er kommt nicht zum Einsatz, Wesemann gibt auf.

Er fährt über die 217 zurück nach Hameln. Kurz hinter Holtensen klingelt das Handy. Er müsste sich mal eine Freisprechanlage zulegen. Aber nicht jetzt. Er sucht in seiner Jacke nach dem Telefon, drückt es ans Ohr und meldet sich.

„... keine gemeinsame Mittagspause. Baxmann wünscht weiter Balken und Kreise.“ Karola ist nur undeutlich zu verstehen. Im Rückspiegel taucht ein Polizeiauto auf, Wesemann zuckt energisch mit den Schultern, singt lauthals das Lied vom Westerwald, weil ihm so spontan nichts anderes einfällt und dirigiert dazu mit großen Gesten. Soweit er weiß, ist singen und dirigieren im Auto nicht verboten. Telefonieren ohne Freisprecheinrichtung schon.

Wesemann wird von der Polizeistreife überholt, die Beamten schauen misstrauisch, Wesemann grüßt hinüber, ohne seinen Gesang zu unterbrechen, der Streifenwagen beschleunigt. Wesemann steuert den nächsten Parkplatz an. Kaum steht das Auto, sucht er nach dem Handy. Das Gespräch ist noch immer nicht unterbrochen. Wesemann mag gar nicht an die nächste Rechnung denken.

„Karola?“

Nur Wind und Schweigen.

„Karola, hörst du mich?“

Ein Scharren, dann Karolas Stimme. „Ich hab gedacht, du hättest ...“ Das Gespräch ist weg. Wesemann steigt aus, läuft ein paar Schritte in Richtung Hameln, dann zurück in Richtung Hannover. Endlich wieder eine Verbindung.

„Was hast du gedacht?", fragt er Karola.

„Du hättest einen Unfall. Ich habe schon die Polizei angerufen."

„Mir geht es gut", Wesemann schmunzelt, „aber danke für das Sorgenmachen."

Wesemann steht neben einem altersschwachen Wohnmobil.

„Gibt es etwas Neues?", fragt er Karola, „ich bin gerade auf der Heimfahrt nach Hameln."

Neben Wesemann wird die Türe des Wohnmobils aufgestoßen. „Na, Süßer, Lust auf ein wenig Entspannung?"

Wesemann dreht sich überrascht um. In der Tür des Wohnmobils steht eine Schwarzhaarige, die vor zwanzig, fünfundzwanzig Jahren sicher recht hübsch gewesen ist. Sie scheint sehr früh in die Wechseljahre gekommen zu sein und trägt knappste Dessous und Netzstrümpfe.

„Bist du auch wirklich auf der Bundesstraße unterwegs?", fragt Karola misstrauisch.

„Natürlich!"

„Und wer war das im Hintergrund?"

„Ein abschreckendes Beispiel!"

Die willige Dame zieht sich in den roten Raum zurück und knallt die Tür zu.

„Was ist nun?", fragt Wesemann ins Handy.

„Wie sprichst du denn mit mir?", fragt Karola, „noch sind wir nicht verheiratet."

„Entschuldige bitte."

Hinter ihm wird im Wohnmobil die Musik auf höchste Lautstärke gedreht. Weiße Rosen aus Athen.

Wesemann entfernt sich einige Schritte, läuft fast, die Verbindung ist weg, dann hat er sie wieder.

„Es ist nichts Weltbewegendes", sagt Karola, „Olivia hat etwas beim Frisör aufgeschnappt. Da wird natürlich auch über den Unfall beim Karnevalszug gesprochen. Schobinsky soll in der ehemaligen DDR ein richtig hohes Tier bei der Stasi gewesen sein und vor Kurzem einen heftigen Streit mit einem Schrotthändler aus Obernkirchen gehabt haben. Auch aus der DDR."

„Ich muss Schluss machen", sagt Wesemann, „ich ruf dich an, wenn ich in Hameln bin."

„Tu nichts Unüberlegtes!"

Ein Streifenwagen der Polizei ist auf den Parkplatz eingebogen. Wesemann erkennt die Polizisten, als das Auto neben ihm hält. Sie steigen ganz langsam aus, der Beifahrer setzt sich seine Mütze auf. „Ihren Personalausweis und den Führerschein bitte. Sie sollen die Frau in dem Wohnmobil belästigt haben …"

Große Rabattaktion: Betten heruntergesetzt von 1.999 auf 999 Euro. „Nehmen wir", sagt Wesemann, als Karola ihm die Anzeige über den Tisch schiebt. „Ein Bettenkauf will überlegt sein", sagt Karola. Und dann wird überlegt und überlegt. Vor Ort: Polsterbett, Doppelbett oder zwei einzelne Liegen. Zwei Meter oder eins neunzig lang. Und dann erst die Breite: eins vierzig – zu schmal, zwei Meter – zu breit. Eins sechzig oder eins achtzig? Vielleicht doch zwei Einzelliegen, die könnte man auseinanderschieben, wenn mal jemand krank wird?

Irgendwann gibt Wesemann auf und Karola führt die grundlegende Diskussion allein mit dem Verkäufer. Lattenrost und Matratze fehlen auch noch.

Wenn die Bank so an den Broschüren interessiert ist, geht es Wesemann durch den Kopf, müssen die Planungen für die Klinik doch schon ziemlich weit vorangeschritten sein. – Ein Preisschild für Satin-Bettwäsche baumelt vor Wesemanns Nase. Auch ein Sonderangebot. Ihm fällt auf, dass es in diesem Geschäft nur Rabattaktionen und Sonderangebote gibt. Was würde der Verkäufer machen, wenn ihn Wesemann nach einem Bett zu einem normalen Preis fragen würde? – Vielleicht gab es schon Absprachen mit Krankenversicherungen. Das hätte die Kreditvergabe natürlich beschleunigt. Wer das Geld hat, hat die Macht. Wenn Schobinsky in einen Konflikt mit der Bank geraten wäre, wer hätte dann gewonnen? Aber Schobinsky gleich endgültig aus dem Weg räumen? Er wird noch einmal mit dem Apotheker sprechen. Abel wird am weitesten Augen und Ohren offen gehalten haben. Und nach Obernkirchen muss Wesemann auch noch. Samstag. Dann will Karola nochmals ins Möbelhaus, die Nachttischchen und die indirekte Beleuchtung aussuchen.

Obernkirchen liegt jenseits der A2. Nicht gerade eine Touristenhochburg, war über Jahrhunderte Zentrum des Schaumburger Steinkohlebergbaus. Die Zeiten sind natürlich längst vorbei. Wesemann erkundigt sich bei der Polizei nach einem Schrottplatz. „Wir haben ein Wertstoff-Center", sagt der Beamte, aber ein Schrottplatz fällt ihm nicht ein. Auf einmal wird er misstrauisch: „Haben Sie etwa Altmetall zu verkaufen, Kupfer, Zinn …"

Wesemann wiegelt ab. „Kein Gramm Metall und meinen alten Corsa nehme ich auch wieder mit."

„Das möchte ich Ihnen auch geraten haben!"

Wesemann will sich schon umdrehen und seinen Besuch in Obernkirchen unter Fehlinvestition ablegen, da holt der Beamte nochmals Luft. „Allerdings haben wir einen Betrieb, der mit gebrauchten Autoteilen handelt. Ein sehr ordentlicher Betrieb mit reellen Preisen. Wenn Sie da vorbeischauen möchten?" Jetzt grinst der Beamte. Hinter ihm leuchtet das Matterhorn und eine Kuh mit Glocke frisst Edelweiß oder Gänseblümchen.

„Wenn Sie die Adresse haben …"

Der Beamte sucht im Örtlichen Telefonbuch, schreibt etwas auf einen Zettel und gibt Wesemann das Papier. „Fahren Sie in Richtung Auetal und nach dem Ortsausgangsschild noch ein bisschen weiter."

Wesemann bedankt sich und nimmt noch eine Broschüre des Fördervereins für Kriminalprävention mit.

Martin Gatow ist wohl sortiert an Kotflügeln, Autotüren, Motoren und Leuchten. Und bestens bewacht von drei Schäferhunden, die allerdings in einem großen Eisenkäfig weggesperrt sind. Nein, eine Standheizung für Wesemanns Corsa hat er nicht im Angebot. Ob er wenigstens Bodo Schobinsky kenne.

Martin Gatow sieht zu dem Gitterkäfig hinüber.

„Dann eben nicht!“, gibt Wesemann auf, und Martin Gatow sagt: „Guten Dag!“

Jetzt muss es schnell gehen, Wesemann. „Könnte ich vielleicht Ihre Toilette benutzen?“

„Könnten Sie, allerdings habe ich keinen Doileddenschlüssel, den muss ich irgendwo verlegt haben.“

Wesemann fährt auf direktem Weg nach Bad Münder. Gerd Ort hat ein Badetuch über den Kopf gezogen, Wesemann hat ihn bei einem Kamillenbad gestört. Kaum hat Wesemann den Flur betreten, hängt sich Gerd Ort wieder über seine dampfende Schüssel und versteckt sich unter seinem Badetuch. Sein grauweißer Bettvorleger mit Triefaugen schläft in seinem Hundekörbchen, wahrscheinlich benebelt von den Kamillendüften.

Wesemann spart sich die Vorrede. „Du kennst doch Martin Gatow aus Obernkirchen?“

Ein Brummen unter dem Badetuch.

„Er soll einen mörderischen Streit mit Schobinsky gehabt haben.“

„Mörderisch?“ Ganz leicht hebt sich der Rand des Badetuchs, Gerd Ort schaut Wesemann von der Seite an, sagt aber sonst nichts.

Jetzt Frontalangriff: „Beim nächsten Mal bringe ich auch eine Großpackung After Eight mit.“

Gerd Ort schlägt das Badetuch zurück, wischt sich das rote Gesicht ab. „Wesemann, sei nicht zu großzügig. Du wirst noch öfter kommen. Und was bringst du dann mit?“

„Nun rück schon raus, was du über die Verbindung von Martin Gatow zu Schobinsky weißt."

Gerd Ort rubbelt die Haare trocken, hängt das Badetuch dann seitlich über die Stuhllehne und greift nach seiner Strickjacke.

„Es gibt nicht viel zu erzählen. Schobinsky war ein hohes Tier bei der Stasi. Da gab es auch solche und solche. Schobinsky muss wohl ein scharfer Hund gewesen sein, hört man. Hatte so einige Denunziationen auf dem Gewissen. Unter anderem soll er eine junge Frau verpfiffen haben, die mit ihrem Sohn in den Westen wollte. Die Frau wurde auf der Flucht wohl angeschossen. Konnte aber nie bewiesen werden, dass Schobinsky dahintersteckte, und er hat jeden sofort verklagt, der auch nur eine Andeutung fallen ließ. Aber nun ist er tot und kann niemanden mehr verklagen."

„Dann hatte Martin Gatow vielleicht etwas gegen Schobinsky in der Hand, von dem sonst keiner etwas wusste."

„Nichts Genaues weiß man nicht." Gerd Ort steht auf und holt eine Flasche Bier aus dem Kühlschrank, fragt Wesemann mit einer Geste, ob er auch eine möchte. Wesemann schüttelt den Kopf. „Jedenfalls haben die beiden drüben im selben Häuserblock gewohnt und waren wohl nicht allzu gut aufeinander zu sprechen."

Wesemann steht auf, jetzt hat auch er Schweißperlen auf der Stirn. „Du hast mir sehr geholfen."

„Es muss nicht immer After Eight sein. Eigentlich mag ich das Zeug überhaupt nicht. Aber gegen ein schönes Fläschchen Whisky ..."

Die beiden Männer verabschieden sich, Wesemann fährt in Richtung Hameln.

Kurz vor Hachmühlen fährt Wesemann rechts ran. Er muss etwas überlegen und für die Überlegung braucht er seine Finger. Neunundachtzig ist die Mauer gefallen, wenn der Sohn damals zehn Jahre alt war, müsste er heute knapp über dreißig sein. War der Junge aber vierzehn oder fünfzehn, dann haut es hin.

Wesemann fährt über Hessisch Oldendorf nach Obernkirchen. Martin Gatow sitzt auf der Eisentreppe vor seinem Büro und raucht eine Zigarette. Er könnte so Ende Dreißig sein, doch beim Alter verschätzt sich Wesemann leicht. Er hält sich selbst auch für wesentlich jünger als er ist.

Wesemann schließt sein Auto ab, Gatow schaut ohne großes Interesse herüber.

Wesemann setzt sich zu ihm auf die Stufe. Gatow bietet ihm eine Zigarette aus seiner Zigarettenschachtel an. Was tut man nicht alles für seinen Beruf? Wesemann greift zu, Gatow reicht ihm Feuer, Wesemann hustet, scheint einem Erstickungsanfall nahe. Gatow grinst vor sich hin. Wesemann drückt die Zigarette aus.

„Die falsche Marke?", fragt Gatow.

Wesemann nickt mit hochrotem Kopf. Er will sich vorstellen, muss erst noch mal husten, ringt dann nach Luft und flüstert dann mehr als er spricht: „Ich bin Hubert Wesemann."

„Ich weiß", sagt Gatow.

„Sie wissen?"

„Sie haben ein Autokennzeichen und ich meine Verbindungen."

„Ich bin Rundfunkjournalist."

„Sie sind ein Schnüffler!"

„Kommt das auch von Ihren Verbindungen?"

„Auf alle Fälle sind Sie hartnäckig."

„Ich glaube nicht an Schobinskys Unfall."

„Das ist aber mal eine Abwechslung an einem stinklangweiligen Tag."

„Nichts los?"

„Sehen Sie sich mal um, es gibt kaum noch ältere Autos auf den Straßen. Dank Abwrackprämie. Da braucht niemand gebrauchte Autoteile. Bald ist der Schrottpreis höher als die ganzen Ersatzteile einzeln wert sind. Dann verkaufe ich alles an eine Schrottpresse und mach dicht."

„Damit geht wieder ein Stück Kultur verloren, armes Deutschland."

Gatow grinst. Seit wann verstehen Ossis Ironie?

„Für 'nen Hunderter könnte ich Ihnen eine Alarmanlage für Ihr Auto verkaufen. Mit Einbau."

„Ich bin nicht ängstlich, nur neugierig." Wesemann, du hast den Übergang geschafft. „Sie haben mir nicht alles über Ihre Verbindung zu Schobinsky erzählt?"

„Hab' ich nicht?"

„Ich denke, Sie haben sich besser gekannt, als Sie zugegeben haben."

„In den letzten Jahren ist es richtig schlimm geworden mit meinem Gedächtnis. Kaum fragt mich jemand, schon habe ich vergessen, was er wissen wollte. – Keine Standheizung?"

Wesemann steht auf. Er schüttelt den Kopf und verabschiedet sich.

Auf dem Weg zum Auto meldet sich sein Handy. Karola nimmt sich eine Auszeit vom gemeinsamen Feierabend. Sie will allein ins Küchenstudio, da würde er nur stören. Herd, Spüle, Tisch und zwei Stühle – meint Wesemann – das reicht. Karola lacht nur.

Es klingelt an seiner Wohnungstür. Draußen steht Hamit Yildrim, der ruhige Mieter aus der Wohnung über Wesemann. Ob ihm Wesemann ein Paket Mehl leihen könne, er wolle Gözleme für sich und seine Freundin machen.

Wesemann schaut in seinen Küchenschrank. Seit sich Karola um sein leibliches Wohl kümmert, ist der Schrank reich bestückt. Er hat zwar kein Paket Mehl, aber eine gut gefüllte Schütte.

Hamit bedankt sich und lädt Wesemann ein, seine Gözleme zu probieren. Mit Hackfleisch gefüllte Teigtaschen, wie er erläutert. Wesemann lehnt natürlich ab, will die Zweisamkeit des jungen Paares nicht stören. Will auch nicht von Hamit aufgesucht werden, wenn Karola bei ihm zu Besuch ist. Allerdings scheint Hamit enttäuscht, als er Wesemanns Wohnung verlässt.

Wesemann gönnt seinen Gedanken eine Spielwiese. Er schaut einen Krimi im Fernsehen. Die letzte Viertelstunde, die Ereignisse spitzen sich zu, der Kommissar wird angeschossen, der Täter flieht, mit schmerzverzerrten Gesichtszügen quält sich der Kommissar hinters Lenkrad seines Dienstwagens, schaltet das Blaulicht ein, rast los und … es klingelt. Hamit steht vor der Tür. Er fände keine Ruhe, der Herr Wesemann müsse unbedingt seine Gözleme probieren. Seine Freundin meint, sie seien gelungen, aber er selber fände sie nicht so gut geraten, der Herr Wesemann möge entscheiden. Hamit lacht. Mitten im Schusswechsel knipst Wesemann den Fernseher mit der Fernbedienung aus und geht mit Hamit einen Stock höher. Von wegen ein kleines Rendezvous mit Freundin. Die Bude ist gekachelt voll und wie sich herausstellt, feiert Hamit Geburtstag. Wesemann hat kein Geschenk, will sich unter einem Vorwand verabschieden, um eins zu besorgen, kommt nicht weg, wird einfach in die fröhliche Runde gezogen. Die Gözleme schmecken köstlich, hat allerdings Hamits Schwiegermutter gebacken. Und honigsüßen Nachtisch gibt es auch noch. Wesemann kann sich kaum erheben, als er endlich in seine Wohnung zurück will. Er umarmt Alt und Jung und findet sich schließlich im Flur wieder.

In seiner Wohnung muss er erst einmal aufs Klo und dann trinkt er einen Magenschnaps. Zwei. Bei Hamit gab's keinen Alkohol, nur Tee und Wasser. Wesemann muss aufstoßen. Da ist es wieder, sein Sodbrennen, das er doch seit Monaten so erfolgreich mit Kapseln der Luvos-Heilerde bekämpft. Jetzt muss er wieder zu den Tütchen mit Maaloxan greifen. Er wird den sogenannten Magenschnaps in die hinterste Ecke seines Küchenschranks verbannen.

Wesemann schaltet das Fernsehgerät wieder ein, sieht nichts, denkt nach: Wenn ich ein Haus bauen will, hole ich mir einen Architekten, wenn mein Auto streikt einen Kfz-Mechaniker und wollte ich alternative Medizin einsetzen, würde ich mich nach einem chinesischen Mediziner umsehen. Chinesen sind in Zusammenhang mit Schobinsky allerdings noch nicht aufgetaucht. Ist es schon zu spät, um den Herrn Apotheker anzurufen? Er kann es doch einfach mal versuchen, wenn Abel nicht abnimmt, ist er selber schuld. Abel nimmt ab. Seit er allein ist, ginge er sehr spät zu Bett oder vielmehr früh, wenn man es vom Morgen aus sähe.

Schobinsky und Chinesen? – Abel gähnt. „Doch, doch", sagt er, „da waren mal drei oder vier Gestalten, die mit Schobinsky um die Quelle herumgestanden haben. Das könnten durchaus Chinesen gewesen sein, sie haben immer genickt, sind dann aber nicht mehr wiedergekommen. Wahrscheinlich …", Herr Abel gähnt erneut, „… waren es mögliche Investoren, denen Schobinsky die Quelle schmackhaft machen wollte."

„Igitt", sagt Wesemann.

„Drum", sagt der Apotheker und bittet Wesemann, frühestens am späten Nachmittag wieder anzurufen.

Wesemann träumt von Chinesen, die sein Auto ramponieren, muss nachts noch einmal aufstehen, um seinen Magen mit Maaloxan zu versorgen, und jetzt sitzen in seinem Traum die Chinesen vor dem Hochzeitshaus in der Osterstraße und verkaufen Medizinbälle. Oder sind es Melonen?

Am Morgen nach dem Rasieren ruft er Karola an. Sie hat erst um elf Dienst, ist aber bester Laune, hat eine phantastische Küche entdeckt. Ein Traum! Hoffentlich nicht in Gelb, geht es Wesemann durch den Kopf. „Und der Preis?"

„Darüber sprechen wir heute Abend."

Wesemann berichtet ihr von seiner chinesischen Spur, und Karola erinnert ihn ans Geldverdienen: „Baxmann wartet auf deine neuen Enthüllungen."

„Mir schwant, die Küche wird nicht ganz billig ..."

Karola haucht ihm ein Küsschen durchs Telefon.

SIEBEN

Wesemann macht sich an die Arbeit und am frühen Nachmittag kann er seinen Bericht übermitteln:

Wer kommt denn da? Mehrere Ratsherren l'Ondits nähern sich mit zögernden Schritten dem Marktplatz. Es ist ihnen unangenehm, aber es muss sein, die Sache muss endlich unter den Teppich.

Dabei war doch alles so gut gemeint. Die Arbeitswoche für die Angestellten der Stadtverwaltung war doch wirklich zu lang. Montag bis Mittwoch ging es noch, aber dann der Donnerstag und erst der Freitag – unerträglich. Da musste Abhilfe geschaffen werden. Tageweise und nicht hier mal ein Stündchen und da mal ein Stündchen. Die Arbeit wurde auf vier Tage eingedampft, den Freitagvormittag nutzte man fortan, um gemeinsam schwimmen zu gehen. Natürlich während der Arbeitszeit. Als störend stellte sich nur heraus, dass zur gleichen Zeit Schüler in den Schwimmbädern ihren Schwimmunterricht hatten. Kein Problem, die Schüler wurden in die Sporthallen zurückgeschickt. Laufen statt schwimmen, aber zack, zack! Doch damit nicht genug. Zum Ausgleich für den anstrengenden Dienst in der Stadtverwaltung und zur Erhaltung der seelischen Gesundheit wurden in Zusammenarbeit mit der Volkshochschule entspannende Kurse in Töpfern, Stricken, Malen oder Basteln angeboten. So konnte es vorkommen, dass ein Bürger, der am falschen Tag ins Rathaus kam, nicht auf einen Sachbearbeiter, sondern auf ein entschuldigendes Schild traf: Abwesend wegen Auswärtstermins. Ja, so warn's die alten Rittersleut'!

Ernst-August zu Klüt für radioTOTAL – undercover.

Sie haben sich in der neuen Wohnung verabredet. Wesemann möchte das Einrichten der Wohnung nicht völlig Karola überlassen. Sorgfältig wickelt er seine alte Lavalampe in Zeitungspapier. Er will Karola zeigen, dass er angekommen ist. Doch in der Wohnung empfängt ihn Karola mit einem flüchtigen Kuss und stellt sein Paket unausgepackt auf die Fensterbank. Sie hat aus Packpapier große Quadrate und Rechtecke ausgeschnitten und an den Wänden entlang ausgelegt.

„Schau mal", sagt sie bester Laune, „das ist unsere neue Küche."

„Welche Farbe?", fragt Wesemann.

„Siehst du das denn nicht?" Karola hängt sich bei ihm ein, führt ihn von Quadrat zu Quadrat. „Das hier ist der neue Herd, natürlich mit Induktionsplatten, Selbstreinigung und automatischer Kochüberwachung."

„Was ist denn eine Kochüberwachung?", fragt Wesemann.

„Das weiß doch jeder", sagt Karola, „da wird das Kochen überwacht, damit nichts anbrennt oder überläuft. Unsere Spüle kommt in die Ecke, mit zwei Becken, Restefangsieb und energiesparender Armatur. Dann brauche ich mich beim Gemüseputzen nicht so anzustrengen."

„Welche Farbe?", fragt Wesemann schon wieder.

„Die Türen und Schubladen schließen fast von allein, man muss sie nur noch antippen und in dem Eckschrank ist ein Gittergestell montiert, auf dem Töpfe und Pfannen platzsparend abgestellt werden können."

„Welche Farbe?"

Wesemann kann so nervtötend sein.

„Die Griffe sind aus Edelstahl, und innen sind die Schränke natürlich weiß, weil man sonst nichts findet."

„Und außen?"

„Du kannst vielleicht Fragen stellen. Die Modefarbe ist Lila mit rosa Applikationen."

„Noch ein Wort", sagt Wesemann, „und ich nehme mein Geschenk wieder mit."

„Dein Geschenk?" Karola sieht Wesemann ziemlich überrascht an. Dann erinnert sie sich, ist mit wenigen Schritten an der Fensterbank und wickelt Wesemanns Päckchen aus.

„Was ist das denn?"

Frauen wissen Lavalampen nicht zu schätzen. Aber wenn er jetzt einen Rückzieher macht, wird ihm Karola die ganze Einrichtung der Wohnung aus der Hand nehmen.

„Die Lavalampe ist ein Original aus den Achtzigerjahren und heute schon sehr wertvoll. Ich werde sie später einmal meinem Sohn vermachen. Am liebsten hätte er sie heute schon. Aber für mich ist sie eine Erinnerung an meine Jugend."

„Deine Jugend in den Achtzigerjahren?"

„Fortgeschrittene Jugend", sagt Wesemann. „Außerdem passen die bunten Flitter doch wunderbar zu den lila Schränken mit ihren rosa Applikationen."

„Meinst du denn, ich bin verrückt? Ich schmeiße doch nicht zwölftausend Euro zum Fenster hinaus. In zwei bis drei Jahren brauchen wir doch bestimmt eine neue Küche."

Wesemann erfasst ein leichter Schwindel, er muss sich an der Fensterbank festhalten.

„Der Verkäufer nannte es champagnerfarben und auf deine Lavalampe können wir doch wunderbar die Küchenrollen spießen. Küchenkrepp mit indirekter Beleuchtung."

Wesemann bückt sich und tauscht zwei Quadrate gegeneinander aus.

„Was soll das denn?", fragt Karola. „Du kannst den Herd doch nicht ans Wasser anschließen. Lass mich mal machen und kümmere dich um den Wein." Karola zeigt auf ihre Einkaufstasche, die sie neben der Tür abgestellt hat. „Allerdings müssen wir aus leeren Senfgläsern trinken."

„So lange es nicht die hohle Hand ist."

„Und dann kannst du mir beim Anbringen der Schablonen für die oberen Schränke helfen."

Wesemann sieht sich um. „Wo sind die Schablonen?"

„Die musst du noch zurechtschneiden. Du hast doch sicher eine ordentliche Schere mitgebracht? Ich hab nur meine kleine Nagelschere im Etui."

„Und ich habe eine Sehnenscheidenentzündung vom Tragen der Lavalampe."

Karola lauscht. „Hast du Herzklopfen?"

Wesemann legt sich die flache Hand auf die Brust. „Ein wenig erhöhte Schlagzahl. Wie immer, wenn du in meiner Nähe bist." Er legt seine Arme um Karola und drückt sich an sie.

„Sei doch mal still!" Karola löst sich von ihm.

„Ich hab doch gar nichts gesagt."

„Psst", macht Karola, und jetzt hört Wesemann es auch. Ein leises Klopfen. Unregelmäßig. Pause. Heftigeres Klopfen. Lautes Pochen.

„Erwartest du jemanden?", fragt Wesemann.

„In der neuen Wohnung?"

„Na, eben."

„Blödmann. – Mach schon auf, bevor die Türe eingetreten wird."

Wesemann seufzt, schlurft zur Tür. Vor der Tür steht Olivia Gabulow, die Praktikantin von *radioTOTAL*.

„Du?", fragen Karola und Wesemann fast wie aus einem Mund.

„'tschuldigung!", druckst Olivia herum, „ich wusste nicht, was ich machen sollte."

„Vielleicht ins Kino gehen ...", mault Wesemann.

„Da hat jemand im Sender angerufen und keiner war da."

„Baxmann?"

„War zum Geschäftsessen."

„Dann hätte der Anrufer es doch später noch mal versuchen sollen."

„Tut mir leid."

Olivia dreht sich um.

Hübscher kleiner Busen, aber sonst kaum Rundungen ... Karola wirft Wesemann einen Blick zu. Und Wesemann denkt an Schmuddelwetter, Grabsteine und leeres Portemonnaie. Es hilft.

Olivia bleibt stehen und dreht sich noch einmal um. „Der Anrufer war so aufgeregt, und es schien auch richtig wichtig."

„Was?" fragt Wesemann. Ihr Piercing blitzt im Licht der Deckenbeleuchtung. Ohne Piercing wären ihre Lippen noch ...

„Er wollte unbedingt Herrn Wesemann sprechen. In Bad Münder wäre ein Chinese ..."

„Ach."

„... er würde aus der Kiepe des Salzarbeiters im Söltjerbrunnen schauen. Direkt auf die Rathaustür."

„Ein Chinese schaut auf die Rathaustür von Bad Münder, und dafür rufst du an?"

„Kein ganzer Chinese, nur der Kopf von einem Chinesen und die Polizei hätte alles schon abgesperrt."

Wesemann setzt sich auf einen herumstehenden Stuhl. „Wer hat denn angerufen?"

„Seinen Namen wollte er nicht sagen, er würde sich noch einmal melden."

„Also los, Wesemann“, sagt Karola, „die Arbeit ruft!“ Schon hat sie den Gurt von Wesemanns Umhängetasche in der Hand und hängt ihm sein Arbeitsgerät über die Schulter.

„Danke, dass du nicht lockergelassen hast“, sagt Karola zu Olivia.

„Darf ich mitkommen?“, fragt Olivia. Sie lächelt Wesemann an, Wesemann deutet mit dem Kopf auf Karola.

„Der Sender braucht engagierte junge Leute wie dich“, sagt Karola, und Olivia schließt sich an, als Wesemann hinter Karola die Treppe hinuntergeht.

„Musst du noch zu Hause Bescheid sagen?“, fragt Karola, ohne sich umzudrehen.

„Das wäre noch schöner. Ich habe seit Weihnachten eine eigene Wohnung, mit meinem Freund zusammen.“

„Aber kein Tattoo“, sagt Wesemann.

„Was soll das denn jetzt?“, fragt Karola.

„Wir könnten mal ein Fernsehsender werden und ein Tattoo macht sich schlecht auf dem Bildschirm.“

Sie parken im Steinhof, laufen zur Marktstraße hinüber. Der Söltjerbrunnen steht direkt vor dem Rathaus. Dargestellt sind ein Salzsieder und ein Salzträger bei der Arbeit. Über Jahrhunderte bot die Salzgewinnung zahlreichen Bürgern Arbeit und Verdienst. Heute ist der Brunnen ein beliebtes Fotoobjekt. Doch im Augenblick müssen die Touristen ein Teleobjektiv zur Hilfe nehmen. Der Brunnen ist von der Polizei weiträumig mit rotweißen Bändern gesperrt, obwohl nichts Besonderes zu sehen ist. Doch nicht an jedem Tag sperren drei dunkle Limousinen die Zufahrt zur Marktstraße, ohne dass sie von Abgesandten des Ordnungsamtes mit Knöllchen beglückt werden.

Wesemann sieht sich um. Spurensicherung mit kleiner Mannschaft. Drei weiße Mondmänner, ein Polizist mit Vierbeiner, ein Fotograf und drei dunkle Gestalten hinter einem der abgestellten Autos. Kein Bertram. Kann für Wesemann von Vorteil oder Nachteil sein.

„Soll ich uns einen Kaffee To Go holen?“, fragt Olivia.

Wesemann antwortet nicht, er ist hoch konzentriert. Wo ist der Chinese? Karola nickt Olivia zu und Olivia streckt ihr die flache Hand entgegen.

Am Brunnen ist nichts Auffälliges zu sehen. Der eine siedet und der andere trägt, das Wasser quillt und die Steine glänzen.

„Bin gleich zurück“, sagt Wesemann. Er windet sich unter der Absperrung durch und wird sofort von einem „Hallo, Sie!“, gestoppt.

Wesemann richtet sich zu seiner vollen Größe auf, nimmt sein Aufnahmegerät aus der Schultertasche und steuert auf die Männergruppe zu.

radioTOTAL mit einem Bericht aus Bad Münder …

Niemand schenkt ihm Aufmerksamkeit. Ja, wenn *HK Bertram hier wäre. radioTOTAL mit einem Bericht vom Tatort in Bad Münder …*

„Welchem Tatort?“ Einer der Männer ist aufmerksam geworden und nähert sich Wesemann. Eine Nase wie eine Kartoffel und Ringe unter den Augen wie angerostete Sicheln. „Ach, Sie sind das, Wesemann.“

Von der Absperrung winkt Olivia, sie hält zwei offensichtlich sehr heiße Kaffeebecher in der Hand, Karola hat ihre Jackenärmel über die Hände gezogen, um ihren Becher halten zu können.

Wesemann wendet sich wieder dem Kripobeamten zu. „Es wird etwas von einem toten Chinesen gemunkelt.“

„Eins muss man Ihnen lassen, Wesemann, Ihnen entgeht nicht viel."

„Umgekehrt wäre es mir manchmal lieber, dann hätte ich ein bisschen mehr Privatleben."

„Dann will ich Ihnen mal zu ein bisschen mehr Privatleben verhelfen." Der Mann grinst und seine Kartoffelnase rötet sich. „Wie Sie sehen, sehen Sie nichts. Eine Einsatzübung der Kripo Hameln-Pyrmont. Mehr heute Abend auf einer Pressekonferenz."

„Daran glauben Sie doch selber nicht."

„Nein, aber ich muss alle Medienvertreter zur gleichen Zeit mit den gleichen Informationen versorgen."

„Ich sehe hier keine weiteren Medienvertreter."

„Und wie sind Sie an Ihre Informationen gekommen, Mister Undercover?"

„Der Sender wurde informiert."

„Worüber?"

„Der Kopf eines Chinesen würde in der Kiepe des Salzträgers stecken und auf das Rathaus starren."

„Dann haben Sie doch schon alles für Ihren Bericht."

Er hat zumindest nicht widersprochen.

„Mir fehlen nur noch ein paar Einzelheiten, dann sind Sie mich auch schon wieder los." Wesemann schaut zur Absperrung hinüber. Die beiden Frauen schlürfen heißen Kaffee, ein Kaffeebecher steht vor Olivias Füßen.

„Was wollen Sie wissen, Sie Quälgeist?"

„Wer, wann, warum?"

„Mit der Beantwortung der Fragen wären wir auch schon ein gutes Stück weiter." Er lüpft für einen Moment seinen Mayser-Hut und fährt sich über die wenigen Haare am Hinterkopf. Es könnte auch ein Stetson sein. Oder irgendein anderer. Damit will sich Wesemann jetzt nicht aufhalten.

„Die Küsterin ist in aller Herrgottsfrühe hinüber zur Petri-Pauli-Kirche und hat erst nichts bemerkt, als sie die Marktstraße überquert hat. Doch dann hat sie sich an etwas Ungewöhnliches erinnert und ist zurück. Sie hatte richtig gesehen, aus der Kiepe des Trägers schaute der Kopf eines Chinesen mit weit aufgerissenen Augen auf das Rathaus. Bevor Sie fragen, kann ich Ihnen schon so viel sagen: Es war saubere, chirurgische Arbeit. Der Schädel war nach allen Regeln der Kunst vom Rumpf getrennt worden. Blut? Nur noch ein Rinnsal. Jetzt ist der Kopf natürlich in der Pathologie. Und die Frau ist im Krankenhaus. Schwerer Schock. Seien Sie froh, dass Ihnen der Anblick erspart wurde."

„Und der Rest vom Chinesen?", fragt Wesemann.

„Wenn er sich nicht freiwillig auf irgendeinem Revier meldet, werden wir ihn wohl suchen müssen!"

Der gleiche schräge Humor wie bei HK Bertram. Wenigstens lacht dieser Kripobeamte nicht so meckernd. Der Mann dreht sich um und geht zu seiner Gruppe zurück. Wesemann zu seinen beiden Damen – kurz hatte er Frauen gedacht. Sein Kaffee im Becher ist bestimmt längst kalt. Ist er nicht, die beiden Frauen haben ihn sich geteilt.

Auf dem Weg zum Sender soll sich Olivia genau an den Anrufer erinnern. Sie kann es aber nicht, weil sie solche Angst hatte, irgendetwas von dem Anruf zu verpassen. Fast wäre ihnen ein Betonmischer von rechts ins Auto gefahren. Wesemann hat die Vorfahrt missachtet. Er ist mit seinen Gedanken zu sehr beim toten Chinesen. Olivia bietet an, den Rest der Fahrt zu übernehmen, doch ohne Kommentar wechseln Karola und Wesemann die Plätze.

Plötzlich die Erkenntnis: „Wer ist denn jetzt im Sender?", fragt Karola.

Olivia weiß es nicht, behauptet aber, abgeschlossen zu haben. Karola schaltet das Autoradio ein, *radioTOTAL: … und nun zum Wetterbericht.*

Karola atmet durch, Wesemann starrt aus dem Fenster und ist in einer ganz anderen Welt. Ende des Wetterberichts und ein neuer Anfang: *… und nun zum Wetterbericht … und nun zum …* Eine Endlosschleife. Als sie endlich vor dem Sender ankommen, hockt Baxmann vor der Tür. In seinem besten Anzug. Die Schlüssel vom Sender stecken in seiner Lederjacke, und die hängt am Aktenschrank in seinem Büro. Auf der Stelle entlässt er Olivia. „Aber, ich habe doch nur …" Er will auch keine Entschuldigung hören. Karola schließt auf und schiebt Olivia energisch vor sich her. In wenigen Sekunden ist vom Wetterbericht in Endlosschleife auf Dudelmusik umgeschaltet.

„Und was ist mit ihm? Ist er krank?" Baxmann vermisst wohl Wesemann und schaut aus dem Fenster. Wesemann sitzt noch immer im Auto, das vorschriftswidrig auf dem Gehweg geparkt ist. Karola zieht gerade ihre Jacke aus, wirft sie über die Stuhllehne und eilt hinaus, um Wesemann in die Realität zurückzuführen.

„… Kapitäne und Rundfunkreporter verlassen niemals ihren Arbeitsplatz. Das ist seit Jahrhunderten Usus …"

Oliva schaut Karola ratlos an, Wesemann stellt sich ans Fenster und schaut hinaus. „Usus!", sagt Karola. Dann berichtet sie Baxmann von dem schrecklichen Fund in Bad Münder. Die Information sei nur durch tatkräftigen Einsatz von Frau Gabulow weitergeleitet worden und würde dem Sender eine exklusive Erstmeldung bescheren. Sofort sieht Baxmann eine glorreiche Zukunft für Frau Gabulow voraus und ernennt Wesemann zu ihrem Mentor.

Er fasst nach Olivias Hand und zieht sie zum Senderaum. Karola schiebt Wesemann hinterher. „Wir gehen live auf Sendung", sagt Baxmann, „berichten Sie von den Ereignissen in Bad Münder."

Sobald das rote Licht angeht, scheint Wesemann aus seinen Gedanken aufzuwachen, doch er übernimmt nicht das Mikrofon, er nickt Olivia nur aufmunternd zu.

Ein Hüsteln. Ein „Ähh", aber dann geht es zügig voran und nach wenigen Minuten ist Baxmann stolz wie ein Vater über seine wohlgeratenen Kinder. Musik wird eingespielt, Olivia und Wesemann verlassen das Aufnahmestudio.

Olivia lässt sich erschöpft auf einen Stuhl fallen. Das Telefon klingelt. Baxmann hebt ab, erwartet Gratulanten oder neidische Konkurrenz. Es ist HK Bertram, und der möchte Wesemann sprechen.

Wesemann meldet sich, hört zu, spricht ein paar zusammenhanglose Worte und macht sich wenige Notizen. Als das Gespräch beendet ist, schnappt er seine Tasche und ist auch schon raus. Im Hintergrund Baxmann: „An die Arbeit, meine Damen, in der Innenstadt hat ein neuer Ein-Euro-Laden aufgemacht."

HK Bertram hat eine Neuigkeit für Wesemann. Ein rechter Arm und ein linkes Bein wurden an der Weserschleuse aus dem Wasser gefischt. Offensichtlich fernöstlicher Provenienz. Für die Teile sei er zuständig. Ob sie zu dem Kopf in Bad Münder passten, müsste auf dem Dienstweg ermittelt werden. Wesemann würde natürlich bevorzugt unterrichtet.

Und dann will HK Bertram alles über Wesemanns Gespräch und seine Beobachtungen in Bad Münder erfahren. Man gerät ins Plaudern, wägt ab, welche Erfolgsaussichten die Ermittlungen haben könnten. Eine Mordkommission mit sechs Beamten sei bereits eingesetzt, aber der Fall werde sicher schwer, sehr schwer aufzuklären sein. Da ginge es nur Schritt für Schritt voran, im Augenblick wisse man nicht einmal, um wen es sich bei dem Toten handle. Da könnte Wesemann mit einem Aufruf im Sender doch unterstützend eingreifen.

Die Mutter aller großen Erkenntnisse ist die Spekulation. HK Bertram hat Matjes mit viel Zwiebeln gegessen, ein Rülpser bringt es an den Tag. Als Wesemann zurückweicht, nimmt sich HK Bertram ein Fisherman's, bietet Wesemann auch eins an. Wesemann greift zu, man kann nie wissen.

„Ein Chinese wurde also ermordet", sagt Wesemann.

„Ungewöhnlich, sehr ungewöhnlich."

„Sind in letzter Zeit im Zusammenhang mit Chinesen irgendwelche Verbrechensmuster zu erkennen gewesen?"

„Warum reden Sie auf einmal so geschwollen? Wir sind doch unter uns."

„Ich meine Bulgaren und Tresore, Rumänen und Kampfbetteln oder Touristen und Falschparken."

Wesemann, das Letzte hättest du nicht sagen sollen, HK Bertram schüttet sich aus vor Lachen und das tut weh.

„Spaß beiseite." HK Bertram wischt sich die Tränen mit dem Handrücken aus den Augen. „Außer ein bisschen Schutzgelderpressung bei einigen China-Restaurants ist nichts auffällig geworden. Doch halt, da war was.“ HK Bertram dreht sich auf seinem Stuhl um und rollt zu einem Regal mit Aktenordnern und abgelegten Loseblattsammlungen. Er sucht, fischt ein paar Blätter aus dem Stapel und wird endlich fündig. Er rollt zurück und legt Wesemann eine amtliche Information vor. „Eine ganz merkwürdige Kiste!“

Wesemann liest:

Betrügerische Münzfälscher festgenommen

Frankfurt, den 31. März 2011

Die Staatsanwaltschaft Frankfurt am Main hat gestern zusammen mit dem Fachkommissariat K 65 der Frankfurter Polizei Durchsuchungsbeschlüsse in 10 Objekten in Frankfurt am Main, Offenbach, Fulda und Mörfelden-Walldorf vollstreckt. Gleichzeitig wurden 6 Personen im Alter von 28 bis 45 Jahren festgenommen, gegen die ein Haftbefehl besteht.

Die Beschuldigten sind bis auf zwei Ausnahmen chinesischer Herkunft.

Es besteht der Verdacht, dass sie über eine oder mehrere Quellen in China verfügen, die sie mit zusammengesetzten 1- und 2-Euromünzen beliefern. Zumeist war bei diesen Münzen wahrscheinlich bereits in Europa Pille und Ring industriell getrennt und dann als Münzschrott nach China verkauft worden. Später wurden Pille und Ring wieder zusammengefügt und der Bundesbank zum Umtausch als angeblich beschädigte Münzen angedient.

Die Bundesbank tauscht als einzige in Europa kostenfrei beschädigte Münzen ein und erstattet den vollen Wert derselben. Die Münzen müssen in einen sog. Safebag eingefüllt werden, den man im Internet erwerben kann und der normiert ist für 1- oder 2-Euromünzen jeweils im Wert von 1000 €. Die Bundesbank kontrolliert den Wert in erster

Linie durch Wiegen und macht noch stichprobenartig eine Sichtkontrolle.

Danach wird der Gesamtbetrag auf das Konto des Einreichers überwiesen oder aber der Einreicher kann das Geld über ein bundesbankinternes Konto abrufen.

Den Beschuldigten wird vorgeworfen, die zusammengesetzten Münzen oder Münzteile, die zum Teil über 4 Flugbegleiter, die keine Gewichtseinschränkung bei ihrem Reisegepäck hatten, nach Deutschland gebracht worden waren, in Frankfurt bei der Bundesbank eingereicht zu haben in Kenntnis der Tatsache, dass es sich um zusammengesetzte Münzen handelte. Teilweise wurden im Hinblick auf die Sichtkontrollen auch noch gültige Münzen untergemischt.

Es besteht der Verdacht, dass im Zeitraum von 2007 bis November 2010 neunundzwanzig Tonnen Münzen, die einen Nennwert von 6 Millionen € haben, auf diese Weise eingetauscht wurden.

5 der 6 Festgenommenen, bei denen es sich um die Einreicher der Münzen bei der Bundesbank handelt, wurden dem Ermittlungsrichter vorgeführt und in Untersuchungshaft genommen. Der 6. Beschuldigte wird heute dem Ermittlungsrichter vorgeführt werden.

Ein Tatverdacht gegen Mitarbeiter der Bundesbank besteht nicht.

Die Durchsuchung in verschiedenen Objekten führte neben schriftlichen Unterlagen, Laptops und Computern zum Auffinden von insgesamt ca. 3 Tonnen Münzteilen sowie einer Maschine zum Zusammensetzen der Münzen. Außerdem wurden Pfändungen und Arreste in Höhe von ca. 1 Million € ausgebracht.

Das Einreichen der zusammengesetzten Münzen ist strafrechtlich neben Betrug als Inverkehrbringen von Falschgeld zu werten, da es sich bei diesen Münzen nicht mehr um ein gültiges Zahlungsmittel handelt.

Doris Möller-Scheu
Oberstaatsanwältin

Wesemann würde gerne eine Fotokopie mitnehmen. Von Frankfurt bis Hameln sind es gut drei Stunden – doch was ist das gegen die Entfernung Frankfurt Peking? Ein Nichts! HK Bertram fertigt Wesemann eigenhändig eine Fotokopie und verlangt nicht mal zwanzig Cent. Der Mann setzt auf Zusammenarbeit.

ACHT

Wesemann setzt sich ins Auto und fährt nach Münder, stellt das Auto ab und begibt sich sofort in die Marktstraße. An der Ecke zur Obertorstraße flattern noch die rotweißen Bänder um den Söltjerbrunnen. Wesemann steigt die beiden Stufen des gefassten Brunnenrands hinauf, macht einen großen Schritt, rutscht fast aus auf den glitschigen Steinen, steht dann direkt vor dem Salzträger und macht sich zum Deppen. HK Bertram hat ihm diesen Floh ins Ohr gesetzt. Falschgeld.

Wesemann klopft die Kiepe des gegossenen Mannes ab. Er hört nichts, einfach zu massiv. Vielleicht Bronze?

Wesemann steigt auf den Block mit den sprudelnden Fontänen, will dem Mann in die Kiepe schauen. Er holt sich nasse Füße, muss sich an der Statue abstützen, beugt sich weit vor und sieht einen Berg Salz. Also nicht richtiges Salz, sondern Bronze, die Salzbrocken darstellen sollen. Kein Loch, kein Zugang zum Inneren der Kiepe. Wie konnte der abgeschlagene Kopf eigentlich auf der Kiepenfüllung halten?

Mit einem Mal wird Wesemann bewusst, dass er sich wohl gerade auf der Stelle abstützt, die noch vor wenigen Stunden dem Kopf des Chinesen als Halt diente. Er reißt seine Hände zurück, was seiner Standfestigkeit nicht gerade zugutekommt, er fällt nach vorn, springt von dem Fontänen-Sockel und landet bis über die Knöchel im Wasserbecken. Mehrere Kinder haben ihn schon eine Weile beobachtet, brechen nun in schallendes Lachen aus. Bertram, ich hasse dich!

Wesemann macht sich auf dem Weg zu seinem Auto, die nassen Socken quatschen bei jedem Schritt.

Er hatte vergessen, das Auto abzuschließen, aber seine Tasche steht noch unberührt auf dem Rücksitz. Provinz! Er überlegt nur einen kurzen Augenblick, erinnert sich an ein Schuhgeschäft hinter dem Söltjerbrunnen. Schnell sind die Schuhe ausgezogen und die Strümpfe ausgewrungen.

Doch der Rückweg die Marktstraße hinauf ist keineswegs angenehmer. Im Schuhgeschäft sucht er sich an der Kasse ein paar dicke Socken aus mit Noppen unter der Sohle. Am liebsten würde er die Socken gleich anziehen, aber dann fragt die Verkäuferin, ob er das soeben auf dem Söltjerbrunnen war. Er hätte sie ans Eiskunstlaufen erinnert, den eingesprungenen Rittmeister, oder wie das hieße.

Also zurück zum Auto in den knatschenden Schuhen. Im Auto wird er endlich Schuhe und nasse Socken los, er wird auf den neuen Strümpfen heimfahren.

Tolle Aktion. Er schaltet das Radio ein. *radioTOTAL* – das ist Pflicht. Hofft auf entspannende Musik.

… heute Morgen von der Küsterin der Petri-Pauli-Kirche im Söltjerbrunnen entdeckt worden. Der Salzträger trug den Kopf des Chinesen in seiner Kiepe. Ein schauriger Anblick. Die Küsterin steht noch immer unter Schock und muss von einem Notfallseelsorger behandelt werden. Bisher ist die Identität des Mannes nicht geklärt. Die Kriminalpolizei hofft auf Hinweise aus der Bevölkerung. Weitere Informationen in Kürze – Olivia Gabulow für radioTOTAL.

Das hätte sein Bericht werden sollen. Davon wollte er das Kochtopfset bei Aldi kaufen. Dieser kleine Giftzwerg, schnappt ihm den Bericht vor der Nase weg und er holt sich die nassen Füße.

Wesemann greift zum Telefon, ruft im Sender an. Karola am Apparat.

„Sie wollte nicht, aber Baxmann hat sie gezwungen."

„Wie kommt denn der Notfallseelsorger in den Bericht?", fragt Wesemann.

„Ihr ist nichts Besseres eingefallen, und Baxmann hat es nicht gemerkt."

„Ich hab mir in Münder nasse Füße geholt und hab gedacht, du würdest mich ..."

„Wesemann, Handtücher liegen im Wäscheschrank, zweites Fach auf der linken Seite. Ich muss weiterarbeiten. Außerdem habe ich Leute fürs Wochenende zusammengetrommelt, die uns beim Umzug helfen." Damit ist das Gespräch beendet.

Umzug am Wochenende. Wusste er davon? Sicher. Aber an diesem Wochenende? Ein Schmunzeln macht sich breit auf seinem Gesicht. An diesem Wochenende wird er im Fall des toten Chinesen recherchieren müssen ...

Zu Hause stellt er die Füße in eine Wanne mit heißem Wasser und ruft beim Apotheker in Münder an.

Ja, er habe schon von dem Chinesenkopf gehört. War doch ein Bericht im Rundfunk. Wesemanns neue Kollegin hätte aber eine sympathische Stimme. Er hätte auch schon überlegt, aber nein, er fände keinen Zusammenhang zu der Quelle in seinem Garten. Übrigens seien gestern am späten Nachmittag zwei Männer vor Ort gewesen, die etwas vermessen hätten. Er wollte die Kundin im Laden nicht warten lassen und als er endlich Zeit hatte, waren die Männer mit dem Maßband weg.

Wesemann trocknet sich provisorisch die Füße ab und ersetzt das lauwarme Wasser in der Plastikwanne durch frisches heißes.

Er ruft seinen Sohn an. Moritz würde schon am Wochenende beim Umzug helfen, wenn Papa dafür was springen ließe. Da hat man ein Jahrzehnt lang den Krümel treppauf, treppab und durchs Leben getragen und dann will er Kohle für eine kleine Hilfeleistung. Aber nicht mit ihm! Wesemann hat seine Erziehungsprinzipien, auch bei einem Achtundzwanzigjährigen. Oder ist Moritz erst siebenundzwanzig? – Er verspricht ihm einen vollen Tank fürs Auto. Moritz hätte lieber einen Fünfziger, in sein kleines Auto würde nicht genügend Sprit reingehen, um auf seine Kosten zu kommen. Dann eben ein Fünfziger.

Wieder die Prozedur: Füße abtrocknen, neues Wasser zum Kochen bringen, in die Plastikwanne füllen. Aber diesmal zweigt Wesemann eine Kleinigkeit vom kochenden Wasser ab und gönnt sich einen Grog.

Er muss nachdenken. Um einen Anfang in seine Ermittlungen um den toten Chinesen zu bringen, müsste er mehr über die Person wissen. Wichtig wäre der Beruf. Investor, Koch, Artist? Interessant wäre eine Verbindung zum medizinischen Bereich. Wer kennt sich mit dem Fernen Osten aus? Natürlich die Angestellten der diversen China-Restaurants. Aber ihre Mentalität kennt Wesemann schon aus verschiedenen Begegnungen: Schweigen und wenn Sprechen, dann in Rätseln.

Bohre den Brunnen, ehe du Durst hast! Konfuzius oder Konfusion, man weiß es nicht so genau.

Das Handy hüpft auf dem Esstisch. Außerhalb der Reichweite. Bevor Wesemann die Füße abgetrocknet hat, wird der Anruf beendet. Doch das Display zeigt die Telefonnummer des Anrufers. Der Sender.

Olivia am Apparat. Sicher will sie sich entschuldigen. Doch nach wenigen Sätzen ahnt Wesemann, dass sie andere Absichten verfolgt. Ob er schon Näheres über den Chinesen wisse. Das könnte doch politische Hintergründe haben? Und eine Verbindung zum Tod von Bodo Schobinsky. Schließlich habe die ehemalige DDR besondere Beziehungen zu China unterhalten. „Dann sollten wir als Erstes herausbekommen, wo sich in letzter Zeit Chinesen im Weserbergland aufgehalten haben. Wenn Sie nichts dagegen haben, werde ich die umliegenden Hotels und Pensionen anrufen."

Wesemann hat nichts dagegen und hört sich selbst zum Abschied ein „Willkommen im Team" ins Handy murmeln. Verstand hat sie.

Darauf einen weiteren Grog. Der Rum-Anteil übertrifft deutlich die Menge des Wassers. Wesemann trinkt ihn als Medizin. Und kaum hat er die Füße wieder im heißen Wasser und die Lippen am Grog-Glas, kommt ihm ein genialer Gedanke. Er angelt das Handy heran und ruft Xaver Nikodemus an. Xaver ist Pilot auf den Langstreckenrouten nach Fernost. Wesemann kann sich erinnern, eine Tafel mit Seemannsknoten an der Wand seiner Wohnung gesehen zu haben. Doch waren es dann gar keine Seemannsknoten, sondern Knoten aus China, und Wesemann wusste wenige Minuten später wieder einiges mehr über die Welt:

Der Chinesische Knoten ist tief in der chinesischen Kultur verwurzelt. In vorgeschichtlicher Zeit ohne Schriftsprache halten die Chinesen erinnerungswerte Dinge mit Knoten fest. Große Knoten für wichtige Angelegenheiten, kleinere für normale Ereignisse.

Eine lange kulturelle Entwicklung macht den Chinesischen Knoten zu einem zentralen Symbol der chinesischen Nation und ist Vermittler ihrer umfangreichen kulturellen Eigenschaften.

Xaver Nikodemus ist sein Mann. Wesemann ruft an. Erst auf der normalen Leitung, dann von Handy zu Handy. Wer weiß, in welchem Erdteil sich Xaver gerade rumtreibt.

Xaver meldet sich. Eine sehr schlechte Verbindung. Es rauscht und zischt. Afrika? Wesemann fragt nach. Xaver steht bei Ikea in der Schlange vor der Kasse. Er wird Wesemann zurückrufen, sobald er das Möbelhaus verlassen hat.

Wesemann hat genug vom Fußbad. Die Zehen sind schon ganz verschrumpelt. Grog geht noch. Er schaut in die Programmzeitschrift, das Paarungsverhalten der Zwergwarane in Australien. Dann schon lieber Ikea. Xaver ruft an.

„Hast du einen Augenblick Zeit?", fragt Wesemann.

„Für dich immer. Einen Augenblick, ich setze mich ins Auto."

„Du kennst dich doch aus mit Fernost. Angenommen, du wärst Chinese und hättest eine zeitweise Unterkunft im Weserbergland. Wo müsste ich dich dann suchen?"

„Promi oder normaler Bürger?"

„Weiß ich nicht."

„Promis in den besten Hotels, normale Chinesen in irgendeiner Unterkunft. Aber wenn es mehrere sind, hocken sie meist aufeinander."

„Wie das?"

„Es gibt über fünfzigtausend chinesische Schriftzeichen, aber kein einziges für Privatsphäre. Die Chinesen lieben renao. Renao ist der Begriff für ein befriedigendes Leben in der Großgruppe. Verwandte, Bekannte, Freunde. Klapperndes Geschirr, lautes hohes Stimmengewirr, durcheinandergerufene Grüße und Befehle, Essen auf den Tisch geknallt, Rülpsen, in den

Zähnen stochern, nur eins darf man nicht – sich die Nase am Tisch putzen. Kein Markt für Tempotaschentücher. Wenn du verstehst, was ich meine."

„Ich verstehe. Aber gibt es solche Unterkünfte überhaupt noch bei uns?"

„Versuch's doch mal im Stockhof am Langen Wall."

„Der Knast wurde doch bereits Ende der Sechzigerjahre aufgelöst."

„Dann weiß ich auch nicht."

„Einen schönen Abend noch. Was hast du eigentlich gekauft?"

„Zwölf Bretter, achtundachtzig Schrauben, einen Inbusschlüssel und eine Dose roter Farbe. Schwedenrot."

„Bücherregal?"

„Nee, Meerschweinchenhaus für die Kinder. War als Garderobenkommode etikettiert."

Wesemann lehnt sich auf dem Sofa zurück. Starrt an die Decke. Zuviel Grog und zu wenig Fortschritte. Wie immer gibt es Spuren, Fährten, falsche Spuren und Sackgassen. Irgendwann würde er alles abgearbeitet haben und dann hätte sich alles ins Nichts aufgelöst. Oder er hätte den oder die Täter. Wofür? Für einen kleinen Radiobericht, der vielleicht von anderen Sendern aufgekauft würde. Ehrlicherweise macht er das alles nur für sich. Für sein Ego. Damit er vor Karola gut dasteht. Und vor seinem Sohn. Eigentlich vor dem ganzen Sender und der Region und urbi et orbi. Er ist einfach nur müde und ganz oben in der Nase spürt er, wie sich der Schnupfen einen Weg bahnt.

Olivia ruft an. Sie hat nichts Chinesisches in den Hotels und Pensionen gefunden.

Ob er Karola sprechen könnte.

Karola sei nicht da.

„Wo ist Karola?"

„Einfach nicht da!"

„Das hast du bereits gesagt, und ich hab gefragt, wo sie ist."

„Ich versteh Sie so schlecht, es muss an der Verbindung liegen. Baxmann meint übrigens, Sie sollten sich voll und ganz auf die Kriminalfälle konzentrieren und ich sollte die Undercover-Berichte machen. Haben Sie noch Material für mich?"

„Wo ist Karola?"

„Wissen Sie, wenn Sie mein Kerl wären ..."

„Wie alt bist du?"

„Jedenfalls darf ich in der Öffentlichkeit schon Alkohol trinken."

„Aber nicht während der Arbeitszeit."

„War nur ein kleines Schlückchen Sekt auf meine Beförderung. Hat Karola ausgegeben. Aber es hat mich nicht bei meinen Recherchen behindert."

„Bist du weitergekommen?"

„Nein."

„Wo würdest du mit deinen Freunden in China eine Unterkunft suchen, wenn ihr wenig Geld hättet?"

„Da gibt es nur eine Anlaufstelle: Jugendherberge. Die wird es in China doch auch geben?"

„Jugendherberge", murmelt Wesemann.

„Was haben Sie gesagt?"

„Das nächste Piccolo bezahle ich."

„Wir hatten Jules Mumm Rosé Dry. War aber im Sonderangebot zu vierneunundsiebzig."

Wesemann schaut fern, ohne richtig hinzusehen. Nach den Tagesthemen noch ein Drama mit Christine Neubauer. Das beruhigt. Vielleicht ein bisschen zu sehr. Er hat einen Traum. Außerirdische mit großen runden Gesichtern besuchen ihn. Sie sind keineswegs feindselig eingestellt. Sie bringen Liebesgaben in Form von schmackhaften Speisen, stellen sie vor ihm auf den Tisch und fordern ihn mit freundlichen Gesten zum Zugreifen auf. Einer streicht ihm übers Haar, ein anderer küsst ihn auf die Wange, ein dritter schreibt eine Partnerschaftshymne, die er unter Wesemanns Trinkglas schiebt.

Wesemann wacht auf. Sein linker Fuß ist eingeschlafen. Mit gymnastischen Übungen versucht er, seine Zehen wieder aufzuwecken. Vor ihm liegt eine Bäckertüte auf dem Tisch und unter seinem leeren Grog-Glas ein Zettel.

Guten Morgen! Du solltest deinen Alkoholkonsum kontrollieren. Pack deine Sachen, morgen um 7 kommt der Umzugswagen. Baxmann will auch helfen und den Wagen fahren. K.

Wie spät ist es denn? Schon neun. Wesemann muss sofort im Sender anrufen. Ist mit morgen morgen gemeint oder ist morgen schon heute? Aber dann wäre sieben Uhr schon längst gewesen. Also Umzug morgen, von heute aus gesehen.

Verschlafen schlurft Wesemann ins Badezimmer und stellt sich unter die Dusche. Er seift sich ein, wäscht seine wenigen Haare, summt ein kleines Wanderlied und erschrickt, als das Wasser urplötzlich den Wärmegrad von angenehm warm auf minus vierundsiebzig Grad senkt. Über eine längere Zeit versucht Karola bereits, ihm das Fluchen abzugewöhnen. Gut, dass sie ihn jetzt nicht hören kann. Dabei gibt es eine ganz einfache Ursache für den Kälteschock: Der Temperaturfühler des Durchlauferhitzers hat mal wieder seinen Geist aufgegeben – das Problem tritt so alle sechs bis acht Wochen auf. Wesemann wird ihn nicht vermissen. Er beißt die Zähne zusammen, erhöht den Druck des Wasserstrahls und wäscht sich die Seife vom Leib. Kein fröhliches Wanderlied mehr, nur noch Geschrei, Gezeter und Flüche. Und ein Großteil der Seife geht dann doch noch ins Handtuch, weil er die kalte Dusche einfach nicht mehr ausgehalten hat. Doch jetzt ist er hellwach. Sachen packen – das hat Zeit. Baxmann will den Umzugswagen fahren? Baxmann wird seine Wohnung nicht betreten und schon gar nicht in seinen Sachen schnüffeln!

Karola weiß Abhilfe. Wesemann soll sich selber einen Umzugswagen mieten und fahren. Augenblicklich ist es nicht mehr so schlimm mit seiner Geheimniskrämerei.

„Wie weit bist du mit dem Packen der Kartons?", fragt Karola am Telefon.

„Welcher Kartons?" In ihrer Stimme hört er ein leises Vibrieren, sicher ein Zeichen von Stress. Hoffentlich ist er nicht die Ursache. „War nur ein Scherz. Engin hat pünktlich seine Bananenkartons vor meine Tür gestellt und die ersten sind schon gefüllt."

„Als ich dir die Brötchen gebracht habe, habe ich keinen einzigen Karton gesehen und das war vor gut einer Stunde."

„Mein Sohn kommt gleich und will helfen."

„Bist du sicher?"

„Natürlich! Ich bezahl ihm doch die Stunden."

„Auf gutes Gelingen!" Karola beendet das Gespräch. Die Kartons kann er auch noch nach dem Frühstück holen. Jetzt einen schönen frisch gebrühten Kaffee und dazu ein Brötchen mit, tja, was hat er eigentlich noch im Kühlschrank? Nur noch ein Stück feiner Leberwurst. Früher hieß sie Kalbsleberwurst, seit die Verbraucherschützer so pingelig sind, ist sie zur feinen Leberwurst mutiert. Aber fein ist die im Kühlschrank auch nicht mehr. Er wird einfach ein Brötchen mit Butter essen, das schmeckt auch. Mit welcher Butter?

Man hat es nicht leicht als Alleinverdiener. Ran an die Arbeit, ein trockenes Brötchen kann man durchaus auch in Kaffee stippen. Er wollte sich in den umliegenden Jugendherbergen nach fernöstlichen Besuchern umhören. Er ruft HK Bertram an. HK Bertram hat keine Zeit. Wie alt der Chinese in Bad Münder war? Kann man schlecht sagen. Die ersten Untersuchungen gehen von einem Alter zwischen fünfundvierzig und fünfundfünfzig aus. Und dann vergisst HK Bertram auch noch „Auf Wiedersehen" zu sagen, bevor er auflegt.

Wesemann geht ins Internet, sucht nach der Jugendherberge Hameln.

... unser Haus eignet sich für Aufenthalte von Einzelgästen und Familien, Schulklassen sowie Wander-, Sport- und Jugendgruppen.

Also ein Einzelgast mittleren Alters aus China, der müsste doch aufgefallen sein. Wesemann ruft an. Herr Priester, der Leiter der Jugendherberge ist hilfsbereit, aber auch sehr bestimmt: Keine Auskunft am Telefon, gerade wollten zwei neue Gruppen einchecken und ein Mädchen habe ihren Ausweis verloren. Wenn Wesemann etwas wissen wolle, müsste er sich schon herbemühen.

Wesemann zieht sich die Schuhe an. Auf dem Rückweg kann er dann die Kartons von Engin holen. Oder ihm zumindest zeigen, wo er sie hinstellen soll.

Herr Priester hat durchaus chinesische Besucher anzubieten. Vor Kurzem erst wäre eine ganze Gruppe abgereist. Alles nette junge Leute mit Kameras, aber ständig schnatternd. Wollten immer Königsberger Klopse essen und Erbsensuppe. Nette Leute.

Ob Herr Priester mal nachsehen könnte, woher die Gruppe gekommen sei? Der Ausweis hat sich wieder eingefunden, er steckte im falschen Anorak. Die Gruppe kam aus Nagoya.

„Nagoya in China?“

„Das haben Sie jetzt gesagt!“ Herr Priester grinst.

Ob er sich an einen Einzelreisenden chinesischer Herkunft erinnern könne.

Herr Priester schüttelt den Kopf, die junge Leute sähen doch alle gleich aus, kaum zu unterscheiden für einen Westeuropäer.

Ein Mann mittleren Alters wäre doch sicher in der Jugendherberge aufgefallen …

„Mittleren Alters?“ Herr Priester muss überhaupt nicht nachdenken, sein Erinnerungsvermögen ist sofort fündig geworden. „Das war nicht einer, das waren vier.“

„Vier?“

„Alles anständige Männer. Nur unser Essen mochten sie nicht. Haben sich selbst was auf den Zimmern gebraut. Ging dann aber auch nicht mehr, weil sich die andern Gäste über den Ge…ruch beschwert haben. Wo sie dann gegessen haben, weiß ich nicht. Wir sind meist ausgebucht.“

„Waren die vier Männer Touristen?“

„Hab ich auch erst gedacht. Hatten auch alle Fotoapparate um den Hals und waren ständig unterwegs. Doch eines Abends gab es bei uns Sauerkraut mit Bratwurst, das hat ihnen geschmeckt. Da habe ich mich zu ihnen gesetzt. Wissen Sie, in so einer Jugendherberge lernt man es, sich mit Menschen aus allen Herrgottsländern zu verständigen. Soviel ich verstanden habe, waren das alles Studierte. Sie hatten wohl mit Wasser zu tun, vielleicht interessierten sie sich für die Personenschifffahrt auf der Weser ..."

„Könnten sie auch etwas mit Medizin zu tun gehabt haben?"

„Das ist komisch, wo Sie es jetzt sagen. Einer unserer jungen Gäste aus Bleckede hatte über Nacht einen roten Ausschlag bekommen. Wir wollten schon die ganze Gruppe nach Hause schicken, da hat einer der Chinamänner ein dunkles Pulver herbeigeschafft und nachmittags war der Ausschlag verschwunden."

„Und wieso Wasser?"

„Einer von ihnen hat etwas in seine Kladde gemalt und das sah aus wie eine Fontäne. Ich habe gefragt: ‚Water?' und alle haben genickt." Eine weiß gekleidete Küchenfee ruft Herrn Priester. Herr Priester erhebt sich.

„Haben Sie die Namen und den Tag ihrer Abreise für mich?", fragt Wesemann.

„Kein Problem, bin doch sowieso unterwegs." Herr Priester verschwindet in der Anmeldung, sucht in einem Buch, nennt den Abreisetag der Gruppe. An diesem Tag wurde der Kopf des Chinesen in der Salzträgerkiepe gefunden.

„Möchten Sie zum Essen bleiben?", fragt Herr Priester.

„Was gibt's denn?"

„Nudeln mit Bologneser Soße."

„Wenn Sie vielleicht noch ein, zwei Brötchen vom Frühstück übrig hätten ..."

„Sie können wählen: Cervelatwurst, Kochschinken oder Frischkäse."

„Gibt es noch diesen feinen Schmelzkäse mit Schnittlauch wie in meiner Jugendzeit?"

Herr Priester grinst, als er in die Küche geht.

Wesemann sieht vor seinem inneren Auge ein Dreieck: Schobinsky – Quelle im Apothekergarten – toter Chinese. Schobinsky wollte die stinkende Quelle verwerten, dachte an Chinesische Medizin, womit er in seiner Broschüre geworben hat. Doch wie ist er an die Chinesen gekommen? Der Weg führt über die Frage, was genau er mit der Quelle anstellen wollte. Aber zuerst muss sich Wesemann um seinen Umzug kümmern. Er ruft seinen Sohn an.

„Kannst du ein paar Bananenkisten besorgen?"

„Wie viele?"

„So dreißig bis vierzig."

Er muss das Handy aus der Hand legen, ein Postfahrzeug überholt in halsbrecherischem Tempo. „Blödmusiker!"

Sein Sohn schimpft noch immer auf dem Beifahrersitz. „… nicht gleich eine ganze Plantage?"

„Reg dich nicht auf. Ich bin dein Vater und bezahle dich!"

„Nicht alles kann man mit Geld kaufen."

„Was denn nicht?"

„Kinderliebe!"

„Also besorg die Kartons! Und morgen früh um sieben bist du in meiner Wohnung und lässt die anderen Helfer rein."

„Welche anderen Helfer?"

„Weiß ich doch nicht. Du wirst sie besorgen."

„Weißt du, was du mich kannst?"

„Vaterliebe kennt keine Grenzen."

„Und wo bist du?"

„Ich muss morgen ganz früh raus. Furchtbar wichtige Recherche. Hat alles mit den beiden Toten zu tun."

„Wir könnten tauschen."

„Baxmann fährt den Umzugswagen. Vielleicht hat er einen Job für dich. Abends lade ich euch dann alle zur Pizza ein. Nachdem ich alles kontrolliert habe. Scherben werden vom Lohn abgezogen."

NEUN

Wesemann fährt zu seinem Apotheker nach Münder. Er will es noch mal mit dem eingesprungenen Rittberger probieren: „Wenn Schobinsky eine Idee hatte, die Quelle mit der Traditionellen Chinesischen Medizin zu nutzen, woran könnte er gedacht haben?“

„Da ging es bestimmt um die chinesische Arzneimittellehre.“

„Sie kennen sich aus?“

„Leider habe ich mich nicht allzu viel mit der chinesischen Medizin beschäftigen können, wäre schon interessant gewesen.“ Er geht zu einem Regal und zieht zwischen den Büchern eine orangefarbene Broschüre hervor, schlägt sie auf und liest: „Die Chinesische Arzneimittellehre verwendet vorwiegend Pflanzenteile wie Wurzeln, Rinden, Blüten und Blätter, aber auch Mineralien und einige Tierprodukte. Ein Grundsatz der Traditionellen Chinesischen Medizin ist die Erkenntnis, dass das Ganze mehr ist als die Summe seiner Teile. Deshalb werden einzelne Kräuter und Substanzen in der Regel miteinander kombiniert. Damit können erwünschte Wirkungen gegenseitig verstärkt, unerwünschte aufgehoben oder gelindert werden … Die Auswahl, Zusammenstellung und Dosierung muss erfahrenen Therapeuten vorbehalten bleiben. … Traditionell werden chinesische Arzneimittel in Form von Abkochungen, sogenannten Dekokten eingenommen. Dabei werden die gemischten Rohdrogen in Wasser gekocht und als Tee getrunken. Daneben gibt es auch Verabreichungen als verdünnte Extrakte, aufgelöste Granulate und Pulver sowie Pillen und alkoholische Tropfen. Zur äußeren Anwendung dienen Salben oder Sitzbäder und so weiter und so weiter."

„Haben Sie das verstanden?"

„Teilweise."

„Aber Wasser kam in dem Text vor."

„Man braucht also nur das richtige Rezept für entsprechende Aufgüsse, um die Quelle vielversprechend vermarkten zu können."

„Herr Wesemann, Sie denken in Kategorien, die mir fremd sind."

„Sie sind doch Apotheker."

Herr Abel lächelt säuerlich.

„Da passt doch alles zusammen. Schobinsky will die Traditionelle Chinesische Medizin für seine Geschäftsidee nutzen. Er heuert also einen Trupp medizinerfahrener Chinesen an und lässt sich von ihnen ein Rezept für die therapeutischen Anwendungen seiner Quelle erstellen."

„Und als er das Rezept hatte, hat er die Chinesen …" Apotheker Abel macht mit der Hand eine eindeutige Geste unter seinem Kinn.

„Daran mag ich gar nicht denken", sagt Wesemann, „es waren vier oder fünf Personen."

„Ich würde die Kripo einschalten."

„Haben Sie HK Bertram schon einmal lachen gehört?"

Die Frage bleibt unbeantwortet. Wesemann will nach Hause, den letzten Abend mit einem Gläschen Rotwein in seiner alten Wohnung verbringen. Moritz ruft an: „Dreiundzwanzig Kartons und zwei Helfer."

„Ich bin stolz auf dich!"

„Schön, dass du das sagst. Ich komme nachher mal vorbei und hole Vorschuss. Wir brauchen Cola, einen Kasten Wasser und Einweghandschuhe."

„Wofür denn Einweghandschuhe?“

„Sieht man immer im Fernsehen bei Entrümpelungen.“

Wesemann fährt nach Bad Münder. Er hat da so eine Idee für innere Anwendungen. Nicht viel los im China-Restaurant um diese Tageszeit. Das trifft sich gut. Er bestellt eine Misosuppe und der Kellner beglückt ihn mit einer neuen chinesischen Weisheit:

„Alle Krähen unter dem Himmel sind schwarz.“

Wer hätte das gedacht. Vielleicht steckt ein Sinn dahinter, der Wesemann nicht gleich aufgeht. Er wird später darüber nachdenken. Jetzt wird er erst einmal seine Idee verfolgen und bestellt nach der Misosuppe noch einmal die Speisekarte. Und ein Bier. Der Kellner bringt beides, Wesemann möchte die Speisekarte mit chinesischen Schriftzeichen. Der Kellner lächelt, aber für eine seiner Weisheiten hat es ihm die Sprache verschlagen.

Wesemann schlägt die Karte auf und grinst. Genau so hat er es sich gedacht:

板 栗 鸡 煲
板 栗 鸡 翅
菠 菜 鸡 茸 卷
草 莓 鸡 脯
陈 皮 鸡
重 庆 辣 子 鸡
葱 烤 鸡 翼 丝
葱 油 鸡

东 安 仔 鸡
法 式 炸 鸡 排
芙 蓉 鸡 片 儿

„Und das?“ Wesemann tippt auf irgendeiner Seite auf irgendeine Zeile.

铁 板 牛 蛙

Der Kellner hebt die Augenbrauen: „Tieban Niuwa?“

Wesemann nickt. Der Kellner schüttelt den Kopf: „Ist aus.“

„Es muss ein schönes Gericht sein, bei so schönen Schriftzeichen!“

Der Kellner geht in die Küche, kommt gleich darauf mit einem jungen Mädchen zurück. Er tippt mit dem Finger auf das von Wesemann ausgewählte Gericht, sagt: „Übersetzen.“

Das Mädchen liest: „Ochsenfrosch auf der heißen Eisenplatte.“

Der Kellner sagt: „Nur in China, nicht in Deutschland.“

Wesemann tippt auf ein weiteres Gericht:

咖 哩 鸡 肉

Der Kellner sagt: „Gali Jirou“, und das Mädchen übersetzt „Curry-Hühnerfleisch!“

Wesemann ist zufrieden und isst mit bestem Appetit. Dann trinkt er noch einen 茅台酒, was der Kellner mit „Maotaijiu“ übersetzt und für diese Übersetzung braucht er keine Hilfe.

Wesemann gibt ein ordentliches Trinkgeld und hat eine Bitte: Ob er sich die chinesische Speisekarte für einen Tag ausleihen kann? Der Kellner trinkt einen Maotaijiu mit Wesemann und ist einverstanden, die Tochter bekommt eine Cola.

Zuhause legt Wesemann die eindrucksvollste Seite auf den Scanner, bearbeitet sie noch ein wenig mit Rahmen, Schattierungen und Farbelementen und bestaunt bei einem Glas Rotwein ausgiebig sein Werk.

Ein schnelles Klingeln. Die Wohnungstür wird aufgeschlossen, Karola kommt herein, gibt ihm einen flüchtigen Kuss. Sie sieht ziemlich fertig aus. „Hat dich Baxmann geärgert?“ Mitgefühl kommt immer gut an.

„Ich ziehe gerade um.“

„Weiß ich doch.“

„Und?“ Karola dreht sich um die eigene Achse und sieht sich um. „Werde ich alleine in die Gartenstraße ziehen?“

„Natürlich nicht.“ Wesemann drückt sich aus seinem durchgesessenen Sessel hoch und umarmt Karola. „Du bist doch mein Volltreffer in der Fernsehlotterie.“

„Als lebenslänglichen Rentenanspruch habe ich mich eigentlich nicht gesehen.“

Wesemann küsst sie. „Den Umzug organisiert mein Sohn, und der hat alles im Griff. Über sechzig Umzugskartons und acht Helfer, da geht die Post ab.“

Karola hat zwei Portionen Fleischsalat mitgebracht. War beim Metzger im Angebot. Hausgemacht. Dazu vier Brötchen, und Wesemann schenkt ihr ebenfalls ein Glas Rotwein ein. Vor dem Schlafengehen wird Wesemann sein Sodbrennen bekämpfen müssen.

„Bertram hat übrigens angerufen.“

„Ach, bei mir hat er sich nicht gemeldet.“

„Er hatte auch kein direktes Anliegen, wollte nur wissen, ob sich jemand beim Sender gemeldet hat, der Hinweise auf die Identität des toten Chinesen geben konnte.“

„Ich könnte“, sagt Wesemann.

„Und warum sprichst du dann nicht mit dem Kommissar?“

„Weil ich erst eine Vermutung habe und diese untermauern möchte. Du kennst Bertrams Lache!"

Karola kaut, zeigt mit der Gabel auf Wesemanns ausgedruckte Speisekarte in der Klarsichthülle: „Hat es etwas damit zu tun?"

„Es hat", sagt Wesemann. Er trinkt einen Schluck Rotwein. „Ich muss morgen ganz früh raus."

„Stell dich nicht so an, Baxmann steht mit dem gemieteten Umzugswagen erst um sieben vor der Tür."

„Dann bin ich schon längst unterwegs."

„Übertreib es nicht. In den Möbelwagen geht eine Menge rein. Da brauchst du nicht extra mit deinem Corsa zu fahren."

„Ich stoße später zum Umzug dazu. Morgen früh muss ich erst recherchieren. Rupfe das Huhn, solange es noch frisch ist."

„Was soll das denn heißen?"

„Altes chinesisches Sprichwort."

Karola erhebt sich wortlos, packt ihre restliche Mahlzeit zusammen und wirft sie in die Mülltonne. „Entweder sehen wir uns morgen Abend in der fertig eingerichteten Wohnung oder überhaupt nicht mehr!" Sie dreht sich um und verlässt wortlos die Wohnung.

Nachdem er sich aus seiner Schockstarre erholt hat, ruft Wesemann seinen Sohn Moritz an. Moritz ist keineswegs bereit, die Verantwortung für die Beziehung seines Vaters zu übernehmen. Er habe eine Frau wie Karola gar nicht verdient!

„Karola kann auch nett sein!"

„Du weißt genau, wie das gemeint war. Ich werde tun, was ich kann – aber ihr zuliebe und nicht für meinen Vater, der sich aus jeder Verantwortung stiehlt."

Das hat gesessen, Wesemann sucht nach einer passenden Antwort, doch die braucht er dann nicht mehr, sein Sohn hat das Gespräch beendet. Dabei wollte er ihm noch sagen, dass morgen der Wohnungsschlüssel unter der Fußmatte liegt.

Es ist nicht einfach, am Samstagmorgen um halb sieben ein Café mit einem ordentlichen Frühstück zu finden. Nach einer halben Stunde Suchen ist es Wesemann schon egal, ob es ein ordentliches oder ein unordentliches ist. Die Cafés haben noch alle geschlossen. Service-Wüste Deutschland! Da soll man sich nicht wundern, wenn die Leute morgens Müsli essen oder gar nichts.

Wesemann betritt eine Bäckerei in der Bäckerstraße. Rechts von der Theke haben drei Stehtische Platz gefunden. Es gibt auch Brötchen, die in mehreren Arten belegt sind. Wesemann wählt eins mit Käse, eins mit einer aufgeschnittenen Frikadelle und eins mit Ei. Dazu einen großen Milchkaffee. Die Morgenzeitung hat er von zu Hause mitgebracht. Schließlich muss er zwei bis zweieinhalb Stunden überbrücken, bevor er sich auf den Weg nach Haddessen zu Frau Handtke begibt. Chinesische Paradiesfische und Laotse! Er wird ihr zwei Schokoladen-Croissants mitbringen. Vielleicht hat sie noch nicht gefrühstückt. Es gibt nicht nur Frühaufsteher!

Frau Handtke hat gefrühstückt, aber bei ihrer Laune Vollkornbrot mit Zwiebeln. Irritierend die schmal geschnittenen Pantöffelchen an ihren Füßen. Diesmal in Mohnrot und ohne Puschel. In diese Umgebung würden eher Gummistiefel passen.

Wesemann tritt von einem Fuß auf den andern. So früh am Morgen will ihm einfach keine Gesprächsstrategie einfallen. Er erkundigt sich nach dem Angebot an Pfefferminze und Baldrian und weiß nicht weiter.

Im Haus fällt irgendetwas um, hörte sich an wie ein solider Stuhl auf harte Holzdielen. Frau Handtke seufzt. „Nun sind Sie schon mal hier, dann kommen Sie auch rein. Wenn Sie keine so dummen Fragen stellen wie beim letzten Mal, könnte ich Ihnen sogar einen frisch gebrühten Tee anbieten."

„Gern."

Wesemann folgt Frau Handtke ins Haus. Sie führt ihn in das Zimmer mit dem Aquarium und dem großen Sparschwein auf dem Tisch. Von einem umgefallenen Stuhl ist nichts zu entdecken. Frau Handtke nimmt zwei hauchdünne Porzellantassen aus einem Buffetschrank, holt eine Glaskanne aus der Küche und gießt Tee in die Tassen.

Wesemann schaut sich verstohlen nach Milch und Zucker um. „Der Oolong-Tee aus Fujian verträgt keine Ablenkung," sagt Frau Handtke.

Wesemann jubelt innerlich, er ist auf der richtigen Fährte.

Laut schlürfend saugt Frau Handtke den ersten Schluck Tee ein. Wesemann will nicht unhöflich sein und verkneift sich das Schlürfen, dafür verbrennt er sich die Zunge. Frau Handtke zeigt ein kleines feines Lächeln.

Wesemann lächelt zurück. Er greift in seine Jackentasche, legt den Ausdruck der chinesischen Speisekarte auf den Tisch.

„Sie haben doch sicher von dem verunglückten Karnevalsprinzen in Hessisch Oldendorf gelesen?"

Frau Handtke sieht ihn nur an und schlürft dabei weiter ihren Tee.

„Und jetzt der Kopf des toten Chinesen in der Kiepe des Münderaner Salzträgers."

Für einen Sekundenbruchteil flattern Frau Handtkes Augenlider.

„Ich sehe da einen Zusammenhang und Sie können mir vielleicht helfen, ihn zu konkretisieren."

Frau Handtke stellt ihre Teetasse ab.

„Dr. Schobinsky wollte in Münder eine Quelle nutzen, um mit dem Wasser und speziellen chinesischen Kräutern Aufgüsse zu erstellen, die in einer angeschlossenen Klinik zahlungskräftigen Patienten verabreicht werden sollten. Ich nehme an, dass der tote Chinese Arzt war und ein Rezept für die Zusammensetzung der Kräuter besaß."

Jetzt schaut Frau Handtke Wesemann direkt in die Augen, und Wesemann weicht ihrem Blick aus.

„Durch glückliche Umstände ist es mir gelungen, in den Besitz der Rezeptur zu kommen." Er dreht den Ausdruck in Frau Handtkes Richtung. „Sie sind gar nicht überrascht? Kennen Sie die Rezeptur vielleicht?"

„Das ist der Auszug aus einer chinesischen Speisekarte", sagt Frau Handtke.

„Wie schön, Sie können Chinesisch?"

„Von Können kann keine Rede sein, ich kenne einige Schriftzeichen und für eine grobe Verständigung reicht mein Wortschatz auch."

Wesemann, dein Superspürnäschen!

„Wo lernt man denn so etwas?"

„In jeder halbwegs gut sortierten Volkshochschule."

„Ach?"

„Könnten sogar Sie noch lernen!"

„Ich glaube kaum."

Wesemann erhebt sich. Die halbe Tasse Tee lässt er stehen. Schmeckt plötzlich bitter. Frau Handtke gibt ihm die Hand: „Probleme sind Gelegenheiten zu zeigen, was man kann."

„Chinesisches Sprichwort?"

„Duke Ellington!"

Wesemann setzt sich ins Auto. Er ist zufrieden mit seiner Recherche. Da fügt sich zusammen, was zusammengehört. Schobinsky, chinesische Mediziner, Frau Handtke. Fehlen nur noch die Verbindungsstücke. Sein Handy klingelt. Auf dem Display steht: Karola. Wesemann zögert, nimmt das Gespräch lieber nicht an. Moritz ruft an. Aber Wesemann ist jetzt nicht zu stören. Er hört *radioTOTAL:*

Heute berichtet Olivia Gabulow aus l'Ondit. Eine einsame Gestalt nähert sich vorsichtig dem Marktplatz, schaut sich immer wieder um und verschwindet in einem Hauseingang. Es dauert eine Weile, bis sie sich wieder zeigt, dann aber zielstrebig auf den großen Teppich in der Mitte des Platzes zugeht. Vorsichtig lupft sie eine Ecke an, scheint etwas zu suchen, findet nichts und kriecht unter den gewebten Fußwärmer.

Wie aus zuverlässiger Quelle zu entnehmen war, sucht die Gestalt nach einem Haus. Einem ehemaligen Fischerhaus. Ein ganzes Haus unter dem Teppich?

In der Stubenstraße standen einst sechs alte Fischerhäuser. Nun ja, Fischer haben da nie gewohnt, sondern meist die Ärmsten der Armen. Da diese Häuser, was alte Balken belegen, im Kern aus dem vierzehnten Jahrhundert stammten, standen sie natürlich unter Denkmalschutz. Und Denkmalschutz kann teuer werden. Also nicht zu bezahlen von den Eigentümern. So wurden die Häuser im Laufe der Jahre windschief und marode. Mit der Zeit waren sie dann nicht mehr bewohnbar und standen über zwanzig Jahre leer. Anfang der Achtzigerjahre kaufte der Landkreis die Häuser auf. Bis auf die Nummer vierundzwanzig, wahrscheinlich das älteste Haus l'Ondits. Der Besitzer dieses Hauses war einfach mit dem Kaufpreis nicht einverstanden. Doch l'Ondit sollte schöner, heller, moderner werden. Ohne Probleme bekam der Landkreis von der Denkmalschutzbehörde jetzt die Genehmigung, diese Häuser abzureißen.

Nur Haus Nummer vierundzwanzig blieb einsam in der Stubenstraße zurück. Als sich dann eine Investorengruppe mit einem Einkaufscenter an der Stubenstraße breitmachen wollte, bezahlte sie dem Eigentümer von Haus Nummer vierundzwanzig einen angemessenen Preis. Der Abbruchunternehmer konnte bestellt werden. Doch der brachte es nicht übers Herz, das niedliche Haus einfach niederzureißen. Er hat es auf eigene Kosten Ziegel für Ziegel, Stein für Stein und Balken für Balken abgebaut und eingepackt. Und so schlummert das Fischerhaus Nummer vierundzwanzig irgendwo und wartet darauf, gefunden und wieder aufgebaut zu werden.

Olivia Gabulow - sie spricht ganz normal trotz ihres Piercings. Was würde Karola sagen, wenn er sich ein Loch für einen Ohrring stechen ließe. Nichts. Er wird sie nicht fragen. Das tut doch bestimmt weh.

Wesemann fährt nach Hameln. Irgendwann wird er sich der Umzugsbande stellen müssen.

Er fährt hinunter ins Tal der Weser, Nebelschwaden liegen über Wasser und Wiesen, am Himmel eine milchige Sonne. Die Zeit von Karneval bis Ostern kann lang werden in dieser trüben Stimmung. Und doch liegt schon ein Hauch von Frühlingsahnung über dem Land. Die Rückkehr der Vögel, das erste Grün, Blumen, Straßencafés, verliebte Umarmungen und Angebotsprospekte von Gartenmöbeln in den Briefkästen. Er wird mit Karola auf dem Balkon sitzen und einen Campari-Soda schlürfen, dazu ein feines Stückchen herber Schokolade … es werden Paprikastreifen werden bei Karola. Doch es liegt in der Luft. Diese Vorahnung. Irgendetwas würde geschehen. Wesemann spürt schon dieses leichte Kribbeln im Bauch in Erwartung eines Durchbruchs. Oder war die Frikadelle auf dem Brötchen doch nicht so frisch wie sie aussah?

„Ach", sagt Wesemann, als er die neue Wohnung in der Gartenstraße betritt, „ihr habt schon angefangen?" Karolas Wischtuch verfehlt ihn nur leicht, aber Moritz hat früher einmal Handball gespielt und trifft mit einem Knäuel Packpapier Wesemanns rechtes Ohr.

„Wir sind schon fast fertig", sagt eine junge weibliche Stimme und Wesemann freut sich, dass Olivia auch mithilft. Doch bevor er ihr etwas Charmantes sagen kann, stellt sich ihm Moritz in den Weg und Wesemann murmelt ein „Guter Bericht" in Richtung Olivia.

„Recherchieren Sie immer noch im Umfeld der beiden toten Männer?", fragt Oliva. Wenn das kein geschicktes Aushorchen werden soll, ist die Frage doch ziemlich naiv. Vielleicht wäre sie etwas für seinen Sohn?

„Beim Frisör ist nämlich noch etwas über diesen Schrotthändler aus Obernkirchen herausgekommen. Monika war das erste Mal nach ihrem Urlaub wieder im Salon und da kam die Sprache auch auf die beiden Toten und da hat sie angedeutet, dass ..."

Sie ist etwas für seinen Sohn, wie der sie anstrahlt.

„... der Schrotthändler nicht nur Krach mit Schobinsky hatte. Er soll sogar sein illegitimer Sohn sein. Meinen Sie, ich sollte da mal genauer nachforschen?"

„Das könnte gefährlich werden", sagt Wesemann, „darum mache ich es lieber selber. Jetzt gleich."

„Du machst dich nicht wieder vom Acker", sagt Karola, „deine Recherchen haben auch noch bis morgen Zeit. Jetzt fährst du den Umzugswagen. Der steht vor der Tür, Baxmann musste in den Sender die Bänder wechseln."

Wesemann hängt seine Tasche an einen Garderobenhaken, sieht sich um. Da kann nicht mehr viel an Umzugsgut unterwegs sein, die Wohnung ist jetzt schon völlig zugestellt.

Er muss zur Toilette, natürlich hatte er vergessen, Toilettenpapier einzukaufen, aber hier steht eine ganze Packung mit zwölf Rollen. Noch nicht einmal aufgerissen. Wie schön, wenn man sich nicht um die einfachen Dinge des Lebens kümmern muss und sich dem großen Ganzen widmen kann. Aber Lavendelseife. Wesemann spült die Hände gründlich mit Wasser nach.

Er geht hinunter zum Umzugswagen und ruft HK Bertram an.

„Ich hab etwas für Sie."

„Ich berichte ab sofort nur noch nett über die Polizei und Sie schlagen mich für das Bundesverdienstkreuz vor?"

„Was machen unsere Falschmünzer, Wesemann?"

„Ich bin mir nicht sicher, ob das eine heiße Spur ist …"

„Ich aber, Wesemann, ich aber!"

„Wissen Sie nun schon etwas über den toten Chinesen in Bad Münder?"

„Natürlich, wir sind doch bei der Polizei. Aber leider sind die Informationen noch nicht freigegeben. Die Staatsanwaltschaft ist da schnell eingeschnappt."

„Sie wissen also nichts." Eine fremde Frau schaut mit einem gewinnenden Lächeln ins Umzugsauto, grüßt und geht dann ins Haus. Wesemann wird sich in der neuen Umgebung sicher wohlfühlen.

„Wesemann, seien Sie froh, dass ich nicht schnell einschnappe."

„Ist der Chinese identifiziert?"

„Hm, na ja, um ehrlich zu sein, eine Computerpanne und Personalmangel ..."

„Soll ich das so senden?"

„Auf keinen Fall. Wir werden eine wohlformulierte Presseerklärung herausgeben."

„Ich hätte vier Chinesen anzubieten, die sich zur fraglichen Zeit in Hameln aufhielten."

„Gleich vier? - Wesemann, Sie müssen auch immer übertreiben!"

„Ihre Namen sind Li Chang, Hu Wang, Dong Fang und Qiang Lu."

„Wie schreibt man das?"

„Wie man's spricht."

„Wesemann, ich könnte Sie vorladen lassen."

„Ich wüsste gern, wann die Herren abgereist sind und wohin. Ließe sich da etwas machen?"

„Buchstabieren Sie die Namen, und ich werde sehen, was sich machen lässt."

Das Datum hat Wesemann im Notizbuch. Es deckt sich mit der Auffindung des Kopfes in der Kiepe. Und die Namen muss Wesemann zweimal buchstabieren, HK Bertram will ganz sichergehen. Er wird sich melden.

Wesemann fährt in die Deisterstraße, will sich nicht gleich mit dem schweren Umzugsgut beschäftigen, geht zu Engin und gönnt sich einen türkischen Mokka und einen kleinen Plausch. Doch irgendwann quält auch ihn das schlechte Gewissen. Er stibitzt sich noch eine der köstlichen Süßigkeiten und steigt zu seiner Wohnung hinauf. Die Türe ist nur angelehnt. Wesemann schiebt vorsichtig die Wohnungstüre auf, die Wohnung scheint bereits leer zu sein. Er geht vom Flur ins Schlafzimmer, dann ins Wohnzimmer. Mitten im Wohnzimmer steht ein einzelner Umzugskarton und auf dem Umzugskarton sitzt, nein, hockt ein Pärchen in intimer Umarmung. Wesemann weiß nicht, wie er sich verhalten soll, will das Pärchen nicht auf sich aufmerksam machen, geht Schritt für Schritt zur Wohnungstür zurück, will in den Flur verschwinden, stößt aber gegen die Tür. Ein Knall, das Pärchen erschrickt, die junge Frau springt von den Knien des Mannes, beide ordnen ihre Kleidung, den Mann kennt Wesemann nicht, aber die junge Frau ist Moritz' Freundin. Wenn er sich richtig erinnert.

Für einen Augenblick herrscht betretenes Schweigen, als Erster findet der Mann seine Fassung wieder, sagt „Also, los!", bückt sich nach dem Umzugskarton, doch die junge Frau will ihm beim Tragen helfen. „Sie können dann abschließen", sagt der Mann, „gefegt ist auch schon."

Wesemann fährt mit dem Karton und den beiden in die Gartenstraße. Eine neue Generation, denkt Wesemann, sie schämt sich kein bisschen, ist auch nicht irritiert, wenn die Sache gleich auffliegen wird. Natürlich wird er Moritz gleich zur Seite nehmen und ihm mit wohlgesetzten Worten beibringen, was er gesehen hat. Er kann ihn doch nicht in sein Unglück rennen lassen.

Doch Moritz lacht nur und sagt irgendetwas von längst vorbei. Aus der Küche kommt Olivia. „He, Archaeopteryx, helf mir mal beim Auspacken der Bücher."

„Hilf mir!", verbessert Wesemann automatisch.

„Sie müssen sich schon selber helfen", sagt Olivia, „ich habe bereits einen, auf den ich aufpassen muss." Die beiden gehen ins Wohnzimmer.

So schnell geht das heutzutage, denkt Wesemann. Sie hatte doch selber einen?

Wesemann geht Karola zur Hand. Sie sagt ihm, was sie sucht und Wesemann gibt gute Tipps, wo es sein könnte. Doch als er meint, die Espressomaschine mit Wohnzimmeruhr und Fotoapparat in der Salatschleuder gesehen zu haben, verharrt Karola plötzlich auf der Stelle, dreht sich zu Wesemann um und legt ihm ihre Hände auf die Schultern. „Es ist nett, dass du helfen willst, aber du machst das Chaos nur noch schlimmer. Kümmere dich um deine Arbeit und sei rechtzeitig zum Abendessen zurück. Wir gehen Pizza essen." Sie gibt ihm einen Kuss, dreht ihn um und schiebt ihn zur Tür hinaus.

So gut hätte es nicht mal mit Absicht laufen können. Bevor es sich Karola anders überlegen kann, ist er auch schon in seinem Auto und fährt nach Obernkirchen.

„Doch die Standheizung?", fragt Gatow. Er stellt den Hunden Futter in den Käfig und Wesemann hofft, dass sie keinen anderweitigen Appetit haben.

„Sie haben mir nicht alles über Ihre Beziehung zu Bodo Schobinsky gesagt."

„Hätte ich?"

„Nein."

„Sind Sie sein unehelicher Sohn?"

„Wir haben damals in der DDR beim VEB Horch und Guck gedacht, uns würde nichts entgehen, aber Sie sind ein noch besserer Horcher und Gucker."

Hoffentlich schließt er bald die Tür zum Hundekäfig.

„Schobinsky wollte die Vaterschaft nicht anerkennen und sind Sie …"

„Wesemann, haben Sie eine Ahnung, wie lange ich Sie in Ihrer Ahnungslosigkeit schmoren lassen könnte? Aber ich habe heute meinen redseligen Tag. Schobinsky ist tot und bevor Sie weitere falsche Verdächtigungen anstellen, will ich Sie von Ihrer Unwissenheit befreien."

„Darf ich mein Aufnahmegerät einschalten?"

„Nein."

„Dann eben die eigenen Ohren."

„Ja, Schobinsky und meine Mutter hatten ein Verhältnis. Ob ich Schobinskys Sohn bin, hat meine Mutter nie aufgeklärt. Als sie mit mir in den Westen wollte, um mir eine bessere Zukunft zu ermöglichen, hat er sie an die Stasi verpfiffen. Meine Mutter wollte mit mir bei Lauenburg über die Elbe, die Vopos waren informiert, meine Mutter kam ins Gefängnis und ich zu Pflegeeltern. Bevor ich meine Mutter wiedersehen konnte, ist sie gestorben, die genaue Todesursache kenne ich bis heute nicht."

Gatow nimmt eine Zigarette aus der Packung, steckt sie an, schaut Wesemann durch den Qualm in die Augen.

„Nicht was Sie jetzt denken. Ich habe Schobinsky nicht erpresst. Allerdings hat er mir gelegentlich etwas zugesteckt, wohl um sein schlechtes Gewissen zu beruhigen. Er hat sich wohl verpflichtet gefühlt."

„Das wird kompliziert", überlegt Wesemann, „einerseits war Ihr familiäres Verhältnis nicht spannungsfrei, andererseits hat er Ihr Auskommen gesichert."

„Es kommt sogar noch besser: Er hatte mich für eine Hausmeisterstelle in seinem neuen Klinikum vorgesehen. Dann wäre ich angekommen."

Wesemann gibt Gatow die Hand, um sich zu verabschieden. Gatow prüft den Riegel am Hundekäfig. Wesemann läuft ein paar seiner typisch kurzen Schritte, bleibt stehen und dreht sich noch einmal um. „Können Sie Chinesisch?"

„Woher wissen Sie das nun schon wieder? Unsere FDJ-Gruppe hatte damals ein Freundschaftsabkommen mit einer Jugendgruppe in Qingshui. Und da wir alle am Austausch teilnehmen wollten, haben wir fleißig Chinesisch gebüffelt. Ist dann aber doch nichts draus geworden, die Reisekosten waren einfach zu hoch."

„Mal eine ganz andere Frage: Sie haben unter all Ihrem Schrott nicht zufällig eine Presse zum Münzprägen?"

„Da kann ich leider nicht weiterhelfen. Für Ihren Besuch im Bad Pyrmonter Spielkasino müssen Sie sich das Kleingeld wohl anderweitig besorgen."

„Zai Jian", sagt Wesemann. Das hat er für „Auf Wiedersehen" von seinem Kellner im China-Rastaurant gelernt.

Gatow lacht und steigt die Gitterstufen zu seinem Büro hinauf. Aus dem kleinen Schornstein auf dem Dach steigt weißer Rauch auf.

Sie sitzen beim Italiener. Drei Paare, der Rest der Helfer hat sich lieber auszahlen lassen und ist verschwunden. Moritz mit Olivia, seine frühere Freundin mit Marco, dem Neuen, und Wesemann mit Karola. Wie schnell sich Beziehungen finden und wieder auseinanderfallen. Zufall, Bestimmung, ein Spaß des Schicksals?

Olivia schaut zu ihm herüber. Das Piercing blitzt im Kerzenschein. Sie hat die Haut eines Pfirsichs, fast zwanghaft möchte man sie streicheln. Ob Moritz überhaupt ahnt, was er an ihr hat? So junge Männer können doch noch gar nicht … Karola sieht ihn von der Seite an. Seine Wohnung in der Deisterstraße hat er bereits einem Makler angeboten. Hamit wollte sie dann doch nicht für seine Schwiegermutter, sie sei die beste Schwiegermutter von der ganzen Welt, aber nur für eine halbe Stunde.

„Was hat Baxmann zu deinem Beitrag gesagt?“, wendet er sich an Olivia.

„Fast schon ein kleiner Wesemann“, sagt Olivia. Alle lachen.

„War das nun ein Kompliment oder eine Beleidigung?“, fragt Moritz.

„Baxmann hält sehr viel von ihr“, sagt Karola und fragt in die Runde, wer noch einen Kaffee möchte.

Schwer wird's in der Nacht, als Wesemann zum Klo tappt. Erst kann er die richtige Richtung nicht finden, dann stößt er an den Stuhl vor dem kleinen Schreibtisch, schließlich sucht er an der glatten Wand nach der vertrauten Tür.

Karola macht das Licht an. Wesemann murmelt einen Fluch. Als er zurückkommt, fällt ihm auf, welch verführerisches Nachthemd Karola trägt. Er flüstert es ihr ins Ohr, und Karola schmiegt sich an ihn. Wesemann dimmt das Licht herunter. Sehen, hören, fühlen, schmecken – *Herz und Mund und Tat und Leben,* Kantate von Johann Sebastian Bach. Musik für große Momente. Und davon soll es noch viele geben im neuen Leben. Gleich morgen wird Wesemann das kleine Radio im Schlafzimmer anschließen.

Am nächsten Morgen fährt Wesemann zur TWH-Bank nach Hannover. An der Türe das gleiche Spiel wie immer. Doch diesmal hält Wesemann nicht sein Gesicht in die Kamera, sondern den Auszug aus der chinesischen Speisekarte. „Mit einem schönen Gruß aus dem Reich der Mitte."

„Was wollen Sie denn schon wieder?" Herr Löhneisen kann so überaus gelangweilt aussehen, er muss es auf irgendeinem Seminar gelernt haben. „Wir haben keinerlei Interesse an Ihren Pseudo-Skandälchen."

„Es ist nur ein kleiner Abgleich", sagt Wesemann. „Im Zusammenhang mit Dr. Schobinskys Tod ist mir ein Schriftstück in die Hände gefallen, das vielleicht Ihr Interesse finden könnte." Er winkt mit dem Speisekartenauszug.

„Wir haben alles, was wir brauchen."

„Es soll das Original-Rezept für die Aufgüsse sein, die mit dem Wasser der neuen Quelle bereitet werden sollten."

„Lieber Herr, wie war noch gleich Ihr Name – ist nicht so wichtig, wir haben alles, was wir brauchen. Schwarz auf weiß und in verständlichen Schrifttypen."

„Wesemann", sagt Wesemann, „mein Name ist Wesemann. Und wegen Ihrer unerschütterlichen Sicherheit bin ich hier. Stellen Sie sich doch bloß mal den Skandal vor: Sie betreiben die Klinik mit einer neuen Investorengruppe und die Aufgüsse machen nicht gesund, sondern krank, weil …"

„Lieber Herr Wiesenmann, wir haben unsere Spezialisten."

„… weil in die Übersetzung ein kleiner Fehler geraten ist. Dann stünde Ihre Bank aber ganz schön dumm da und Sie erst recht."

„Wir machen keine Fehler. Aber, um Sie zu beruhigen, überlassen Sie mir Ihren Ausdruck zur Überprüfung und ich werde alles noch einmal genauestens kontrollieren lassen."

„So habe ich mir das gedacht."

„Was soll Ihre Information denn kosten? Ich sage Ihnen aber gleich, unser Etat für solche Ankäufe ist sehr begrenzt."

„Sehe ich aus wie ein windiger Erpresser?"

Herr Löhneisen gönnt Wesemann einen Blick vom spärlichen Haupthaar bis zu den Schuhspitzen. Seine Miene bleibt ausdruckslos und verrät keinerlei Einschätzung.

„Sie können sich gerne eine Kopie ziehen. Im Gegenzug geben Sie mir eine Kopie Ihrer Übersetzung für mein Archiv. – Keine Bange, ich werde Ihnen schon keine Konkurrenz machen, ich trinke nur ganz wenig Wasser."

„In Ordnung!" Herr Löhneisen will Wesemann das Blatt Papier aus der Hand nehmen. Doch Wesemann lässt die Hand blitzschnell hinter seinem Rücken verschwinden. „Ich komme lieber mit, vielleicht haben Sie ein schlechtes Gedächtnis und können sich plötzlich nicht mehr an unsere Abmachungen erinnern."

Herr Löhneisen dreht sich um. „Kommen Sie schon."

Es dauert nur wenige Minuten, und Wesemann steht wieder vor der Bank. Mit seinem Ausdruck der chinesischen Speisekarte und einer etwas überbelichteten Fotokopie von Herrn Löhneisen.

Wesemann bemerkt, dass seine Hände leicht zittern. Er setzt sich ins Mövenpick und bestellt einen großen Milchkaffee. Er zieht die Kopie aus der Tasche und weiß schon beim ersten Überfliegen, dass er ein wichtiges Puzzleteil zu den beiden Todesfällen in der Hand hält:

Als Überschrift *Rezeptur* in sehr verschlungenen Schriftzeichen.

Dann der Text:

Pilula rehmanniae sex saporum

Ein wichtiges Basisrezept zur Stärkung des Yin. Es wird zugleich der Renalorbis (Funktionskreis Niere) gestärkt – z.B. chronische Harnwegsaffektionen, Hypertonie, Diabetes.

1.	*r. rh. rehmannia praep.*	*– 60g Braunwurzgewächs*
2a.	*rh. dioscoreae opp.*	*– 40g Yamswurzelknollen*
2b.	*fr. corni*	*– 30g Kornelkirschenfrüchte*
3a.	*c. moutan*	*– 30g Rinde der Strauchpfingstrose*
3b.	*poria alba*	*– 30g Kokospilz*
4.	*rh. alismatis*	*– 20g Froschlöffel*

Pilula rehm. Cum lycio et chrysanthemo

ggf. Abwandlung des oben genannten Rezeptes (hepatisch = Funktionskreis Leber) – z.B. Flimmern vor den Augen, unscharfes Sehen, Impotenz Hypertonie, Diabetes.

+ fr. lycii	*– 30g Bocksdornfrüchte*
+ fl. chrysantthemi	*– Chrysanthemenblüten*

fr. lycii stärkt ebenfalls Yin. Zugleich wird das Yang entfaltet und nach oben geführt. Stärkt hepatische (Leber) und renale Vektoren (Nieren).
fl. chrysanthemi verstärkt Kontrolle des Yang durch hepatisches Yin.

Wesemann bestellt sich einen Cognac. Nur zum Schmieren der Gedankengänge. Dann fasst er einen Entschluss: Er wird zum Apotheker in Münder fahren, um die Fachbegriffe abzuklären und dann in seinem neuen Studio in der neuen Wohnung seinen ersten Radiobericht aufnehmen. Und der wird einschlagen wie der Blitz in die Antenne.

Doch kaum hat er die Wohnung in der Gartenstraße betreten, klingelt das Telefon. HK Bertram. Leichenteile wurden unterhalb von Hameln aus der Weser gefischt. Man ist sich ziemlich sicher, mit ihnen den toten Chinesen zusammensetzen zu können.

Wesemann überlegt nur einen Augenblick, dann berichtet er HK Bertram von dem Ergebnis seiner Recherchen in Hannover.

Für einen Moment bleibt es still im Hörer. Wesemann vermutet schon, Bertram habe aufgelegt. HK Bertram seufzt: „Wenn wir Sie nicht hätten, Wesemann, hätten wir bedeutend weniger Arbeit.“ Pause. „Ich habe auch eine Information für Sie. Ist früher reingekommen als gedacht. Von den vier Chinesen, die in Hamelns Jugendherberge übernachtet haben, sind drei am Tag nach Schobinskys Tod ausgereist. Direktflug nach Peking. Fehlt also einer. Hu Wang stand auf keiner Passagierliste, sein Aufenthaltsort ist unbekannt. Wahrscheinlich hatte er keine Lust, in die geliebte Volksrepublik zurückzukehren und arbeitet jetzt in irgendeinem Chinarestaurant an Themse, Seine oder Leine.“

„Interessant“, sagt Wesemann, ohne zu wissen warum.

„Ja“, bestätigt HK Bertram. Man fühlt inniges Verständnis, ohne sich wirklich zu verstehen.

Zwei Stunden später holt Wesemann eine Flasche Bier aus dem Kasten auf den Balkon, schüttelt die Kissen auf und legt sich auf die Couch. Er schaltet das Radio ein. Mit der Fernbedienung, schließt die Augen und vor seinem inneren Auge ziehen Paradiesfische ihre Bahn.

radioTOTAL, die Achtzehnuhrnachrichten. Wetter. Verkehrshinweise und jetzt sein sensationeller Bericht:

Heute berichtet Olivia Gabulow wieder aus l'Ondit. Da war doch mal was mit einem Museum, das schnellstens unter den Teppich gekehrt werden müsste. Einem schönen Museum, einem modernen Museum, einem teuren Museum. Erlebniswelt-Weser-Renaissance. Die teuerste Pleite Niedersachsens. Nach knapp zwei Jahren wurde das Zwanzig-Millionen-Projekt Ende Zweitausendsieben geschlossen. Statt der kalkulierten hundertachtzigtausend Besucher waren bis dahin nicht einmal zwanzigtausend …"

Wesemann ist am Telefon, Baxmann am anderen Ende der Leitung. „So kann ich nicht arbeiten", bellt Wesemann ins Telefon. „Sie halten sich nicht an Abmachungen. Wo ist mein Bericht?"

„Nun regen Sie sich nicht auf, Wesemann. Ihr Bericht läuft doch gerade … Moment. War nur eine kleine technische Fehlschaltung."

„…auch stehen die staatsanwaltschaftlichen Ermittlungen und die Frage, ob und inwieweit acht Millionen Euro zweckentfremdet …"

„… zwei ungewöhnliche Todesfälle in kürzester Zeit. Der Karnevalsprinz fällt beim Umzug in Hessisch Oldendorf vom Prunkwagen und dann wird der abgeschlagene Kopf eines Chinesen in der Kiepe des Salzträgers vor dem Rathaus in Bad Münder gefunden. Gab es bisher nur einen zeitlichen Zusammenhang, scheint sich immer deutlicher auch

ein inhaltlicher herauszuschälen. Der gefallene Karnevalsprinz Dr. Sch. plante, seine etwas verunglückte Bohrung nach einer heilenden Mineralquelle im Einzugsbereich des Kurparks Bad Münder doch noch gewinnbringend zu vermarkten. Zwar stank die Quelle zum Himmel, doch gibt es auch durchaus Heilmittel, die ihre wohltuende Wirkung in abschreckendem Gewand verbergen. Bei seiner Suche scheint Dr. Sch. auf die Traditionelle Medizin gestoßen zu sein. Auf Grundlage chinesischer Medizin sollte ein heilsamer Sud entwickelt werden, der Kranken in Verbindung mit dem Wasser aus der neu erschlossenen Mineralquelle Linderung bei chronischen Harnwegsaffektionen, Flimmern vor den Augen, unscharfem Sehen, Impotenz, Hypertonie und Diabetes bringen sollte. Eine Gruppe chinesischer Mediziner wurde eingeflogen und alles schien in trockenen Tüchern. Doch dann verabschiedete sich Dr. Sch. plötzlich vom Prunkwagen des Lebens, ein Teilnehmer der chinesischen Medizinergruppe verlor seinen Kopf, und der Rest der Gruppe trat eiligst die Heimreise nach Peking an. Jetzt liegt das gewinnbringende Rezept für die Ausbeutung der Mineralquelle in Bad Münder bei einer Bank in Hannover. Was wie schnöder Zufall aussah, entwickelt plötzlich seine eigenen Fragen und Zusammenhänge. Wir bleiben dran. Hubert Wesemann für radioTOTAL.

Das Handy. Karola. Sie wird ihm den Lorbeerkranz überreichen. Zumindest ein Blatt davon. Wesemann steht auf, strafft sich, nimmt das Gespräch an.

„Wie konntest du ihr das antun? Hast du denn überhaupt kein bisschen Sensibilität? Jetzt sitzt sie auf der Toilette und heult."

„Ja, schon", sagt Wesemann. Was soll er auch sonst dazu sagen. Wer sitzt auf der Toilette und heult? Er mag nicht fragen, könnte zu weiteren Missverständnissen führen, und ausziehen will er nun auch nicht schon wieder.

„Hätte es denn etwas ausgemacht, wenn dein Bericht nach den Neunzehnuhrnachrichten gelaufen wäre?"

„Eigentlich nicht. Aber warum …"

„Olivia hat sich so viel Mühe gegeben, in ihrem Feature deinen Stil und deinen Duktus aufzugreifen, und du rollst über sie hinweg wie eine Dampfwalze."

„Ich hab' doch nicht …"

„Du bist einfach rücksichtslos. – Wer hat denn statt der vierzig Watt Glühbirnen sechziger in die Nachttischlampen geschraubt, damit er sich auch nachts Notizen machen kann? Ob ich damit schlafen kann, ist dabei völlig nebensächlich."

„Hör' mir jetzt bitte einen Augenblick zu. In meinem Bericht ging es um zwei Todesfälle, die sich schnell zu Mordfällen auswachsen könnten. Da ist es nicht nur meine Verpflichtung, so schnell wie möglich über den aktuellen Stand zu berichten, es ist geradezu lebensnotwenig. Wer braucht denn unbedingt eine neue Waschmaschine?"

„Das kann man nicht miteinander vergleichen. Jedenfalls habe ich Olivia heute Abend zum Essen eingeladen."

„Ich hab' nicht schon wieder Lust auf Pizza!"

„Dann gehen wir eben ins Pfannekuchenhaus in der Hummenstraße. Und sei ein bisschen nett zu unserem Küken."

„Wenn ich nett bin, ist es dir doch auch wieder nicht recht."

„Wesemann, du musst noch viel lernen. Nuancen, Wesemann, auf die Nuancen kommt es an."

ELF

Olivia hat verweinte Augen. Karola bestellt einen süßen Pfannkuchen und Wesemann einen mit Schinken und Zwiebeln. Olivia hat keinen Hunger. Darauf lässt sich Karola nicht ein. Sie gibt ihr die Hälfte ihres Blaubeerpfannkuchens ab. Am liebsten würde Wesemann Olivia in die Arme nehmen, um sie zu trösten. Geht nicht. So kann er sie nur um Verständnis bitten.

Olivia nickt und schnieft. Sie hatte schon alle Freunde über Facebook neugierig gemacht. Jetzt sendet Baxmann den Bericht erst am Montag um dreiundzwanzig Uhr fünfzehn.

„Ist doch auch nicht schlecht“, meint Wesemann und fängt sich von Karola einen bösen Blick.

„Ich ...“, schnief, „ich ...“, Olivia stochert lustlos in ihrem Stück Pfannkuchen herum, „... fand Ihren Bericht über die Todesfälle supergeil.“

„Bist du nun zufrieden?“, fragt Karola.

„Schwierig.“ Wesemann kaut, der Schinken hängt ihm zwischen den Zähnen. „Ich weiß selbst nicht, was ich von der ganzen Sache halten soll.“ Wesemann ahnt nur, wie Karola Olivia ganz leicht mit dem Ellbogen anstößt.

„Zwei Tote und viele, viele Spuren, aber keine, die richtig Sinn macht.“ Wesemann greift nach dem Glas mit den Zahnstochern. „Es könnte sich zu einem richtig komplizierten Kriminalfall ausweiten. Und dafür hätte ich einfach keine Kapazität.“

„Willst du wieder die Berichte aus l’Ondit übernehmen?“

„Dann gäbe es aber keine neue Waschmaschine.“

„Eine Waschmaschine", Olivia wischt sich die feuchten Augen, versucht ein Lächeln, „eine Waschmaschine ist sehr wichtig für einen gemeinsamen Hausstand - hat Moritz auch gesagt."

Diesen kleinen Blinddarm als Satzanhang überhört Wesemann jetzt lieber. Es geht um Grundsätzliches. Er bestellt sich noch ein Bier. „Der Ausgangspunkt aller Ermittlungen ist die Frage, wer hat etwas vom Tod der beiden Männer? Und ehrlich gesagt, darauf fällt mir keine plausible Antwort ein. Man müsste noch viel mehr in alle Richtungen recherchieren. Aber ..."

„Kein Bier mehr", sagt Karola, „du musst noch fahren."

„Ich? - Du!"

„Ich bin emotional zu sehr erregt."

„Ach."

„Ich könnte doch ein paar kleinere Rechercheaufgaben übernehmen", bringt sich Olivia ins Gespräch, „damit es schneller vorangeht."

„Duuu?", fragt Karola und antwortet selber mit: „Wir!"

„Ich könnte auch alles, was ich weiß an HK Bertram abgeben, dann wäre ich die Verantwortung los."

„Und deine schöne Karriere."

„Wenn wir einige Sachverhalte gleichzeitig recherchieren, ginge es sicher schneller voran."

Olivia strahlt Wesemann an, und das scheint Karola nun auch nicht recht zu sein.

„Wenn es allerdings gefährlich werden sollte, brechen wir sofort ab." Wesemann legt Messer und Gabel auf den Teller. „Ich fasse dann mal zusammen, von welcher Hypothese ich ausgehe."

„Hypothese?", fragt Olivia. „Ist das jetzt wirklich wichtig? Ich war so sauschlecht in Mathe!" Sie grinst, es geht ihr wieder gut.

„Mit drei Ansätzen kämen wir vielleicht weiter: Wenn Schobinsky nicht von alleine vom Prunkwagen gefallen ist, müssten wir so viele Fotos wie möglich vom Prunkwagen während des Umzugs auftreiben. Vielleicht bringen uns die mitfahrenden Begleitpersonen auf eine Spur. Dann ist die Frage, ob es Einzelheiten zum Aufenthalt der chinesischen Medizinergruppe gibt. Die können doch nicht nur gegessen und …"

„Hubert!"

„Und schließlich müssten wir herausfinden, welche Pläne die Bank verfolgt und wer dahintersteckt."

„Die Bank übernehme ich", sagt Karola, „da kannst du dich wohl nicht mehr sehen lassen."

„Und ich kümmere mich um die chinesische Gruppe. Ich wollte doch immer mal ins Ausland."

Schon will Wesemann auffahren, da sieht er das Aufflackern in Olivias Augen. Karola grinst, und Wesemann geht auf, dass er es in dieser Konstellation nicht einfach haben wird.

Wesemann ruft in der Lokalredaktion der Dewezet an. Natürlich hat man Fotos von dem Karnevalsumzug, aber die meisten habe wohl Dr. Vonderheiden in Hessisch Oldendorf.

Wesemann fährt hin, schlechtes Timing, Dr. Vonderheiden hat einen grippalen Infekt. Also nicht er, sondern sein Lesezimmer und der Raum vor der Anmeldung und die Gänge zu den Sprech- und Untersuchungszimmern.

Dr. Vonderheiden ist nicht unfreundlich, als er Wesemann sieht, vermeidet aber einen Handschlag zur Begrüßung und ist auch gleich wieder weg. Die Fotos vom diesjährigen Karnevalsumzug lässt er Wesemann von einer Sprechstundenhilfe aushändigen. Es ist ein

Schuhkarton mit eingedrücktem Deckel. Damenpumps Größe sechsunddreißig. Zweihundertvierzehn Euro. Wesemann, du hast den falschen Beruf! Aber Arzt zu sein, ist auch nicht ungefährlich. Als er die Praxis verlässt, niest die Sprechstundenhilfe hinter ihm her.

Wesemann fährt zurück nach Hameln, findet sich vor seiner alten Wohnung in der Deisterstraße wieder und nimmt es als Wink des Schicksals. Er wird Engin einen Besuch abstatten. Engins Frau hat Gemüsesuppe gekocht und Wesemann liebt türkische Gemüsesuppe. Dann noch ein kleines süßes Törtchen und ein, zwei Mokkas. Als Wesemann zurück auf die Straße tritt, ist ihm ganz leicht ums Herz. Freunde sind der Zucker im Kaffee des Lebens.

Die Sonne scheint, und Wesemann will ein paar Schritte laufen, überquert die Deisterstraße und begibt sich in den Bürgerpark. Es ist noch zu kalt und feucht, um sich auf eine Bank zu setzen, und doch liegt ein Vorgeschmack auf den Frühling in der Luft. Schon stehen im Park wieder Mütter mit Kinderwagen zusammen und plaudern miteinander, Sonnenstrahlen blitzen in einem geöffneten Fensterflügel auf, Schulkinder entledigen sich ihrer Jacken, Rentner verschränken die Hände auf dem Rücken und wärmen ihre alten Gesichter. Irgendwo flattert bereits eine Eis-Fahne im leichten Wind.

Nach drei Runden wird es Wesemann an den Füßen zu kühl. Auch so ein Problem, das er nie in den Griff bekommt. Er ist immer irgendwie falsch gekleidet. Entweder schwitzen oder frieren, aber etwas dazwischen, sich einfach wohlfühlen, gibt es für ihn nicht. Das könnte sich jetzt mit Karolas Hilfe auch ändern.

Er geht zum Auto zurück, winkt Engin noch einen Abschiedsgruß zu und fährt in die Gartenstraße. Eine Katze will die Straße überqueren, Wesemann erkennt sie erst im letzten Augenblick, muss scharf abbremsen, und der Karton mit den Fotos rutscht vom Beifahrersitz in den Fußraum.

Wesemann parkt ein, bückt sich und sammelt die Fotos ein. Schon als drittes oder viertes Bild fällt ihm eine Großaufnahme vom Prunkwagen in die Hände. Er kann sich gar nicht erinnern, so viele Leute auf dem Wagen gesehen zu haben. Vielleicht das falsche Jahr? Er dreht das Foto um, der Zeitstempel stimmt. Außerdem erkennt er Seine Tollität und Prinzessin Irene, ein paar Gesichter kommen ihm bekannt vor, zwei Personen stehen mit dem Rücken zur Kamera und dann ist da noch, nee, das glaubt er erst nicht, doch, es ist Frau Handtke. In Gardejacke und mit Narrenkappe.

Wesemann sucht weiter in den Fotos. Noch zweimal ist Frau Handtke ganz deutlich zu sehen. Einmal reicht sie Schobinsky einen Plastikbeutel mit Bonbons und es ist deutlich zu sehen, dass sie lächelt. Aber wer tut das nicht an Karneval. Antwort: Alle ohne Narrenkappe, geht es Wesemann durch den Kopf.

Irgendein Geräusch am Auto. Nicht zu erkennen, nicht einzuordnen. Vielleicht hat ihm ein Täubchen auf den Wagen gekackt, so leise, wie das Geräusch war. Trotzdem bringt es Glück, redet sich Wesemann ein. Noch ein ähnliches Geräusch, jetzt in unmittelbarer Nähe.

Wesemann nutzt die Gunst der Stunde und ruft Frau Handtke an. Nein, sie hätte keineswegs ihre Teilnahme am Umzug in Hessisch Oldendorf geleugnet. Wesemann habe sie nicht danach gefragt. Natürlich könnte sie die Personen auf einem Foto identifizieren.

Sie habe nichts zu verbergen. Er könne durchaus am späten Nachmittag vorbeikommen.

Jetzt zieht die Kälte sogar schon Wesemanns Beine herauf. Doch eine Standheizung? Solche Überraschungen kommen einfach viel zu selten, um die Geldausgabe zu rechtfertigen. Er öffnet die Autotür. Das heißt, er will sie öffnen.

Der Griff lässt sich bewegen, doch dann - nichts. Nichts klackt, nichts klickt, die Tür lässt sich einfach nicht bewegen. Er rutscht auf den Beifahrersitz. Das gleiche Spiel. Auf dem Gehweg bleiben zwei größere Schulkinder stehen und beobachten ihn aufmerksam bei seinen Bemühungen. Schließlich wird es ihnen zu langweilig, und sie ziehen weiter.

Was soll er tun? Karola anrufen? Die Werkstatt? Die Polizei? Wahrscheinlich ist es nur ein kleiner technischer Fehler. Wesemann kurbelt die Fensterscheibe herunter. Es müsste klappen. Aber nur mit den Füßen voraus und dann den Körper nachschieben. Es funktioniert wirklich mit ein wenig Geschiebe und Gezerre. Manchmal ist es ein Vorteil, kein Hüne zu sein! Wesemann kommt auch ziemlich glatt hinaus, wenn man einmal davon absieht, dass er mit einem Knie aufs Pflaster fällt und sich die Kniescheibe staucht oder was auch immer. Tut zumindest höllisch weh.

Er untersucht die Türschlösser. Auf den ersten Blick ist nichts zu erkennen. Doch auf der Fahrerseite findet er unter dem Schloss einen kleinen matten Tropfen. Angetrocknet. Wesemann weiß sofort: Das ist Klebstoff. Sekundenkleber - seine Allzweckwaffe gegen häusliche Missgeschicke.

Da hat ihm einer die Schlösser verklebt, während er im Auto saß. Er hat gedacht, es wären die Tauben. Dabei waren es … Die Schulkinder könnten es gewesen sein oder der Tangotänzer, der sich heimlich angeschlichen hat. Jedenfalls muss der Wagen zu Faruk.

Wesemann angelt nach dem Karton mit den Fotos im Auto. Aber er wird sich nicht noch mal durch den Ausschnitt des Seitenfensters zwängen. Er könnte Olivia fragen, sie ist jung, schmal und hilfsbereit. Er könnte ihr doch beim Einsteigen behilflich sein.

Das wird wohl nichts mit dem Behilflichsein. Nachher muss er zu Frau Handtke nach Haddessen. Sicher, er könnte mit öffentlichen Verkehrsmitteln fahren. Irgendwo umsteigen, den Anschluss verpassen und sich ärgern. Oder er nimmt ein Taxi, das er Baxmann in Rechnung stellt. Selten so gelacht.

Wesemann entschließt sich, jetzt mal eine Stunde lang keine Sorgen oder Bedenken zu haben. Er hat Hunger. Nicht richtig Hunger, mehr Lust auf … auf … eine Scheibe Rosinenstuten mit Gouda-Käse. Mag nicht jeder, aber Wesemann läuft das Wasser im Mund zusammen.

In seiner Kindheit hat Tante Marie den Stuten jeden Samstag selber gebacken und nicht mit Rosinen, Zitronat und Orangeat gespart. Noch warm kam er auf den Tisch, so warm, dass die Butter darauf verlief. Alle am Tisch aßen das Weißbrot mit selbst gemachter Marmelade, nur er bekam von ihr eine Scheibe Gouda. Was seine Schwester dazu veranlasste, ihn über Jahre Käskopp zu nennen. Bis sie ihm den Namen Spätzünder gab, weil er mit sechzehn noch keine feste Freundin hatte.

Wesemann muss überlegen, ihm fällt weder eine Bäckerei noch ein Supermarkt in unmittelbarer Nähe ein. Also wird sein Appetit kurzfristig auf Vollkornbrot und Orangenmarmelade umgelenkt, beides gibt es oben in der Küche.

Es regnet. Nicht richtige Tropfen, eher wie ein Schleier. Ein Kind hüpft vorbei in gelber Wetterjacke und mit roten Stiefeln an den Füßen, springt von einer Pfütze in die nächste, singt etwas vom Plitschen und Platschen, Klitschen und Klatschen und Kalli, dem Regenwurm. Und in diesem Augenblick ist Wesemann glücklich, einfach nur glücklich.

Eine Frau kreuzt seinen Weg zur Haustür und sagt „Vorsicht!“ statt „Guten Tag“. Beinah wäre Wesemann in einen Hundehaufen getreten. Was für ein Tag. Er geht zur Wohnung hinauf, schaut noch einmal aus dem Fenster auf die Straße, will das Glücksgefühl erneut heraufbeschwören. Der Regenschleier weht auch in sein Auto mit dem offenen Seitenfenster. Und Orangenmarmelade ist auch nicht mehr im Kühlschrank.

Olivia ruft an. Sie ist aufgeregt. Meldet sich mit Gabulow. Oder will sie ihn auf Distanz halten? Jedenfalls hat sie Neuigkeiten. In der Spülküche der Jugendherberge arbeitet die Schwester einer Schulkameradin. Also keiner richtigen Kameradin, eher einer Bekannten, stellt Olivia klar.

„Willst du in die Gastronomie umsteigen?“

„Sie mit Ihren Scherzen! Ich habe schon mit ihr telefoniert. Sie kann sich noch gut an die Chinamänner erinnern. Waren ganz scharf auf Frauen. Einer hat es auch bei ihr versucht, soll aber abgeblitzt sein. Na ja, bei der Schwester meiner Freundin weiß man nie so genau ...“

„Das ist doch schon mal was.“

„Das habe ich mir auch gedacht und gleich angerufen.“

„Danke!“

„Bis dann. – Halt, das Wichtigste hätte ich beinah vergessen. Sie hat ein Foto von den Chinamännern und sich selbst. Vor der Tischtennisplatte. Sie mag das Foto nicht gerne herzeigen, hat beim Knipsen wohl gerade die Augen zu, aber wenn ich ihr noch ein bisschen zusetze, wird sie es bestimmt herausrücken."

„Olivia, du bist spitze!"

„Danke, Herr Wesemann."

„Wo wir jetzt im gleichen Team sind, kannst du auch Du zum mir sagen."

Schweigen.

„Hallo?", fragt Wesemann.

„Mir fällt gerade kein Satz mit Du ein. Also tschüs!"

Wesemann spült den letzten Bissen vom Vollkornbrot mit Orangenmarmelade mit Kaffee herunter, steckt die drei Großaufnahmen vom Prinzenwagen in einen Briefumschlag und verlässt die Wohnung. Auf dem Rückweg wird er eine Packung Rosinenstuten mitbringen. Zumindest ein paar Scheiben Gouda.

Es hilft alles nichts, er muss durch das Seitenfenster ins Auto kriechen. Erst der Kopf mit den Armen, dann am Lenkrad und einer Armlehne festhalten und ziehen. Irgendwie steckt er fest, muss sich freiruckeln, zieht kräftiger und gelangt schließlich vollständig ins Auto.

Erst einmal die Kleidung ordnen und durchatmen. Der Nachbar mit dem schielenden Hund bleibt neben dem Auto stehen. Wesemann lächelt ein wenig gequält. Der Mann ist ein Witzbold, nennt seinen Hund Tarzan und Wesemann unsern Ulrich Wickert. Als ob den überhaupt noch einer kennt.

„Sie haben eine komische Art ins Auto einzusteigen!" Der Witzbold!

„Ich halte mich fit für große Aufgaben!"

„Ich will Ihnen mal ein Geheimnis anvertrauen, aber nicht weitersagen: Man kann auch ganz einfach die

Autotür aufmachen und einsteigen ..." Der Witzbold greift zur Autotür, zieht und die Tür geht auf.

Jetzt, Wesemann, lass dir ganz schnell etwas einfallen: „Ja, mit Gewalt."

„Nee", sagt der Nachbar, „eher mit Köpfchen." Er knallt die Tür wieder zu, lupft seinen Jägerhut und geht weiter.

Wesemann wartet einen Augenblick. Als der Nachbar aus dem Rückspiegel verschwunden ist, beugt er sich über den Beifahrersitz, um die Tür zur Probe von innen zu öffnen. Nichts. Absolut nichts. Der Griff bewegt sich, aber das Schloss zeigt keinerlei Reaktion. Die Tür lässt sich wohl nur von außen öffnen. Auch nicht so wichtig, zumindest weiß er jetzt, wie er aus dem Auto wieder herauskommt.

Frau Handtke hat einen Tee gekocht. Aus selbst gesuchten Kräutern. Wesemann behauptet, gerade erst vom Kaffeetisch aufgestanden zu sein. Nützt ihm aber nichts, Kräutertee sei kein Getränk, sondern eine Medizin und er sähe doch recht angegriffen aus.

Wesemann berichtet von den Strapazen des Umzugs, nippt am Tee und legt die drei Fotos vom Prunkwagen auf den Tisch. Frau Handtke lächelt. Sieht gar nicht mehr so abgewrackt aus wie bei seinen letzten Besuchen. Auch steht das Sparschwein nicht mehr auf dem Tisch, sondern neben der Zimmerpalme, und in der Zimmerpalme hängt viel Zierrat mit Fransen, Bommeln und klingendem Metall. Vornehmlich in den Farben Rot und Gold.

„Es hätte so ein schöner Tag werden können", sagt Frau Handtke. Sie nimmt eine schmale Brille aus der Tischschublade und betrachtet die Fotos durch die Gläser, ohne die Brille auf die Nase zu setzen. „Schobinsky und die Prinzessin!“ Wesemann tippt auf die Fotos, er möchte weiterkommen. Irgendetwas liegt in der Luft, was sich wie eine Bedrohung anfühlt. Der Tee? Wesemann wird keinen Schluck mehr von seinem Tee trinken! „Kennen Sie ihren Namen?“

„Irene Kiefer. Eine nette Frau. War dreiundzwanzig Jahre verheiratet, dann ist ihr Mann abgehauen, und sie hat in ähnlicher Größenordnung zugenommen.“

„Hatte sie etwas mit Schobinsky?“

„Oje“, Frau Handtke lacht, „Schobinsky hat sich erst vor einem, anderthalb Jahren eine neue Freundin zugelegt. Fünfzehn Jahre jünger als er. Sophia Starke.“

„Und wer sind die andern?“

„Bei den Bonbontüten sind Ida und Marielle aus dem Rewe-Supermarkt.“

„Ja, ja“, Wesemann wird ein wenig ungeduldig, „und die anderen?“

„Von mir sieht man nur die Narrenkappe, ich wollte wohl gerade die Treppe runter, um auf die Toilette zu verschwinden, und das war's.“

„Ach“, sagt Wesemann, „da steht aber noch jemand auf dem Wagen, halb vom Karnevalsprinzen verdeckt.“

Die Bedrohung ist näher gekommen. Wesemann empfindet sie, als stünde sie direkt hinter ihm. Er dreht sich kurz um. Nichts. Nur das Gebamsel in der Zimmerpalme bewegt sich leicht.

„Wo?“, fragt Frau Handtke.

Der Tee schmeckt nach Pfefferminze und Zahnpasta. Wesemann schiebt Frau Handtke das Foto direkt unter die Nase.

Frau Handtke betrachtet das Foto, richtet sich auf, scheint nachzudenken. „Zwischenzeitlich war noch ein Mädchen von der rotweißen Garde auf dem

Wagen, sie hatte sich den Fuß verstaucht. Aber Kathi war in Gardeuniform und bei der Person hinter Schobinsky ist alles grau in grau. An diese Person kann ich mich nicht erinnern."

„Ich lasse Ihnen das Foto hier, vielleicht fällt Ihnen doch noch etwas dazu ein." Er schiebt die beiden restlichen Fotos zurück in seinen Briefumschlag, steht auf und steckt einen Schein in Frau Handtkes Sparschwein. Wieder eine Betriebsausgabe ohne Beleg.

„Das wäre doch nicht nötig gewesen", sagt Frau Handtke, als sie ihn zur Tür begleitet. „Sie sind mir jederzeit auch ohne Spende willkommen."

„Nee", denkt Wesemann und nochmals: „Nee!" Karola ist zwar keine fünfzehn Jahre jünger als er, aber gegen die Handtke ein Juwel, und überhaupt …

ZWÖLF

„Wesemann", sagt HK Bertram, „die Sache wird immer komplizierter."

Wesemann klemmt das Handy zwischen Ohr und Schulter, er nähert sich einer vorrangigen Bundesstraße, schaut rechts, schaut links und biegt ein.

„Sie haben mir vier Namen gegeben. Li Chang, Dong Fang, Qiang Lu und Hu Wang." Der letzte Name klingt bei HK Bertram irgendwie nach Xylophon. Er ist noch nicht fertig mit seinen Ausspracheübungen: „Alle vier sind am gleichen Tag mit der gleichen Maschine eingereist, aber nur drei sind nach dem Fund des Kopfs in Münder wieder ausgereist. Li Chang, Dong Fang und Qiang Lu sind ausgereist. Also ist unser Toter Hu Wang?"

„Logisch", sagt Wesemann. Er schaut in den Rückspiegel. Ein schwarzer BMW ist ziemlich dicht aufgefahren.

„Wir haben uns von den Kollegen Fotokopien der Pässe besorgt. Hu Wang ist laut Passangaben ein Mann von einszweiundsechzig Körpergröße. Unsere zusammengesetzte Leiche misst gut und gern einsachtundsiebzig. Also ..."

Wesemanns Aufmerksamkeit wird abgelenkt. Der BMW im Rückspiegel hat ein Blaulicht auf das Dach gestellt. Der Beifahrer gibt Wesemann zu verstehen, sein Auto an den rechten Straßenrand zu fahren.

„Moment", sagt Wesemann ins Handy, „aber legen Sie noch nicht auf."

Er hält an, die beiden Männer aus dem BMW nähern sich seinem Auto. Der jüngere der beiden Männer ist ans Seitenfenster getreten. „Zivilstreife. Führerschein und Fahrzeugpapiere bitte." Er stutzt, sieht Wesemann genauer an und grinst. „Haben wir Sie also doch noch erwischt." Wesemann erkennt die beiden Beamten. War ein unerquickliches Zusammentreffen auf dem Parkplatz mit dem Wohnmobil.

„Ich habe ein wichtiges Gespräch mit der Kriminalpolizei!" Wesemann nimmt das Handy vom Beifahrersitz. „Wir sind gerade an der Aufklärung eines Mordfalls." Er reicht dem Beamten das Handy und hofft, dass HK Bertram noch in der Leitung ist. Der Beamte von der Zivilstreife stellt sich vor, scheint eine Antwort zu erhalten, lächelt ein bisschen arrogant und gibt Wesemann das Handy zurück. „Ich soll Ihnen ausrichten, der Fußpflegetermin ist verschoben worden."

„Aber das war doch ..."

„Wenn Sie bitte aussteigen würden!"

Leichter gesagt, als getan. Wesemann versucht die Attacke mit dem Sekundenkleber auf die Türschlösser in launigen Worten darzustellen, doch die Beamten zeigen keinerlei Verständnis. Schließlich öffnet der ältere Beamte die Tür von außen, damit Wesemann endlich aussteigen kann.

Es wird eine längere Auseinandersetzung und Wesemann bereut, keine langen Unterhosen angezogen zu haben. Sind die überhaupt in die neue Wohnung mitgenommen worden?

Ergebnis der Auseinandersetzung: Vierzig Euro Strafe und ein Punkt in Flensburg. Die Beamten wünschen einen schönen Tag.

Wesemann will HK Bertram sofort zurückrufen. Der Akku ist leer. Wesemann fährt nach Hause, stellt die Kaffeemaschine an und wählt dann HK Bertrams

Nummer. „Hauptkommissar Bertram ist in einer wichtigen Besprechung.“ Frau Klumke.

„Feigling“, sagt Wesemann und hofft auf die Mithörfunktion des anderen Telefons. Und er behält recht: „Sie Komiker!“ Es ist HK Bertram höchstpersönlich. „Sie wollten mich wohl lächerlich machen!“

„Ich wollte nur vierzig Euro und einen Punkt in Flensburg sparen.“

„Und dafür liefern Sie mich ans Messer?“

„Ans Messer?“

„Was glauben Sie denn, was passiert, wenn unsere konspirativen Telefongespräche publik werden? Ich könnte meine Sachen packen und draußen wieder Strafzettel schreiben.“

„Vielleicht käme ich dann billiger davon?“

„Wesemann, konzentrieren Sie sich aufs Wesentliche, ich habe nicht den ganzen Tag Zeit.“

„Wir waren bei den vier Chinesen.“

„Richtig. Und Hu Wang ist nicht die Leiche von Münder.“

„Wohl kaum, bei dem Größenunterschied.“

„Wer ist dann aber der Tote und wo ist Hu Wang? Wenn Sie das herausfinden, hole ich Ihre Punkte persönlich aus Flensburg ab.“

Baxmann hat Karten für ein Konzert im großen Sendesaal des NDR-Landesfunkhauses. Hatte. Er hat die Karten Karola gegeben, er selbst hätte das Konzert schon mehrfach gehört. Wie soll das denn gehen? Aber keine Chance, Wesemann muss mit Karola nach Hannover. Maschsee Ostseite. Parkplätze am Straßenrand. In einiger Entfernung vom Sendesaal ist sogar noch einer frei. Dann über den kleinen Grünstreifen zum Fußgängerweg am Maschseeufer. Karola hakt sich bei ihm ein. Sie haben sich noch keine fünf Schritte vom Auto entfernt, da schrecken sie panisches Klingeln und lauthalse Beschimpfung aus ihrer beschaulichen Einstimmung auf den kulturellen Abend. „Penner!" Wesemann zieht Karola an sich, sieht sich um. Sie laufen auf dem asphaltierten Radweg, direkt daneben der Fußgängerweg mit seinen weniger einladenden Pfützen. Doch wem sein Leben lieb ist … Wesemann reißt Karola mit sich auf den Gehweg, und sie erreichen körperlich unbeschadet den Fußgängerüberweg zum Funkhaus.

Hier warten viele erwartungsvolle Menschen, dass es endlich Grün wird. Zu viele. Ein Mann streift sich mehrmals einen Schuh am Bordstein ab, ist auf dem Grünstreifen wohl in einen Hundehaufen getreten. Wird kein schöner Abend für ihn und seine Konzertnachbarn.

Die Menschentraube steht mit ihren hinteren Ausläufern auf dem Radweg und die rasende Radfahrerkolonne stürzt sich auf sie wie ein Rudel ausgehungerter Wölfe: „Idioten! Rindviecher! Volldeppen!"

Aber das Konzert ist dann doch ein positives Erlebnis. Helden. Filmmusik aus Indiana Jones, Mission: Impossible, Forrest Gump. Mit dem NDR POPS ORCHESTRA unter der Leitung von Frank Strobel. Ab und zu kommen Wesemann die Melodien bekannt vor, aber der temperamentvolle Dirigent fasziniert ihn. Außerdem sagt ihm der Moderator Herbert Feuerstein, was es zu den einzelnen Musikstücken Wissenswertes gibt. Wesemann mag Herbert Feuerstein, zumindest ein bisschen. Und dann ist Pause. Zwei Gläschen Sekt und eine gemeinsame Brezel. Wesemann stößt mit Karola an, ihr scheint der Abend zu gefallen, sie prostet ihm zu, doch gerade als er das Sektglas an die Lippen setzt, entdeckt er Frau Handtke. Rock, Pumps und eine rot gestreifte Bluse. Sie unterhält sich angeregt – mit Martin Gatow. Wesemann verschluckt sich, Karola nimmt ihm das Sektglas aus der Hand und Wesemann sucht nach einem Papiertaschentuch in der Tasche seines Jacketts. Als er wieder zu Atem kommt, sind Handtke und Gatow verschwunden, und Wesemann glaubt zu wissen, warum sich Handtke nicht an den Mann auf dem Prunkwagen erinnern konnte.

Auf den zweiten Teil des Konzerts kann er sich dann nicht mehr so richtig konzentrieren, weil er den Zuschauerraum nach Handtke und Gatow absucht. Vergebens.

Karola scheint nichts davon zu bemerken. Sie ist glücklich über den gemeinsamen kulturellen Abend mit Wesemann. Im Auto gibt sie ihm einen Kuss.

Beim Zurücksetzen auf das Rudolf-von-Bennigsen-Ufer muss Wesemann dann allerdings ein Hupkonzert über sich ergehen lassen. Aber wie soll er rückwärts auf eine stark befahrene Straße ausscheren, wenn nicht rücksichtslos, nachdem er gefühlte Stunden auf eine Lücke in der Autoschlange gewartet hat. Karola meint, beim nächsten Mal würde sie fahren, Sekt habe bei ihm wohl eine fatale Wirkung.

DREIZEHN

Wie immer klingelt der Wecker, wenn der Kuschelfaktor am höchsten ist. Karola hat keine Lust aufzustehen. Sie wird wohl den ganzen Vormittag damit zubringen, Unterlagen zu suchen, die Baxmann verlegt hat. Wesemann hat sich mit Olivia verabredet. Sie wollen die Spülkraft in der Jugendherberge aufsuchen, aber erst gegen Mittag, sonst müssen sie noch helfen.

Beschwingt erhebt sich Wesemann aus dem Bett und deckt nach einem kurzen Besuch des Badezimmers für sich und Karola den Frühstückstisch. Der Kaffee duftet und nach zwanzig Minuten sitzt Karola ebenfalls am Frühstückstisch. Wesemann faltet die Dewezet zusammen, schenkt Karola eine Tasse Kaffee ein und sich selber nach.

„Was gibt es Neues?“, fragt Karola.

„Die Bundeskanzlerin sieht keinen Handlungsbedarf, Chaos in Laos und unsere rührige Frau Lösekrug-Möller hat eine Auktion zugunsten des Hamelner Frauenhauses geleitet. Hobbykünstlerinnen im Frauenzentrum haben Bilder gemalt, und sie hat die Bilder versteigert.“

„Man muss im Gespräch bleiben, und wenn man das mit einer guten Tat verbinden kann, ist nichts dagegen einzuwenden.“

„Mir könnte auch noch ein Bild über unserem Bett gefallen.“

„Solche Bilder hat sie bestimmt nicht versteigert.“

„Wer weiß. Frau Lösekrug-Möller ist recht kunstsinnig, obwohl sie Politikerin ist.“

„Vorurteile?“

„Ich habe sie mal interviewt. In ihrer Freizeit macht sie Patchwork-Arbeiten."

„Flicken und Stoffreste zu Tischdecken und Tagesdecken recyceln?"

„Hinter Patchworken steckt mehr, als du dir denkst. Da muss man sich kreativ mit Farben, Formen und Materialien auseinandersetzen. Kann leicht zur Sucht werden, sagt unsere MdB."

„Ich muss los." Karola steht auf, trinkt noch den Rest Kaffee und stellt die leere Tasse in die Spülmaschine.

Sie haben sich um kurz nach halb zwölf vor dem Sender verabredet. Als Wesemann um halb zu seinem Auto gehen will, steht Olivia schon vor der Haustür. Es sei alles so aufregend, und sie wäre Wesemann auch so dankbar, dass ihr jetzt der blöde Bericht über den Wasserrohrbruch in der Eichendorffstraße erspart bliebe.

„Wir haben alle mal klein angefangen!"

Sie fahren zur Jugendherberge in der Fischbecker Straße. Olivia ist ein wenig überdreht. Sie erzählt, lacht, kichert und berichtet Wesemann, wie sehr sie ihn verehre. Dabei streift ihre linke Hand immer wieder Wesemanns Unterarm, zweimal legt sie ihre Hand sogar kurz auf sein Knie.

In der Jugendherberge fragt Olivia nach Kathi. Kathi steht am hinteren Cola-Automaten und raucht eine Zigarette. Sie hat Pause. Ihre Fingernägel sind knallrot lackiert und die Haarfarbe erreicht fast den gleichen Ton.

Eine Viertelstunde passiert gar nichts. Die beiden jungen Frauen unterhalten sich angeregt über gemeinsame Bekannte und die angesagten Partys der letzten Wochen. Als Wesemann langsam ungeduldig wird und sich Kathi die dritte Zigarette ansteckt, fragt Olivia endlich nach dem Foto mit den Chinesen vor der Tischtennisplatte. Kathi kann sich plötzlich an nichts mehr erinnern, geniert sich, will das Foto nicht gefunden haben. Warum stellen sich Frauen bloß immer so an mit ihren Fotos. Schließlich lässt Olivia durchblicken, dass sie den Kontakt zu einem jungen Mann herstellen könnte, für den sich Kathi interessiert, und Kathi findet ein zerknittertes Foto in ihrer Schürzentasche. Kathi gibt Olivia das Foto und Olivia reicht es an Wesemann weiter. Wesemann stutzt. Wie versprochen: Kathi, von Chinesen umrahmt und dahinter die Tischtennisplatte. Doch es sind nicht vier, sondern fünf Chinesen. Ja, es wären fünf Chinesen gewesen, vier hätten in der Jugendherberge gewohnt und der fünfte habe sich wohl für etwas Besseres gehalten. Er sei nur gelegentlich vorbeigekommen und dann von einem Taxi gebracht worden. Wo er gewohnt habe, wisse sie nicht.

Wesemann lässt sich die Gäste der Jugendherberge auf dem Foto zeigen. Und die Namen?

Da muss Kathi leider passen. „Irgendetwas Chinesisches mit viel Hui, Lui und Feng Shui."

Wesemann dreht das Foto um. Auf der Rückseite mit Filzschreiber geschriebene chinesische Schriftzeichen. Ob er sich das Foto ausleihen könnte?

Kathi grapscht es ihm aus der Hand.

„Versprich ihr eine Schachtel Zigaretten", flüstert ihm Olivia zu. Er spürt sie. Ganz nah. Ihren Duft und für einen Moment ihre Lippen an seinem Ohr.

Wesemann hat keine Schachtel Zigaretten anzubieten. Er handelt mit Kathi einen entsprechenden Geldbetrag aus, muss ihr aber versichern, das Foto zurückzubringen.

Sie sitzen wieder im Auto. Wesemann muss überlegen, Olivia friert, rückt noch näher an Wesemann heran. Wie geschickt er vorgegangen sei. Sie sei richtig stolz, von ihm lernen zu dürfen.

Wesemann ist ein wenig verwirrt. Er braucht eine Übersetzung für die chinesischen Schriftzeichen, will aber keine schlafenden Hunde wecken. Er fährt mit Olivia in die Gartenstraße. Am Computer scannt er das Foto von beiden Seiten ein, dann nutzt er eine Online-Übersetzung für die Schriftzeichen auf der Rückseite. Er ist selber überrascht, dass es funktioniert:

成高 = Cheng Kao
力张 = Li Chang
东方 = Dong Fang
卡蒂 = Kathi
强陆 = Qiang Lu
虎王 = Hu Wang

Na ja, Kathi muss man abziehen. Olivia kocht Wesemann einen Kaffee und verschwindet dann im Badezimmer.

Li Chang, Dong Fang, Qiang Lu sind ausgereist. Bleiben Cheng Kao und Hu Wang. Hu Wang ist laut seiner Reisedokumente zu schmächtig, um der geköpfte Chinese zu sein. Also ist der Mann aus der Salzträgerkiepe in Bad Münder Cheng Kao.

Wesemann will HK Bertram informieren, bevor er seinen Radiobeitrag einspricht. Er nimmt das Handy, will Bertrams Nummer wählen, doch dazu kommt er nicht. Olivia kommt aus dem Bad. Sie hat ihre Haare hochgesteckt, ein wenig Lippenstift aufgetragen und – soweit Wesemann das auf den ersten Blick erkennen kann – ihren BH ausgezogen. Zumindest spannt sich ihr Pulli eng um ihre Rundungen und die kleinen Knospen wollen mit Macht den Stoff durchstoßen.

Wesemann, jetzt wird es eng! Er schaltet das Handy aus. „Karola hat angerufen, Baxmann will mich sofort sprechen ... wegen der neuen Todesfälle."

„Welcher neuen Todesfälle?"

„Nicht Todesfälle ..." Sie kommt langsam näher. Man kann nicht Äpfel mit Birnen vergleichen! „... der neuen Entwicklung bei den Todesfällen."

„Hat das nicht noch ein bisschen Zeit?"

Wie süß sie schmollen kann. Seit Jahrzehnten hat keiner mehr mit Wesemann geschmollt und diese runden ...

„Wir müssen sofort gehen, sonst kommen wir in Teufels Küche."

„Mit dir gehe ich überall hin!"

Wesemann ahnt, dass er sich nicht mehr lange beherrschen kann. Nur einmal in den Arm nehmen, ihren jungen Duft riechen und ihre vorwitzigen Brüste spüren ...

Er hat es bis zur Wohnungstür geschafft, macht die Tür auf und wirft Olivia ihre Jacke zu. Er vergisst, die Wohnungstür abzuschließen und hastet die Treppe hinunter.

„Es tut mir leid", murmelt Olivia im Auto, aber den Reißverschluss an ihrer Jacke hat sie nicht hochgezogen. „Bitte, sei mir nicht böse." Sie legt ihre Hand auf Wesemanns Knie. „Ich konnte nichts dagegen tun." Die Hand wandert seinen Oberschenkel hinauf.

Ein Gedanke schießt Wesemann durch den Kopf. Für einen Rechtshänder wie ihn wäre es erheblich leichter, in einem Auto mit Rechtslenkung zu fummeln. „Bist du mir böse?"

Wesemann schluckt, steckt den Schlüssel ins Zündschloss. „Warum sollte ich?" Jetzt noch ein kleines

Kompliment, damit sie nicht für den Rest ihrer Zeit bei *radioTOTAL* einschnappt. „Du bist doch ein sehr erfreulicher Anblick."

„Findest du?" Sie nimmt das Band aus ihrem Haar.

Wesemann nickt.

„Dann gib mir einen Kuss, und wir vergessen die Sache." Sie dreht sich zu Wesemann, beugt sich vor, ihre Jacke springt auf.

Nur ein Kuss Wesemann, und du bist raus aus dem Gefühlsdilemma.

Er nimmt die Hand vom Lenkrad, wendet sich nach rechts, beugt sich vor, Olivias rechte Hand legt sich auf seine linke Schulter, ihre Hand auf seinem Oberschenkel schiebt sich zielstrebig voran. Sie legt den Kopf auf die rechte Seite, schließt die Augen und öffnet ganz leicht die Lippen. Wesemann muss sich noch ein wenig vorbeugen, schließt ebenfalls die Augen, verliert in der Vorwärtsbewegung den Halt, stützt sich am Armaturenbrett ab, rutscht halb vom Sitz und schreit auf.

Olivia reißt die Augen auf. „Was ist?"

Wesemann liegt halb auf ihren Beinen und halb zu ihren Füßen. Er versucht, sich aufzurichten, schreit wieder auf.

„Ist nicht schlimm", sagt Olivia, „das passiert auch viel jüngeren Männern. Moment, ich helfe dir." Sie schiebt ihre Hand unter seine Achsel, zieht und Wesemann brüllt. Olivia erstarrt, Wesemann atmet gezielt ein und aus. „Das ist ein Hexenschuss, und der tut höllisch weh."

„Und was machen wir jetzt?"

Ganz langsam und mit schmerzverzerrtem Gesicht versucht sich Wesemann aufzurichten.

„Soll ich mal den freundlichen Mann fragen?" Jetzt schließt Olivia den Reißverschluss an ihrer Jacke. „Er schaut schon die ganze Zeit."

„Hat er einen schielenden Hund?“ Wesemann stützt sich am Lenkrad ab.

„Kann ich nicht erkennen.“

„Jägerhut auf dem Kopf?“

„Nein“, sagt Olivia. Sie klappt die Sonnenblende herunter und begutachtet ihr Aussehen im kleinen Spiegel der Sonnenblende. „Den Hut hat er in der Hand.“

„Hut oder Hund?“

„Hut! Wer trägt schon einen Hund in der Hand.“ Sie ist dabei, sich auch mental von ihm zu entfernen.

„Wir warten, bis er weg ist. Sonst bin ich morgen Gesprächsthema der ganzen Straße.“

„Ich hab aber nicht den ganzen Tag Zeit. Mein Freund wollte mich vom Sender abholen.“

„Und Moritz?“

„Da war doch nie etwas, nur ein bisschen rumchillen und so.“

Wesemann versucht, den Kopf in Richtung seines Nachbarn zu wenden. Der Kerl ist stur, starrt ins Auto und bewegt sich keinen Schritt weiter. Er kommt ganz nah an die Seitenscheibe: „Soll ich Hilfe holen? Ich hab einen Bekannten bei der Feuerwehr.“

„Es hilft alles nichts, ruf Karola an.“

„Ausgerechnet. Was soll sie denn von uns denken?“

„Ist mir egal, und außerdem waren wir auf Recherchetour.“

Wenige Minuten später trifft Karola ein. Sie hat nicht mal eine Jacke übergezogen.

Mit vereinten Kräften ziehen und schieben sie Wesemann auf den Beifahrersitz. Immer wieder schreit Wesemann auf, in der Zwischenzeit beißt er die Zähne zusammen.

„Das gibt neue Hüftgelenke", sagt der Nachbar mit dem schielenden Hund, „sehr langwierige Heilung. Man kommt nie mehr richtig auf die Beine." Sein Hund zieht an der Leine und endlich setzt er sich auch selber in Bewegung.

Karola fährt mit Wesemann und Olivia zu ihrem Hausarzt. Mit vereinten Kräften schaffen sie es, Wesemann in den Aufzug zu stellen und in die zweite Etage zu fahren. Trotz Wesemanns Schmerzen und Karolas Freundlichkeit müssen sie einen Augenblick im Gang vor dem Sprechzimmer warten. Wesemann wird an die Wand gelehnt. Es ist warm in der Praxis. Olivia öffnet ihre Jacke, will sie ausziehen und schließt sie dann doch ganz schnell wieder. Trotz seiner Schmerzen hat Wesemann Karolas abschätzenden Blick bemerkt, der von Olivias Busenknopsen zu seiner gekrümmten Gestalt flog. Olivias Gesicht hat eine leichte Rötung angenommen. Ist doch nicht alles so cool und easy.

Wesemann wird in einen kleinen Raum geführt, in dem Handtücher, Klopapier und Desinfektionsmittel lagern. Der Arzt kommt, Wesemann muss seine Hose ein Stück herunterlassen, der Arzt setzt seine Spritze und gibt Karola den kleinen Abschnitt einer Blister-Packung mit zwei Tabletten. „Wenn es morgen nicht besser ist, gibt's eine zweite Spritze", sagt der Arzt. „Ich lasse Ihnen ein Rezept ausstellen, das kann Ihre Tochter dann in der Apotheke einlösen. Guten Tag."

Der Arzt ist weg. Die Schmerzen lassen nach und Wesemann würde die letzten Stunden gern aus seinem Tag verschwinden lassen. Und wenn er in Karolas Gesicht sieht, die kommenden auch. Gestützt auf Karola geht er zum Aufzug. Ein Blick von Karola hat genügt, um Olivia von weiteren Hilfestellungen abzuhalten.

Vor dem Auto schickt Karola Olivia dann in den Sender. Baxmann habe unaufschiebbare Aufgaben für sie.

Wesemann bugsiert sich auf den Beifahrersitz von Karolas Auto. Er startet ein Ablenkungsmanöver: „Wir wissen jetzt, wer der Tote in Bad Münder ..." und scheitert kläglich: „Sei lieber still!"

Karola fährt los. Starrt auf die Straße, erkennt erst im letzten Augenblick, dass die Ampel auf Rot gesprungen ist, bremst abrupt und Wesemann fällt in den Sicherheitsgurt und unterdrückt nur mühsam einen Schmerzensausruf.

„Stell dich nicht so an", sagt Karola, „die Spritze wirkt doch schon längst!"

„Es tut aber noch immer höllisch ..."

„Ich versteh' das nicht. Du ziehst mit mir zusammen, säuselst irgendetwas von Liebe und bei der erstbesten Gelegenheit greifst du wieder nach fremdem Gemüse. Sie könnte deine Tochter sein! Mein Gott, was seid ihr Männer bloß für hirnamputierte Wesen."

Wieder Notbremsung vor einer roten Ampel. Wesemann sagt: „Ja!" Seine Knie zittern und er bezweifelt, dass es von der Spritze kommt.

„Wie kann man nur so blöde sein? Was glaubst du denn, was sie in dir gesucht hat? Den Mann? Den Liebhaber? Sie braucht einen Fürsprecher, wenn im nächsten Monat ihr Praktikum ausläuft, um dann ein Volontariat zu erhalten. An Baxmann hat sie sich auch schon rangemacht, allerdings noch so dezent, dass er es für Bewunderung gehalten hat. Mensch, Wesemann, du bist ein Idiot!"

„Ich weiß." Wesemann gibt den Zerknirschten. Trotzdem muss er an die hübschen festen Brüste denken. Er ist wirklich ein Idiot. Es könnten aber auch die Hormone sein. Testosterone. Er hat mal einen Bericht darüber gemacht: Ein hoher Testosteronspiegel fördert das Entstehen oder die Steigerung von sexuellem Verlangen und generell Antrieb, Ausdauer und Lebenslust. Na ja, kann man wohl so nicht sagen.

Das Auto steht, keine rote Ampel, Karola steigt aus. Wesemann muss sich erst orientieren. Deisterstraße. Er steht vor seiner alten Wohnung, und schon reißt Karola die Beifahrertür auf. „Aussteigen!"

„Aber ich wohne doch ..."

„Sei froh, dass ich dir überhaupt noch helfe."

Wesemann hält den Mund und quält sich die Treppe hinauf. Karola setzt ihn auf die Couch. „Hast du dein Handy?" Wesemann nickt. „Damit du die Malteser anrufen kannst, wenn dir was fehlt."

„Aber Karola ..."

„Aus ist es mit Karola. Du brauchst keine Partnerin, du brauchst ein Kindermädchen. Aber ich habe keine Lust, auf dich aufzupassen." Sie ist schon an der Wohnungstür, dreht sich aber noch einmal um. „Egal was kommt, Wesemann, heiraten werde ich dich nie!" Damit ist sie weg.

Wesemann erhebt sich mühsam von der Couch und schlurft zum Kühlschrank. Der Kühlschrank ist leer und abgestellt. Bei aller Zerknirschung, verhungern will er nicht. Er ruft Engin an. Engin nimmt seine Bestellung auf und verspricht die Lieferung für die nächste halbe Stunde. Engin kommt ihm gelegen. Das ist ein Mann und er hat sicher Verständnis für seine Probleme. Bei ihm wird er sich so richtig aussprechen können.

Wesemann trinkt einen Schluck Leitungswasser aus der Hand, dann setzt er sich wieder auf die Couch. Er muss noch einmal aufstehen, um nach dem Zettel in seiner Jacke zu kramen. Dann ruft er HK Bertram an und informiert ihn über seine chinesischen Namensrecherchen.

„Wow", sagt HK Bertram, „Sie sind Ihr Geld wert! Das wird ein ganz dicker Fall. Ich sage nur Schwarzgeld!"

„Neulich sprachen Sie von Schwarzmünzen."

„Da war es noch ein kleiner Fall, jetzt ist es ein dicker." HK Bertram lacht.

„Und welches Geld bin ich wert? Sie bezahlen mir doch keinen Cent!"

„Das ist mehr so eine Redensart. Jedenfalls gebe ich Ihre Informationen frei, Sie können sie in Ihren Berichten verwenden."

Wesemann verändert seine Sitzposition, muckt kurz auf. HK Bertram lacht und legt auf.

Wesemann lehnt sich zurück. Gleich wird Engin kommen. In Gedanken kann er schon einmal seinen Radiobericht vorbereiten. Er spürt ihre sanften Lippen an seinem Ohr. Ihre Augen, wie sie ihn angesehen hat, ein Reh springt über die Lichtung und die Hexe aus Hänsel und Gretel droht ihm mit dem Krückstock. Sie sieht fast aus wie …

„… und dies ist der Wohnschlafraum", dringt von weit her eine tiefe Stimme an sein Ohren, „das wird natürlich alles renoviert, ist ein bisschen heruntergekommen in den letzten Jahren …"

Wesemann schlägt die Augen auf, wechselt mühsam von der liegenden in die sitzende Position. Ein spitzer Schrei. Sie ist noch jung, ihr Begleiter und der ältere Mann schauen verdutzt.

Wesemann kennt den Älteren, es ist der Makler, der seine Wohnung anbieten soll.

„Ich wollte nur noch die restlichen Sachen abholen", sagt Wesemann, „dann bin ich auch bald wieder verschwunden."

Der Makler lächelt säuerlich. Die Wohnungstür wird aufgeschoben und Engin erscheint mit einem Pappkarton. Hoch gefüllt mit Lebensmitteln, aus denen der Hals einer Weinbrandflasche hervorsticht.

„Sind Sie sicher, dass Sie ausgezogen sind?", fragt der Makler.

„Morgen", sagt Wesemann, „morgen ist die Wohnung frei."

„Und laut ist die Wohnung auch", sagt die junge Frau.

Damit ist dieser Besichtigungstermin für den Makler erledigt. Er legt den Wohnungsschlüssel auf den Tisch und ist auch schon dabei, eine neue Wohnung anzupreisen.

Wesemann ist froh, als sich die Tür hinter dem unerwarteten Besuch schließt. Aus Engins Karton nimmt er ein Fladenbrot, bricht sich ein Stück ab und schneidet den Schafskäse in Scheiben. Er braucht eine Grundlage fürs Nachdenken. Es ist alles so wirr, nichts hat einen Anfang oder ein Ende. Am liebsten würde Wesemann Urlaub machen und den Kopf in den Ostseesand stecken. Aber dafür fehlt ihm das Geld. Also die Ereignisse sortieren und dann folgerichtig vorgehen.

Die Ausgangslage ist katastrophal: Karola weg, die neue Wohnung gesperrt, kein Arbeitsmaterial, außerdem wird er sich zur Lachnummer des Senders gemacht haben. Es gibt noch mehr Punkte, die er seinem Pleitenkonto hinzufügen könnte, und der einzige Rettungsanker ist und bleibt Karola.

Ihm zittern die Hände, als er nach seinem Handy greift. „Du …"

„Das muss ich mir noch überlegen."

„Was?"

„Das mit dem Du."

„Ich weiß", sagt Wesemann, „die Situation sah verfänglich aus. War sie aber nicht. Wir haben recherchiert und als ich mich unter dem Armaturenbrett verstecken wollte …"

Karola hat aufgelegt. Wesemann isst noch eine Ecke Fladenbrot mit Schafskäse. Er braucht Kraft für den nächsten Anruf.

„Du …"

„Was willst du noch?"

Sie hat Du gesagt! Der erste Lichtblick in den letzten Stunden. „Ich brauche meine Arbeitsgeräte, um meine Berichte aufzunehmen."

Schweigen.

„Ich weiß jetzt, wer der tote Chinese ist. Das ist doch schon ein Fortschritt?"

Noch immer Schweigen.

„Kann ich mir die Sachen abholen?"

„Nein!"

„Bitte."

„Wenn du die Sachen in der Gartenstraße abholst, brichst du mir zusammen, liegst auf der Couch und ich habe dich wieder am Hals. Ich werde dir die Sachen nach Feierabend vorbeibringen. Aber spar dir deine Versöhnungsangebote. Kein Sekt, keine Blumen und auch kein Gesülze. Ich habe einen Urlaubsantrag eingereicht und fahre morgen zu meiner Mutter."

Was macht man in solchen Fällen? An ihr Mitleid appellieren? Selbstsicherheit ausstrahlen? Reumütig winseln? Hat bei Karola alles keinen Sinn. Er muss warten und auf seine Chance hoffen. Schließlich liebt sie ihn. Liebt sie ihn?

„Also dann bis nachher."

Das Gespräch ist beendet. Na ja, Gespräch. Wesemann trinkt einen Schluck Rotwein. Er braucht unbedingt Erfolg in seinen Ermittlungsfällen. Als Loser kann er nicht mit Gnade rechnen. Also ran an die Arbeit, aber alles im Kopf!

Seine letzte Erkenntnis war eine Verbindung von Handtke und Gatow. Er muss überprüfen, ob Gatow die graue Person hinter Schobinsky auf dem Prunkwagen war. Er könnte bei Schobinskys Sturz ein wenig nachgeholfen haben, wenn es kein Unfall war. Aber welchen Grund sollte er gehabt haben, Schobinsky ins Jenseits zu befördern, schließlich hätte er in Schobinskys Klinik eine ordentliche Stelle erhalten. Und die Chinesen passen auch nicht zum Todessturz, für sie wäre ein gutes Geschäft geplatzt und außer Spesen wäre nichts gewesen.

Auch der längste Weg beginnt mit dem ersten Schritt. Er wird Karola um Entschuldigung bitten und Irene Kiefer anrufen. Sie wird doch wohl wissen, wer hinter ihrem Karnevalsprinzen stand.

Frau Kiefer kann sich sogar noch an Wesemann erinnern, und schon bessert sich seine Laune. Wesemann fragt nach dem Team auf dem Prunkwagen. Als Erstes fallen ihr die Rewe-Mädchen ein, dann Frau Handtke, als Hexe verkleidet, und direkt als Unterstützung für das Prinzenpaar ganz oben auf dem Wagen Martin Gatow. Er habe alles gemanagt, den Nachschub der Bonbons organisiert, auf wichtige Personen am Straßenrand aufmerksam gemacht, die ein persönliches Helau erhalten sollen und auf Schobinskys Gesundheitszustand geachtet.

„Gesundheitszustand?"

„Er war hochgradiger Diabetiker und bei seinem Alkoholkonsum musste der Blutzuckerspiegel immer wieder geprüft werden. Das Insulin hat er sich allerdings immer selbst gespritzt, da war er sehr penibel." Ob Wesemann nicht mal einen Bericht über ihre Bridgerunde machen könnte, sie wären jetzt schon sechzehn Jahre zusammen.

Wesemann verspricht einen Bericht von der Silberhochzeit, Prinzessin Irene lacht, man verabschiedet sich, Wesemann will schon auf den roten Knopf drücken, dann hebt er das Handy nochmals ans Ohr. „Hallo, sind Sie noch dran?"

„Herr Wesemann, Sie können sich wohl nicht trennen?" Sie lacht wieder.

„Dieser Prunkwagen, wo ist der nach dem Umzug gelandet?"

„In Meyers Spedition am Bahnhof. Da werden die Aufbauten vom Lastwagen abmontiert und was wieder verwendet werden kann, wird eingelagert. Man muss doch nicht alles neu kaufen, käme auch viel zu teuer."

Wesemann bedankt sich. Er ruft seinen Apotheker Abel in Bad Münder an. Für Abel ist jede medizinische Frage eine willkommene Herausforderung für sein Fachwissen. Doch Wesemann will es nicht zu genau wissen, ihm reicht der Überblick. Insulin werde je nach Bedarf in verschiedenen Mengen verabreicht, meist gespritzt.

Ob eine Unterzuckerung zu Orientierungsschwierigkeiten und Gleichgewichtsstörungen führen könne?

Eine Verabreichung zu hoher Einheiten würde allerdings noch ausgeprägtere Symptome hervorrufen können. Aber wer spritzt schon dreitausend Einheiten oder mehr? Das kann doch kein Versehen sein.

Wesemann kann den Gedanken nicht weiter verfolgen, er muss sich auf Karolas Besuch vorbereiten.

Wesemann legt sich auf die Couch und wartet. Wartet und wartet. Karola muss wohl Überstunden machen. Ob sie überhaupt nicht kommt? Bei allem Ärger wird sie ihn trotzdem nicht hängen lassen. Sie weiß, was die Rundfunkarbeit für Wesemann bedeutet.

Das Handy klingelt. Wesemann ertastet es auf dem Tisch. Eine SMS von Karola! Wesemann setzt sich auf. Stöhnt auf, wird sich morgen noch eine Spritze holen müssen.

Die SMS: Deine Sachen stehen vor der Tür. Zwischen 20:00 und 22:00 kannst du dir dein Oberbett aus der Wohnung holen. Karola.

Er holt die Kiste mit seinen Arbeitsmaterialien in die Wohnung, schiebt sie mit den Füßen, zerrt am oberen Rand und verfällt dann auf eine Methode, die seinen Rücken am wenigsten schmerzen lässt. Er stellt einen Esszimmerstuhl hinter die Kiste und kann damit aufrecht gehend seine Habseligkeiten Zentimeter um Zentimeter voranbringen.

Er wird einen Bericht verfassen und heute Abend vom Computer in der Gartenstraße an den Sender schicken.

Jeden Tag neue Ereignisse, neue Informationen, neue Emotionen. Wie schnell sind da Ereignisse vergessen, die uns noch gestern aufwühlten. Ein toter Karnevalsprinz in Hes-

sisch Oldendorf. Das Haupt eines ermordeten Chinesen in Bad Münder. Schon vergessen? Dabei könnte es einen interessanten Zusammenhang geben, der unsere ungeteilte Aufmerksamkeit verdient. Der tote Karnevalsprinz wollte eine neue Mineralquelle in Bad Münder auf ungewöhnliche Weise erschließen. Dazu benötigte er die Hilfe chinesischer Mediziner. Es ist naheliegend, dass die Gruppe um den chinesischen Mediziner Dr. Ch. K. die Aufgabe übernommen hat. Er soll eine Koryphäe auf dem Gebiet der Traditionellen Chinesischen Medizin und direkt vom chinesischen Gesundheitsministerium vermittelt worden sein. Die Erschließung der Mineralquelle hätte für alle Seiten ein lohnendes Geschäft werden können, doch dann scheint es zu einem katastrophalen Streit gekommen zu sein. Der Karnevalsprinz fiel vom Prunkwagen und der chinesische Leiter der Medizinergruppe wurde enthauptet. Nach dem Mord an Dr. Ch. K. reisten seine medizinischen Helfer dann Hals über Kopf zurück ins Reich der Mitte. Nur ein Mitglied der Gruppe trat den bezahlten Rückflug nicht an. Mister H. W. Er ist seit jenen Tagen verschwunden. Ist er untergetaucht oder wurde er an der Ausreise gehindert? Stecken weitere Interessenten hinter diesem medizinischen Austausch? Baden-Baden in der Hand der Russen, in Berlin kaufen sich die reichen Griechen ein und Hameln ein Objekt chinesischer Begierden? – Aber bitte nicht mit chinesischen Methoden!

Hubert Wesemann für radioTOTAL.

Wesemann will nicht selber in die Gartenstraße fahren. Er bestellt sich ein Taxi für Viertel vor acht. Der Rücken schmerzt. Wärme wäre gut. Er darf nicht vergessen, das Heizkissen aus der Gartenstraße mitzubringen. Das Telefon klingelt. Moritz ist am Apparat. Die Stadtverwaltung hat bei ihm angerufen, weil sie Wesemann nicht erreichen konnte. „Bist wohl doch nicht so bekannt, wie du immer meinst." Die Bemerkung hätte sich Moritz auch verkneifen können. „Wir sollen uns um das Grab von Oma und Opa kümmern, es würde einen verwahrlosten Eindruck machen."

Wesemanns Eltern waren mit einem Reisebus auf der A2 tödlich verunglückt, kaum eine halbe Autostunde von der Haustür entfernt. „Ich habe doch extra eine Grabpflegeversicherung auf dreißig Jahre mit einer Gärtnerei abgeschlossen."

„Hab ich auch gesagt, aber die Firma ist vor zwei Jahren in Konkurs gegangen und der Nachfolgebetrieb kümmert sich nur um neue Kunden."

„Das ist Betrug!" Wesemann lehnt sich mit dem Rücken gegen den Esstisch. „Man sollte sie verklagen."

„Vielleicht sollten wir einfach mal vorbeigehen und uns die Sache ansehen?"

„Ich kann im Augenblick nicht. Ich habe einen Lumbago." Wesemann ist ganz stolz, dass ihm der spektakuläre Name für Hexenschuss eingefallen ist.

„Dann werde ich mich wohl auch nach einer Grabpflegeversicherung umsehen müssen."

„Du solltest dich schämen!"

„Lass uns telefonieren", sagt Moritz.

Ein Gedanke geht Wesemann durch den Kopf und will sogleich ausgesprochen werden. „Wie läuft es denn so mit Olivia?"

„Welcher Olivia?"

„Die du auf meinem Umzug kennengelernt hast."

„Ach, die Olivia. Für die Beziehung würde sich eine Grabpflegeversicherung ebenfalls lohnen. Ist nichts für mich, ist einfach zu ehrgeizig."

„Ein bisschen …"

Weiter kommt Wesemann nicht, sein Sohn hat aufgelegt.

Wesemann legt sich auf die Couch, denkt an seine Eltern. Die Beziehung war immer ein bisschen verquer. Sie wollten der Verwandtschaft und Nachbarschaft immer einen anständigen und soliden Sohn vorweisen. Am besten einen mit unkündbarer Stellung und Pensionsberechtigung. Aber Wesemann hat sich bald ihren Anforderungen entzogen, und als er dann auch noch den Job als Speditionskaufmann hinschmiss und freier Journalist wurde, hatten sie sich nicht mehr viel zu sagen. Am Anfang ging es noch mit seinen Berichten von der Jahrestagung der Chorgemeinschaft oder dem Grünkohlessen der Gymnastikgruppe. Als seine Berichte nicht mehr so griffig waren, verstummten seine Eltern mehr und mehr. Man muss doch nicht alle Ärgernisse ans Tageslicht zerren und sich damit unbeliebt machen. Und dann kam Wesemanns Reportage über die Zwangsarbeiter während des Zweiten Weltkriegs in Hameln. Achtstundenschichten für Deutsche, Zwölfstundenschichten für Zwangsarbeiter. Metallwerke Schwarz, besser bekannt als Domag, waren 1938 als reines Rüstungswerk gebaut worden.

Mit über zweitausend Arbeitnehmern war die Domag der größte Betrieb in Hameln. Unter anderem wurden Fahrwerke für das Messerschmidt-Jagdflugzeug, Komponenten für Flugzeugmotoren und Hülsen für Granaten hergestellt. Die Hälfte der Belegschaft bestand aus Zwangsarbeiterinnen und Zwangsarbeitern, die sich unter erbärmlichen Lebensbedingungen durchschlagen mussten. Wesemanns Vater wollte nicht über die Zeit reden und als Wesemann nicht lockerlassen konnte, ging sein Vater jedem Zusammentreffen möglichst aus dem Weg. Was blieb, waren gelegentliche Familientreffen zur Kaffeerunde und natürlich die obligatorischen Festtagsbesuche, bei denen keine Vertrautheit mehr aufkam. Vieles blieb unausgesprochen, wurde um des lieben Friedens willen auf die lange Bank geschoben. Mit der Zeit würden sich die Standpunkte schon wieder annähern, vielleicht konnte man sogar Verständnis für die andere Seite finden. Und dann das Busunglück und alles war vorbei. Alles Unausgesprochene blieb unausgesprochen und kein einziges Missverständnis konnte ausgeräumt werden. Ungewollt ging man mit den unausgesprochenen Vorwürfen auseinander, und Wesemann trug sie mit sich durch sein weiteres Leben.

Es klingelt. Wesemann erhebt sich schwerfällig, schaut aus dem Fenster. Das Taxi wartet vor der Tür. Er lässt sich in die Wohnung in der Gartenstraße fahren.

Als er ankommt, ist es drei Minuten vor acht. Ein Zusammentreffen mit Karola käme ihm sehr gelegen. Er würde sich zerknirscht geben, an ihr Mitleid appellieren.

Unter Ächzen und Stöhnen quält er sich die Treppe hinauf. Umsonst. Karola hat die Wohnung schon verlassen. Es ist aufgeräumt, auf dem Tisch steht eine Vase mit gelben Nelken und im Kühlschrank wartet eine Flasche Bier. Auf wen? Sie wird sich doch nicht mit dem Eintänzer getröstet haben? Nicht so schnell! So eine ist Karola nicht. Obwohl … wenn sie sich rächen wollte? Zwei Koffer und drei Umzugskisten stehen an der Garderobe zum Abtransport bereit. Wesemann hat ein Gefühl wie nach einer durchzechten Nacht mit eingeschlossenem Magen und Darmvirus. Er wird noch einmal durch die Wohnung gehen. Mein Gott, was ist er doch für ein Idiot! Warum hat er alles aufs Spiel gesetzt! Aber ein bisschen kleinlich war Karolas Reaktion schon. Es ist doch gar nichts vorgefallen! Und schon sind die

Schmerzen im Rücken wieder da. Wesemann kann sich kaum bewegen, hält sich am Türrahmen zum Schlafzimmer fest. Das gemeinsame Bett, warm und anheimelnd. Die Sehnsucht sitzt ganz tief in Wesemanns Herz. Es ist noch keine neun, er kann sich Zeit lassen mit dem Verschwinden. Der Taxifahrer wird ihm gegen ein sattes Trinkgeld sicher die Sachen ins Auto tragen. Er will noch einmal der vertrauten Zärtlichkeit mit Karola nachspüren. Ein letztes Mal.

Er schlägt die Bettdecke zurück, setzt sich vorsichtig auf die Bettkante, hält sich das Kopfkissen an die Nase und glaubt Karolas Duft zu spüren. Er legt sich aufs Bett, vergräbt das Gesicht im Kissen und schließt die Augen. Er möchte sich Karola in dem leichten blauen Nachthemd mit den dünnen Spaghettiträgern vorstellen. Es gelingt ihm nicht. Er sieht nur schwarze Nacht vor seinen Augen. Er muss loslassen, sich entspannen, sein Herz öffnen. Doch Wesemann sieht nichts mehr, fühlt nichts mehr, versinkt im Nichts. Nacht und Nacht. Von Weitem hört er ein Kichern. Das Kichern schwillt an, dann ein kaum zurückgehaltenes Lachen, die Geräusche werden lauter, brechen plötzlich ein in Wesemanns wundes Herz. Das kann nur Satan sein, der sich über ihn lustig macht. Ein Lachen aus vollem Herzen und ohne Schranken.

Wesemann sperrt die Augen auf, sitzt gleich darauf im Bett, schreit auf und fällt wieder aufs Kissen zurück. Karola steht am Fußende und dicke Tränen rollen ihr über die Wangen. Sie kann einfach nicht aufhören zu lachen. „Wesemann“, schluchzt sie zwischen zwei Lachattacken, „wer dich nicht kennt, würde dich nicht glauben!“ Sie zieht ihm die Schuhe aus, hebt seine Beine ins Bett und nimmt sich einen Hocker, um sich neben das Bett zu setzen.

„Es tut mir leid", murmelt Wesemann.

„Sag lieber, was dir nicht leid tut", Karola steht auf und holt sich ein Paket Papiertaschentücher aus der Kommode, „dann sind wir schneller fertig."

Wesemann will sich aufrichten, Karola drückt ihn an der Schulter zurück. „Baxmann erwartet deinen Beitrag. Die Miete wird fällig, und du hast deinen Anteil noch nicht bezahlt."

„Ist auf dem Stick in meiner Jackentasche."

Wesemann atmet aus, sieht Karola an und stellt die entscheidende Frage: „Wie soll es denn nun weitergehen?"

„Viel wird sich zwischen uns nicht ändern. August Hempel wird mir eine elektronische Fußfessel besorgen und dann können wir dich wieder auf die Menschheit loslassen."

„Du hast dich mit dem Eintänzer getroffen?"

„Die Fußfessel hat eher symbolischen Charakter. Ich hatte ein längeres Gespräch mit Baxmann. Er meint, wir sollten verstärkt als Team arbeiten. Und mit Olivia habe ich auch geredet. Sie hat mir ihr Herz ausgeschüttet."

„Oje."

„Die Medienbranche wäre einfach nichts für sie. Viel zu stressig, sagt sie. Sie würde lieber nach Berlin gehen und Psychologie studieren. Ich konnte sie nur unterstützen. Sie hat noch ihren letzten Bericht abgeliefert und sich das Honorar bar auszahlen lassen. Dann hat sie ihre Sachen gepackt und sich vom Sender verabschiedet."

„Das wird doch viel zu viel Arbeit für dich alleine."

„Mach dir mal keine Sorgen. Bis zum Monatsende senden wir viel Musik und am Ersten bekommen wir Verstärkung." Karola grinst. „Du könntest der Neuen zum Einstand eine Packung Bahlsen Summertime spendieren."

Bahlsen Summertime – war da nicht mal was? – Wesemann entgleitet sanft ins unbeschwerte Reich der Träume.

FÜNFZEHN

Meyers Spedition am Bahnhof. Wesemann quält sich aus dem Auto, folgt dem Schild in Richtung Büro. Die Frau hinter dem Bildschirm hat viel zu tippen. Als Wesemann nach dem Prunkwagen fragt, winkt sie nur ab: „Keine Zeit."

Wesemann würde sich gern die Aufbauten ansehen und noch ein paar Fotos machen. Für sein Archiv. Die Frau hinter dem Bildschirm hat nichts dagegen. Zweite Halle, ganz hinten - die Tür ist offen.

Ist sie nicht. Wesemann muss noch einmal ins Büro gehen, um sich den Schlüssel zu holen.

Als er dann vor den Pressspanteilen steht, verlässt ihn der Tatendrang.

Es sind ziemlich viele Teile und er weiß auch gar nicht, wonach er sucht. Wenn er alle Teile umsortiert, wird er heute Abend nicht mit Karola im Bett, sondern mit etwas Schlimmerem als Hexenschuss im Krankenhaus landen.

Er kann die großen Teile doch einfach mal wegklappen. Die Narrenkappe für sechs Personen, das rote Helau und die farbigen Seitenteile, die in jedem Jahr Verwendung finden. Das separate Podest für das Prinzenpaar lehnt an der seitlichen Wand. Wesemann kippt es ein wenig nach vorn, die Fußbodenplatte ist mit rohen Kanthölzern verstärkt und muss für die neue Session sicher erneuert werden. Er will das Podest zurück an die Wand lehnen, da blinkt etwas hinter einem Kantholz in der entferntesten Ecke. Wesemann überdenkt die Sache. Lohnt sich ein Risiko und ein eventueller Bandscheibenvorfall?

Er kann es einfach nicht lassen, lehnt die Holzpalette gegen die Wand, begibt sich auf die andere Seite und bückt sich. Es reicht nicht. Er muss sich auf den Betonboden knien. Sehen kann er nichts zwischen Wand und Podest. Er schiebt eine Hand in den dunklen Spalt, ekelt sich ein wenig, weil er an hungrige graue Ratten denken muss, ertastet dann aber den Gegenstand, den er von der anderen Seite entdeckt hatte.

Bevor er sich den Gegenstand genauer ansehen kann, muss er sich erst einmal erheben. Er kriecht auf den Knien bis zu einer Öltonne, kann sich darauf abstützen und kommt unter Ächzen und Stöhnen zum Stehen. In seiner Hand hält er eine kleinen runden Glasgegenstand, eine Art Spritze. Aber seine Hose ist hin. Ob da eine Reinigung reicht, wird sich noch herausstellen.

Er bringt den Schlüssel zurück ins Büro, muss sich nicht lange besinnen und fährt nach Münder. Wilhelm-Karsten Abel sitzt im Raucherzimmer, raucht eine dicke Zigarre und liest im Arznei-Telegramm. Der Artikel scheint nicht besonders interessant zu sein, denn er zeigt sich hocherfreut über Wesemanns Besuch.

Noch bevor Wesemann eine Frage stellen kann, muss er Abels selbst komponierten Pfefferminzlikör probieren. Beim Zuprosten schaut ihm Wesemann in die Augen und vermutet schon mehrere Gläschen Likörvorsprung bei Abel.

Als Abel nachgießen will, hält Wesemann seine Hand über das Glas, kann den Ausschank nicht rechtzeitig stoppen und ein paar Tropfen landen auf Wesemanns Hose.

Abel schaut auf Wesemanns ausgebeulte und verdreckte Hose. „Das war ich aber nicht!“ Abel kichert und hustet.

Wesemann legt sein Fundstück auf den kleinen Rauchtisch. Abel bietet ihm einen Platz an, doch Wesemann bleibt lieber stehen.

Der Apotheker betrachtet den Glasgegenstand, ohne ihn zu berühren. „Wesemann, Wesemann, ist es jetzt so weit?"

„Was?"

„Diabetes zwei und Insulin spritzen?"

„Ich habe nur gelegentliches Sodbrennen und sonst bin ich kerngesund."

„Aber Sie humpeln leicht."

„Weil ich mir vor wenigen Tagen einen Hexenschuss geholt habe."

„Zu Risiken und Nebenwirkungen fragen Sie ..."

„Können Sie mir etwas zu der Glasspritze sagen? Es ist wichtig."

„Es ist eher ein Pen und damit kann man alles Mögliche injizieren, ich dachte nur, weil Sie neulich wegen Insulineinheiten angerufen haben."

„Ein Pen?"

„So etwas wie eine automatische Spritze. Man muss nicht mehr selber stechen und kann sich von dem Einstich überraschen lassen. Ist was für Weicheier. Im Krieg haben sich die Menschen ..."

Auf dem Weg nach Hameln bereut Wesemann, den Glaskolben berührt zu haben. „Unprofessionell", wird HK Bertram sagen. Doch er sagt erst gar nichts und sieht Wesemann nur an.

„Worauf wollen Sie hinaus?" HK Bertram nimmt ein Lakritz aus einer aufgerissenen Tüte und hält Wesemann die Tüte hin.

Wesemann mag alle Süßigkeiten, nur kein Lakritz. Doch er braucht Bertrams Wohlwollen.

„Die sind aus dem neuen Schnäppchenmarkt. Um die Hälfte herabgesetzt, weil das Verfallsdatum knapp überschritten ist."

Wesemann stellt das Kauen ein.

„War nur ein Scherz", sagt Bertram. „Was kann ich also für Sie tun?"

„Sie müssten diesen Pen untersuchen lassen. Ich gehe davon aus, dass Schobinskys Desorientierung auf dem Prunkwagen von einer Unterzuckerung hervorgerufen wurde."

„Das hat ein Diabetiker doch im Griff. Irgendeine Süßigkeit gelutscht", er tippt mit dem linken Zeigefinger auf die Lakritz-Packung, „und die Feierei kann weitergehen."

„Wenn ihm eine erhebliche Überdosis Insulin von mehreren tausend Einheiten verabreicht wurde, wäre augenblicklich eine Unterzuckerung eingetreten, die er nicht mehr im Griff haben konnte. Schobinsky verliert die Orientierung und fällt vom Wagen. Seine Leiche muss obduziert werden!"

HK Bertram beugt sich vor. „Ich werde mich sofort dafür einsetzen."

Wieder dieses Stechen im Rücken. Wesemann lehnt sich zurück, um sich zu entspannen und Betrams Lakritz-Knoblauch-Atem zu entgehen.

„Allerdings haben wir damit ein kleines Problem." HK Bertram verzieht das Gesicht zu einem säuerlichen Lächeln. „Schobinskys Leiche wurde bereits verbrannt."

Als Karola am Abend nach Hause kommt, sitzt Wesemann apathisch am Esstisch. Vor sich einen Rest der Raufasertapete, den er mit Namen und einem Geflecht von Beziehungslinien versehen hat. Doch die Arbeit scheint Wesemann schon vor längerer Zeit eingestellt zu haben. Seine Kaffeetasse ist kalt, wie Karola mit einem Griff feststellt. Sie ahnt den Grund.

„Ich habe Olivias Bericht aufgezeichnet." Wesemann nimmt nicht einmal wahr, dass ihm Karola zur Begrüßung ein Küsschen auf die Wange gedrückt hat. Mit der Fernbedienung schaltet er die Wiedergabefunktion des Kassettenrekorders ein.

Mühsam schleppt sich ein stadtbekannter Radioreporter zum Marktplatz von l'Ondit. Er will einen peinlichen Sexskandal unter den Teppich kehren, bevor sich Stadt und Land darüber amüsieren. Nach einem Schwächeanfall erholt sich der arme Kerl nun in seinem bescheidenen Heim ohne Balkon und Gästetoilette. Sind auch die Glieder schon stumpf und taub, so regt sich doch hin und wieder noch die Phantasie. Was ihn teuer zu stehen kommen sollte. Eine private Ergotherapeutin wurde vom Sohn engagiert, um den alten Herrn bei seinen täglichen Verrichtungen zu unterstützen. Doch der alte Herr wollte sich nicht nur beim Essen und Anziehen helfen lassen. Eher im Gegenteil. Und seine junge Betreuerin ging auf seine Avancen ein, steckte sie doch gerade in einer privaten Insolvenz. Bei ihm war es eine späte Liebe, bei ihr eher Berechnung. Hier ein bisschen Zärtlichkeit, da ein kokettes Auftreten, manchmal sogar ein paar heiße Nacktbilder – und der Sohn stellt schon nach wenigen Tagen fest, dass sein Vater um mehrere Tausend Euro erleichtert wurde. So kann es gehen, wenn sexueller Übereifer den Verstand trübt.

Rosa Rosine für radioTOTAL als Warnung an alle Erotomanen jenseits der Fünfzig.

„Ärgere dich nicht, Olivia wollte sich mit einem Rundumschlag verabschieden. Und … sie hat getroffen. Dich und deinen Sohn."

„Was sagt Baxmann zu dem Bericht?"

„Unserem Chef tut natürlich alles fürchterlich leid. Bei unserer dünnen Personaldecke kann er nicht jeden Bericht hören, bevor er über den Sender geht. Doch im stillen Kämmerlein hat er sich wohl heimlich amüsiert."

Wesemann zieht die Tapete zu sich heran.

„Hast du den Bericht gekannt, bevor er über den Sender ging?" Wesemann greift zum Filzstift. „Ich hatte mich schon gewundert, warum du so gelassen auf meinen Besuch reagiert hast."

„Wir haben noch Hühnersuppe von gestern", sagt Karola, „und weil's ein bisschen knapp ist, habe ich als Vorspeise ein paar eingelegte Oliven dazu gekauft."

„Du kannst so gemein sein!"

Karola stellt zwei Teller auf den Tisch, Wesemanns Teller mitten auf seinen kriminalistischen Beziehungsplan. Er schließt den Filzschreiber, Karola füllt den Teller mit duftender Hühnersuppe, Wesemann schaut geistesabwesend auf die untergegangenen Stückchen Suppengrün.

„Wie meint sie das denn mit den tausend Euro? Ich hab ihr keinen Cent gegeben! Wofür auch?"

„Das war wohl mehr bildlich gesprochen. Sie hätte deinen Einfluss nutzen können, um schneller ihre Karriereleiter zu erklimmen."

Eine ganze Weile sagt Wesemann gar nichts, dann greift er zum Esslöffel und rührt in der Suppe. „Ich lerne es wohl nie."

„Du bist eben ein Mann."

Auf Wesemanns Beziehungsplan entstehen Muster, Pfeile und Linien, durchgezogen und gestrichelt, manche auf direktem Weg, andere verschlungen, und Karola liest in der Reisebeilage der Dewezet. „Was hältst du davon, wenn wir in diesem Jahr mal nach Potsdam fahren und den Alten Fritz besuchen?"

„Der ist doch längst tot."

„Okay", sagt Karola, „dann eben zu meiner Mutter nach Malente."

„Ich wusste doch, das da noch etwas kommt, womit du mich piesacken würdest."

Schobinsky also im Zentrum, Gatow mit ihm in familiärer Verbindung, Gatow kennt Handtke und geht mit ihr aus. Die Chinesen in geschäftlicher Beziehung zu Schobinsky, der Leiter der chinesischen Medizinergruppe kopflos, Hu Wang verschwunden. Eine geschäftliche Verbindung von Schobinsky zur TWH-Bank in Hannover.

Schobinsky und Gatow kannten sich aus DDR-Zeiten. China war zu Zeiten des real existierenden Ostblocks eng mit der DDR verbunden. Irgendwelche unbekannten Verbindungen aus dieser Zeit? Handtke interessiert sich für die chinesische Sprache.

Dr. Volker Vonderheiden, Arzt in Oldendorf und Kassenwart des dortigen Karnevalvereins Blaue Veilchen, wehrt sich gegen die Überfremdung durch einen Rintelner. Vonderheiden ist Arzt und könnte zur chinesischen Medizinergruppe Verbindung aufgenommen haben. Torben Kirschbaum, der Getränkegroßhändler und Sponsor des Oldendorfer Karnevals, könnte mit Schobinsky geschäftlich aneinandergerasselt sein. Dann noch HK Bertrams Tipp mit der Geldwäsche. Die Chinesen beseitigen Schobinsky, bauen das Klinikum von echten US-Dollar, die sie aus irgendwelchen dubiosen Quellen bezogen haben und schon wird aus dem Schwarzgeld gern gesehenes Investitionsgeld. Ob da die TWH-Bank mitmachen würde? Der Getränkegroßhändler scheidet auch erst einmal aus, es besteht keine offensichtliche Verbindung zu den Chinesen.

Hypothese: Gatow und Handtke paktieren miteinander, um das Großprojekt chinesischer Wellnesstempel selber zu übernehmen. Auch eine persönliche Beziehung? Gatow verabreicht Schobinsky auf dem Prunkwagen eine Überdosis Insulin, Schobinsky bricht sich den Hals, Gatow und Handtke haben freie Bahn. Warum aber sollten sie dann den Oberchinesen enthaupten? Ohne sein medizinisches Wissen hätten sie die Klinik weder aufbauen noch erfolgreich leiten können. Auch ist keinem der beiden eine so ausgefeilte Schwerttechnik zuzutrauen, um den Kopf so gekonnt vom Rest zu trennen. Oder hat sich Gatow vielleicht Fachwissen bei einer Eliteeinheit in der DDR antrainiert? Handtke scheidet aus. Volkshochschulkurse dieser Art wird es im Westen wohl nicht geben.

Fazit: Keine offensichtliche Spur ... Wesemann kümmert sich lieber um sein Privatleben und kauft einen Strauß Tulpen. Tulpen sind der Situation angemessener als Rosen.

Karola ist müde, als sie vom Sender nach Hause kommt. Sie muss doch zu viel arbeiten, hat bei Baxmann aber eine Sonderbezahlung bis zum Monatsende herausgeschlagen. Wesemann ist stolz auf seine Karola. Bei ihm ist Baxmann nur großzügig mit Versprechungen.

Karola zieht die Schuhe aus, setzt sich an den Tisch und will erst einmal nur durchatmen. Wesemann stellt ihr einen frischen Kaffee auf den Tisch. „Schön", sagt Karola und deutet mit dem rechten Daumen auf das Gurkenglas mit den Tulpen. „Die Vasen stehen oben rechts im Wohnzimmerschrank."

Wesemann lernt schnell. Als er zurückkommt, trinkt Karola gerade ihren Kaffee.

„Wie war dein Tag?“

„Anstrengend. Ich musste zwischen Baxmann und einem Werbekunden vermitteln. Mindestens acht Anrufe hin und her. Mit dem Resultat: zwanzig Prozent Nachlass. Das hätten die beiden auch schon vier Stunden früher haben können. Dann haben sie sich zu einem gemeinsamen Besuch der Sumpfblume verabredet.“

„Möchtest du ein Brot? Wir haben noch Salami und Salami. Ich hab vergessen, frischen Aufschnitt zu kaufen.“

„Im Augenblick habe ich sowieso keinen Hunger und später mache ich uns ein paar Spiegeleier.“

„Geht nicht“, Wesemann möchte Karola zum Lachen bringen, „die Hühner mussten vor Tagen ihr Leben für die Suppe lassen.“

Karola lächelt nur dünn. Sie stützt sich mit den Fäusten auf dem Tisch ab, erhebt sich und legt sich auf die Couch. Wesemann setzt sich zu ihr, legt ihr seine Hand auf den Unterarm. Karola schließt die Augen.

„Kurz vor Feierabend ist eine merkwürdige Meldung hereingekommen“, sagt Karola.

„Sag lieber nichts, ruh dich aus.“ Wesemann streichelt ihren Arm.

„Sie wird dich aber interessieren.“

„Nur du interessierst mich.“

Für einen Moment schlägt Karola die Augen auf und schaut recht skeptisch.

„Es handelt sich um eine rätselhafte Polizeimeldung.“

„Das hat doch Zeit bis morgen.“

„Wart's ab.“ Sie rollt sich halb auf die Seite und zieht einen Computerausdruck aus ihrer Hosentasche.

Ein Mann ist von zwei Joggern am Waldrand von Bakede gefunden worden. Sein Auto stand mit laufendem Motor und geöffneten Türen mitten auf der Fahrbahn. Der Mann saß im Straßengraben und besprühte seine Füße mit Schaum aus einem Auto-Feuerlöscher. Er schrie vor Schmerzen. Auf Nachfrage behauptete er, seine Füße würden brennen. Die herbeigerufene Polizei brachte den Mann ins Krankenhaus nach Hameln, doch konnten die Ärzte keine ungewöhnlichen Veränderungen an seinen Füßen feststellen. Daraufhin wurde M. G. aus Obernkirchen der Psychiatrie in Wunstorf überstellt.

„Bring mir doch bitte ein Glas Wasser", murmelt Karola.

„Das nützt jetzt auch nichts mehr!" Wesemann ist völlig in seine Gedanken versunken.

„Ich habe Durst!", sagt Karola ziemlich energisch.

Wesemann ist mit einem Schlag zurück in der Realität. Er springt auf, schüttet Karola ein Glas Mineralwasser ein, stützt ihr den Rücken und lässt sie trinken.

„M. G. aus Obernkirchen?", murmelt Wesemann vor sich hin.

„Stimmt", sagt Karola und lässt sich zurücksinken, „ich habe bei der Polizei nachgefragt. Sie wollten natürlich keine Details herausrücken, aber meiner Vermutung, es handle sich um Martin Gatow aus Obernkirchen, haben sie auch nicht widersprochen." Und damit ist Karola eingeschlafen. Als sie aufwacht, hat Wesemann einen kleinen Salat mit Putenstreifen vorbereitet. War gar nicht so leicht, ein Rezept für Salat im Online-Kochbuch zu finden.

Wesemann bringt Teller und Besteck in die Spülmaschine. Er nimmt sich eine Flasche Bier aus dem Kühlschrank und setzt sich zu Karola auf die Couch.

Sie möchte Frank Plasberg sehen. Hart aber fair. *Auf dem Weg in die Bananenrepublik – braucht Deutschland Kolonien?* Oder so ähnlich. Wenn Wesemann den Sendeplatz hätte, würde er …

Das Telefon klingelt, Karola und Wesemann sehen sich an, Wesemann steht auf, nimmt das Gespräch an und geht mit dem Mobilteil in den Flur.

Gerd Ort am Apparat. Wesemann habe ihn doch mal nach der Apotheke am Kurpark gefragt.

Wesemann kann sich nicht erinnern, will aber nicht widersprechen.

„Seit letzter Woche ist die Apotheke zu", sagt Gerd Ort. „Wegen Umbau geschlossen, steht an der Tür. Aber wie das in Münder so ist, da wabern eine Menge Gerüchte durch den Ort. Abel habe die Apotheke wegen der Umsatzeinbußen aufgegeben. Jetzt würde umgebaut und in wenigen Wochen würde Abel eine schummrige Bar mit hübschen asiatischen Mädchen eröffnen. Man sagt aber auch, Abel sei im Knast und das Schild nur Tarnung. Ich habe mehrmals versucht, ihn anzurufen. ‚Kein Anschluss unter dieser Nummer'." Ob Wesemann etwas über den Aufenthaltsort des Apothekers wisse. Schließlich brauche er seine Bronchial-Medikamente und der Apotheker habe noch das Rezept.

Wesemann fügt den Gerüchten den einen und anderen Aspekt hinzu und verspricht Gerd Ort, sich um den mysteriösen Vorgang zu kümmern.

Karola schaut eine Sendung über Pferdezucht in Island. Der Polit-Talk war ihr zu langweilig. Wesemann macht auf seinem Beziehungsplan ein dickes rotes Fragezeichen hinter dem Namen Abel.

Alle Schaufenster der Apotheke sind mit Packpapier zugeklebt. Wesemann geht die Stufen zum Eingang hinauf. An der Tür der Hinweis auf den Umbau, handschriftlich.

Wesemann klopft an die Tür, drückt auf die Notfallklingel für die Nachtversorgung. Nichts. Staub im Eingangsbereich der Apotheke. Also könnte die Bar mit den hübschen Asiatinnen durchaus Wirklichkeit werden. Er hat sich mit Abel doch immer gut verstanden, vielleicht räumt ihm der ehemalige Apotheker Sonderpreise ein? Wesemann, du begibst dich auf ein gefährliches Terrain, und diesmal wird Karola sicher nicht so großzügig sein.

Er klopft erneut gegen das Glas der Eingangstür, aus dem Inneren sind Hammerschläge zu hören, Wesemann pocht mit der Faust. Keine Reaktion. Wesemann will schon abdrehen, da erscheint neben dem Hinweis auf den Umbau das Gesicht des Apothekers. Schon will sich der Apotheker wieder zurückziehen, da klopft Wesemann erneut, drückt wieder auf die Klingel.

„Ich kann Ihnen nicht helfen“, ruft Abel durch die geschlossene Tür. In der einen Hand hält er einen kalten Zigarrenstummel, die andere weist zum Himmel.

„Sie haben doch so einen schönen Pfefferminzlikör …“

„Was?“ Der Apotheker drückt das linke Ohr fast gegen das Glas der Tür.

„Pfef-fer-minz-li-kör!“

Der Apotheker sperrt die Türe auf.

„Was soll der Quatsch?“

Wesemann muss nachsetzen. „Ich habe eine alte Tante im Pflegeheim in Malente. Ich möchte ihr eine kleine Freude machen.“

Nach einigem Zögern lässt der Apotheker Wesemann eintreten, verschließt aber gleich wieder die Tür hinter ihm.

An der rechten Wand stehen drei Stühle um einen altmodischen Standaschenbecher. Die Pausenecke, geht es Wesemann durch den Kopf.

Der Apotheker setzt sich und bietet Wesemann einen Stuhl an. Wesemann setzt sich ebenfalls und sieht sich um.

Das Mobiliar ist ausgeräumt, die Tapeten sind von den Wänden gerissen und Löcher für eine neue elektrische Installation sind in die Wand gefräst. Mitten im Raum hängt eine nackte Glühbirne von der Decke und an der gegenüberliegenden Wand steht ein Bauscheinwerfer auf gelbem Stativ. Jetzt ist das Hämmern aus einem der angrenzenden Räume deutlich zu hören. Der Apotheker legt den Zigarrenstummel in den Aschenbecher.

„Warum sind Sie nun wirklich gekommen?", fragt Abel.

„Halb Münder macht sich Gedanken, was dem Herrn Apotheker zugestoßen sein könnte und Gerd Ort braucht sein Medikament."

„Wir werden in den nächsten Wochen nicht einsatzfähig sein."

„Lohnt sich denn der Umbau in der augenblicklichen Situation?" Wesemann ist ganz stolz auf seine unverfängliche Formulierung.

„Ich nehme an, Sie wissen mal wieder mehr als die meisten anderen?"

Also doch die Asiatinnen.

„Ich stehe dem Fernen Osten sehr wohlwollend gegenüber." Wesemann läuft zur Hochform auf in Sachen Formulierungskunst.

„In zwei, drei Wochen werden es sowieso alle wissen." Abel pafft dicke Wolken gegen die neu verputzte Decke. „Ich werde die Apotheke nicht nur sanieren und renovieren, ich werde ihr auch eine neue Abteilung angliedern."

Wesemann bekommt einen Hustenanfall und schiebt seinen Stuhl einige Handbreit zurück.

„Die Apotheke am Kurpark wird die erste Apotheke der ganzen Umgebung mit einer Spezialabteilung für traditionelle chinesische Arzneimittel!" Die Bombe ist mit drei aufsteigenden Rauchkringeln geplatzt, und Wesemanns Formulierkunst ist am Ende. Er kann nur noch staunen.

Der Apotheker grinst. „Dann werde ich mich mal um den Pfefferminzlikör kümmern." Er geht zu einem Mauerdurchbruch, in den wohl eine Tür eingebaut werden soll. „Der wird Ihnen guttun!" Der Apotheker lacht, sein Zigarrenstummel glimmt im Aschenbecher. Als der Apotheker im Nebenraum verschwunden ist, drückt Wesemann auf den Knopf über dem Aschenbecher und der Zigarrenstummel verschwindet mit einer einzigen Rotation in die untere Region.

Der Apotheker bringt eine fast volle Flasche und zwei Gläser. Er schenkt ein, prostet Wesemann zu: „Auf die Tante in Malente!"

„Auf die Tante!"

Der Apotheker sucht seinen Zigarrenstummel, versucht sich offensichtlich zu erinnern, kann ihn nicht finden und gibt auf.

„Sagten Sie chinesische Arzneimittel? Vor ein paar Wochen waren Sie noch voller Hohn und Spott."

„Tja, mein Lieber, man muss mit der Zeit gehen!"

„Sie glauben, dass Ihnen bei dem neuen Angebot die Kunden die Tür einrennen?"

„Wesemann, das muss man globaler sehen. Der Osten ist auf dem Vormarsch. Wer da nicht mitzieht, gerät ins Aus!"

„Nun ja, bei Plastikspielzeug, gefälschten Markenprodukten und Seltenen Erden." Wesemann bleibt skeptisch.

„Das ganze Gesellschaftssystem wird vom Osten her aufgerollt. Aber leider verschließen wir noch die Augen vor der Realität. Oder man hält uns absichtlich für dumm."

„Wir haben unabhängige Medien!"

„Schauen Sie doch mal von außen auf die Situation. Stellen Sie sich vor, Sie wären ein Land in Afrika."

„Kann ich mir nur sehr schwer ..."

„Dann sehen Sie den Fortschritt in China und das rückwärtsgerichtete Geplänkel im Westen. Bei uns Krise auf Krise und dort gigantische Wachstumsraten. Hier werden die Armen immer ärmer, dort steigt der allgemeine Lebensstandard."

„Da gibt es aber noch einen gewaltigen Unterschied."

„Noch. Denken Sie mal fünfzig Jahre weiter. Da wird sich das chinesische Wachstumsmodell durchgesetzt haben."

„Bei uns? Ich möchte unsere demokratische Lebensform nicht gegen eine chinesische Diktatur eintauschen. Und meinen Job als unabhängiger Journalist wäre ich dann auch los."

„Meinungsfreiheit und unabhängige Medien machen nicht satt. Wie's gemacht werden muss, zeigt China allen Ländern, die gegen Armut, Hunger und Krankheiten kämpfen. Und die beste Ideologie ist das gute Beispiel."

„Könnte ich bitte noch einen Pfefferminzlikör bekommen?"

Abel schenkt nach. Man prostet sich zu, trinkt.

„Sie wollen also vorbereitet sein, wenn die Chinesen kommen?"

„Wesemann, Sie wissen doch schon mehr als Sie zugeben. Und der Pfefferminzlikör war doch auch nur ein Vorwand."

Wie gut, dass Abel nicht in Wesemanns ideenfreie Gehirnwindungen sehen kann.

„Bevor Sie sich irgendwelchen Blödsinn zusammenreimen, informiere ich Sie lieber über den Stand der Dinge."

Wesemann starrt auf den Aschenbecher, dem kleine Rauchwölkchen entsteigen.

„Nach dem Tod von Doktor Schobinsky wurde unter dem Schirm der TWH-Bank Hannover eine Holding gegründet." Abel lässt die Absenkplatte des Aschenbechers rotieren, eine stinkende Qualm-Wolke steigt aus dem Aschenbecher, scheint Abel aber nicht zu stören, er sieht Wesemann nur vorwurfsvoll an. „Eine seriöse Bank und ein lukratives Investment für die, die auf der richtigen Seite stehen."

„Wenn die Klinik also gebaut wird, werden Sie Haus- und Hoflieferant für die chinesischen Medikamente?"

„So könnte man sagen." Abel lehnt sich mit zufriedener Miene auf seinem Stuhl zurück. „Meine Apotheke wird ein eigenständiges Unternehmen unter dem Dach des *Klinikums Fünf Elemente* sein."

„Hieß das nicht mal: *Margareten-Klinik am Kurpark*?"

„Da sehen Sie mal, wie sich die Zeiten ändern."

Wesemann hustet, steht auf. „Und wer wird für den Klinikbetrieb zuständig sein?"

„Da fragen Sie am besten die Bank. Ich kann und darf keine weiteren Auskünfte geben."

Wesemann blufft. Er ruft bei der TWH-Bank an und bekundet sein Interesse an einer größeren Geldanlage. Da er aus dem Weserbergland anrufe, dächte er an eine Beteiligung am neuen *Klinikum Fünf Elemente* in Bad Münder.

Er wird mehrmals weiterverbunden, befürchtet schon, bei seinem Freund Löhneisen zu landen, da meldet sich eine forsche weibliche Stimme:

„Mein Name ist Inka Arend, was kann ich für Sie tun?"

„Herbert Weichselbaum, ich bin durch eine Erbschaft an einen größeren Geldbetrag gekommen, den ich gerne anlegen wollte." Er hat doch seine Rufnummernanzeige ausgeschaltet?

„Da wird wohl das Beste sein, wir machen einen Termin, Herr Wechselblom."

Guter Trick. Wesemann korrigiert: „Weichselbaum! - Einen Besprechungstermin würde ich gern in Anspruch nehmen. Aber vorher möchte ich mich gern ein wenig genauer informieren. Sie haben doch sicher Prospektmaterial über das geplante Klinikum in Bad Münder?"

Frau Arend lacht. „Da haben Sie sich aber eine sehr lukrative Geldanlage ausgesucht. Wie sind Sie denn darauf gekommen?"

„Wilhelm-Karsten Abel, der Apotheker, ist ein angeheirateter Cousin."

„Ach so", sagt Frau Arend, obwohl Wesemann die verwandtschaftliche Beziehung selber nicht verstanden hat. „Mit einem Prospekt kann ich aber leider nicht dienen. Die Drucksachen werden gerade erst in unserer Marketingabteilung konzipiert. Geben Sie mir Ihre Adresse, und ich sende Ihnen einen Prospekt nach Fertigstellung sofort zu."

Wesemann liebt solche Scharmützel. „Vielleicht können Sie mir vorab schon einmal sagen, wer Geschäftsführer des Klinikums sein wird. Wenn es nämlich Doktor Schobinskys Frau wird, können Sie sich das Porto für den Prospektversand sparen."

„Einen Augenblick bitte." Es knackt in der Leitung. Frau Arend will sich absichern. Es dauert eine Weile, bis sie sich wieder meldet. „Ich habe rasch im Computer nachgesehen. Den medizinischen Bereich wird Gerti Handtke übernehmen und Martin Gatow kümmert sich um den technisch-kaufmännischen Bereich. Sagen Sie mir bitte Ihre Anschrift?"

Wesemann täuscht eine technische Störung vor, es könnte doch sein, dass er Frau Arend noch einmal sprechen muss. „Hallo, sind Sie noch da? – Ich kann Sie nicht verstehen. – Hallo. Mein Telefon-Akku gibt den Geist auf. Ich melde mich nachher noch einmal ..."

Er hört, wie Frau Arend „Spinner!", murmelt und auflegt.

Jetzt wäre es doch sehr interessant, die Einstellung von Frau Schobinsky zu der neuen Entwicklung zu erfahren. Wesemann ruft HK Bertram an. Der Hauptkommissar ist im Stress.

„Wesemann, Sie nerven. Der Fall Schobinsky ist abgeschlossen und wir verfügen nicht über Kapazität und Platz, um die familiären Hintergründe jedes Unfallopfers zu archivieren."

„Aber ...", versucht Wesemann einzuwenden, doch Bertram hat das Gespräch bereits unterbrochen.

Wesemann sucht Schobinskys Adresse im Internet und fährt nach Rinteln. Feines Haus im Musikantenviertel. Nicht protzig, aber großzügig. Schmiedeeisernes Tor vor dem Eingangsbereich, Videokamera über der Klingel, Überwachungskameras über der Eingangstür und dem Fensterbereich. Was will er überhaupt fragen?

Er sieht sich um, niemand unterwegs. Nur der Paketzusteller von Hermes. Den kann er wohl schlecht nach Schobinskys Umfeld fragen ohne aufzufallen. Wesemann schlendert die Straße hinauf, hofft auf einen älteren Menschen mit Zeit. Eine junge Frau schiebt ihr Fahrrad vom Haus auf die Straße, Kindersitz auf dem Gepäckträger, die hat keine Zeit.

Wesemann geht wieder zurück. Direkt neben Schobinskys Eigentum steht eine ältere Frau in der Haustür und öffnet den Briefkasten. Wesemann schaut sich auffallend um, sieht zu der Frau hinüber, tritt dann einen Schritt auf die Straße und misst mit großen Schritten die vermeintliche Breite des Hauses ab und schreibt irgendwelche Zahlen in ein Notizbuch, direkt unter *scharfen Senf besorgen* und *Versicherung anrufen*.

Wie geplant ist die Frau aufmerksam geworden. Sie kommt an den Zaun des Vorgartens und beäugt Wesemann misstrauisch. Wesemann peilt den Dachfirst des Hauses über seinen Kugelschreiber an.

„Suchen Sie etwas Bestimmtes?"

Wesemann, so geht es! – Noch hält er Abstand vom Gartenzaun, damit die Frau nicht misstrauisch wird.

„Ich bin für einen Makler unterwegs und soll die Daten des Hauses aufnehmen. Fotos muss ich auch noch machen."

„Welches Haus wollen Sie aufnehmen?"

„Ist Ihr Haus nicht zum Verkauf ausgeschrieben?"

„Unser Haus ist nicht zu verkaufen."

„Aber Sie sind doch Frau Schobinsky?"

„Schobinskys wohnen nebenan."

„Dann muss ich um Entschuldigung bitten." Jetzt, Wesemann, muss der Übergang gelingen. Ein, zwei Schritte in Richtung Gartenzaun. „Auch ein schlimmes Schicksal."

„Wir sind gut versichert."

„Für Frau Schobinsky." Jetzt ist es höchstens noch ein halber Meter bis zur vertraulichen Flüsterentfernung.

„Wie man's nimmt."

Noch ein Schritt vor. „Sie waren auf dem Weg nach ganz oben und dann … so ein Unglück. Das Familienoberhaupt tot vom Karnevalswagen."

„Wir haben ihn alle gewarnt, mit den Oldendorfern ist nicht zu spaßen."

„Hahaha", sagt Wesemann, jetzt hat er sie gewonnen. „Wie hat die Familie den Verlust denn verkraftet?"

„Man will ja nichts sagen", jetzt rückt die Nachbarin noch ein Stück näher heran, „aber nach außen hin ziemlich gelassen. Frau Schobinsky hat sein Auto verkauft und die Tochter ist doch sowieso nie zu Hause."

„Eine Tochter?"

„Paula, ein bildhübsches Mädchen." Die Nachbarin schaut die Straße hinauf und hinunter und vergewissert sich auch, dass von der anderen Seite niemand zuhören kann. „Aber ein bisschen eigenartig in ihrem Umgang."

„So sind die jungen Leute."

„Meine Tochter würde jedenfalls nicht mit einem Eskimo rummachen."

„Einem was?"

„Wir sagen Eskimo. Ein schlanker junger Mann mit einem runden Gesicht und so Schlitzaugen."

„Könnte es vielleicht ein Chinese sein?"

„Dann müsste es aber ein sehr hellhäutiger Chinese sein. Paulas Freund ist fast weiß und trägt auch immer so eine Ohrenkappe wie die Eskimos."

Unter einer Eskimo-Ohrenkappe kann sich Wesemann nun gar nichts vorstellen. Er will auch nicht nachfragen, um seine Ermittlungen nicht zu verzögern.

„Wann haben Sie den Eskimo denn zuletzt gesehen?" Wesemann ist auf eine Zeitspanne von vier bis sechs Wochen eingestellt.

„Am Montag."

„Also vorgestern?"

Die Nachbarin nickt.

„Sind Sie sicher?"

„Montags muss ich immer die Mülltonnen auf die Straße stellen und da stand er hinter dem Baum an der Straßenecke und hat gewartet."

„Dann will ich auch nicht länger stören. Vielen Dank." Wesemann tritt wieder auf die Straße.

„Und die Fotos vom Haus?"

„Ich schicke einen Kollegen vorbei!"

Wesemann setzt sich ins Auto und atmet erst einmal durch. Der verschwundene Chinese ist also wieder aufgetaucht. Hu Wang. Mit Kopf. Wie schön für ihn. Er macht mit der Tochter von Schobinsky rum. Ob es etwas brächte, der netten Nachbarin das Foto aus der Jugendherberge zu zeigen? Wohl kaum, sie wird ihm nicht so nah gekommen sein, um ihn wiederzuerkennen.

Aus dem Handschuhfach nimmt sich Wesemann ein Hustenbonbon. Früher hätte er jetzt zur Zigarette gegriffen. Vielleicht sollte er doch wieder zu seinen Alltagsberichten zurückkehren. Aber jetzt muss er erst noch herausfinden, wo Hu Wang lebt und was er tagsüber so treibt. Wenn er eine billige Unterkunft hat, könnte ihn Schobinskys Tochter mit dem Lebensnotwendigsten versorgen. Essen ist leicht abzuzwacken und ein Videospiel hat er sicher selber.

Karola hat Kabeljau gebraten. Wesemann isst gerne Kabeljau, mag ihn nur nicht riechen. Und der Kabeljau verteilt seinen Geruch bis ins Bad und ins Schlafzimmer.

Karola reißt alle Fenster auf und Wesemann wäre mit einem Schnitzel zufrieden gewesen. Wesemann trinkt Bier zum Fisch, Karola Wasser.

„Und?“, fragt Karola nach den ersten beiden Bissen. Sie hat gesehen, wie Wesemann mit den Fingerspitzen der freien Hand ungeduldig auf die Serviette trommelt. Eine Serviette mit Weihnachtskugeln und Engelchen. Restbestände. Nur mit einer sparsamen Frau kann man es zu etwas bringen.

„Die Klinik am Münderaner Kurbad soll von Martin Gatow und Gerti Handtke geleitet werden. Apotheker Abel wird Hoflieferant für die chinesischen Arzneimittel und baut schon um.“

„Der Nebel lichtet sich!“ Karola schenkt sich jetzt doch ein Glas Weißwein ein.

„Es kommt noch besser: Unser verschwundener Chinese ist gar nicht verschwunden, nur untergetaucht. Hu Wang ist wohl mit Schobinskys Tochter eng befreundet.“

„Und ich wollte mit dir am Wochenende mal so richtig ausspannen.“

„Dem steht nichts entgegen. Ich hole auch die Brötchen.“

„Wesemann, lange nichts mehr von Ihnen gehört. Hat Sie die Konkurrenz gekauft?" Das ist Baxmann in seiner launigen Art.

„Es gibt viel zu recherchieren."

„Aber vergessen Sie darüber Ihre Arbeit nicht."

„Haha."

„Wesemann, Sie sind in letzter Zeit so witzig. – Aber Spaß beiseite. Ich habe hier etwas für Sie. Eine Einladung unserer Bundestagsabgeordneten aus Hameln zum Arbeitsessen für die regionalen Medien. Ich kann leider nicht hingehen, ich habe keine rote Krawatte."

Mein Gott, wie kann man am Samstag vor elf schon so witzig sein. „Ich habe auch keine Zeit."

Karola hat sich die Zeitung ins Bett geholt und gibt Wesemann einen kleinen Kuss aufs Ohrläppchen.

„Das ist ein offizieller Termin, Wesemann. Da kommen Sie auch mal unter die Menschen und etwas zu essen gibt es auch."

„Ich bin beschäftigt."

„Außerdem sollten Sie sich mit einem feinsinnigen Bericht bei unseren Hörern mal wieder ins Gedächtnis bringen. Da drängen junge Leute nach, die sich als freie Mitarbeiter bewerben. Halb so teuer wie Sie!"

Karola lehnt sich zurück und schlägt mit einem leichten Seufzer die nächste Zeitungsseite auf.

„Ich werfe Ihnen die Einladung nachher in den Briefkasten." Zumindest will er nicht raufkommen.

„Wann soll das Arbeitsessen denn stattfinden?"

„Für Maniküre und eine ordentliche Frisur haben Sie noch Zeit, Wesemann. Noch acht Stunden."

„Heute?"

Keine Antwort. Baxmann hat aufgelegt. Muss wahrscheinlich seine schwarze Krawatte mit den gelben Querstreifen suchen.

Wesemann klaubt sich den Sportteil aus der Dewezet. „Schwarzgelb - so ein Weichei!"

Karola hat noch ein Gläschen Prosecco auf seinen Nachttisch gestellt.

„Zumindest brauche ich heute Abend nicht zu kochen", murmelt sie, ohne den Blick aus der Zeitung zu nehmen.

Wie stellen Sie sich ein literarisches Arbeitsessen bei einer Politikerin vor? Schnittchen, Sekt und Mousse au Chocolat zu vorgetragenen Gedichten unserer Klassiker, bevorzugt von eigenen Familienmitgliedern? Das großzügige Einfamilienhaus unserer Bundestagsabgeordneten liegt im Klütviertel. Keine schlechte Gegend. Am Eingang zwei Fackeln, die den Weg von der Straße zur Haustür weisen. Die Hausherrin öffnet selber, aus dem Inneren des Hauses ein Stimmengewirr. An der Garderobe steht ein Tablett mit Gläsern – Sekt, Orangensaft und Sekt mit Orangensaft. Und dann macht das Arbeitsessen seinem Namen alle Ehre. Wir werden in die Küche geführt. Die Medien des Weserberglands sind versammelt. Der Sportreporter schält Kartoffeln, die Lokalredakteurin schlägt Eiweiß und vor uns steht ein Korb mit Möhren, die geschabt werden sollen. An der Dunstabzugshaube ein alter SPD-Wahlkampfslogan: 'Anpacken statt Schlechtreden'. Unsere Abgeordnete hilft, wo sie kann, unterstützt von einer Freundin aus Emmerthal. Sie kennen sich aus gemeinsamen Buchhändlerzeiten.

Bald sind alle Zutaten vorbereitet. Es köchelt, brutzelt oder wird gekühlt, und wir werden zum literarischen Teil des Abends ins Esszimmer geleitet. ‚Hoffentlich müssen wir nicht selber reimen', meint der Sportreporter. Doch unsere Bundestagsabgeordnete ist professionell vorbereitet. Sie hat auf ihrer Homepage sogar eine eigene Rubrik: 'Buch macht kluch'. Und so liegt auf jedem Essplatz eines ihrer Lieb-

lingsbücher: ‚Léon und Louise', 'Wo warst Du?' oder 'Balzac und die kleine chinesische Schneiderin'. Während reihum von den Gästen aus den Büchern vorgelesen wird, eilen die Abgeordnete und ihre Helferin immer wieder in die Küche, um nach den Kochfortschritten zu sehen. Der Auszug aus 'Bis der Tag sich neigt' ist dann aber so spannend, dass es plötzlich leicht angebrannt aus dem Nebenraum riecht. Kein Problem, die Oberköchinnen retten, was zu retten ist. So wird es ein rundum gelungenes literarisches Arbeitsessen. Nur etwas überraschend, dass schließlich Zwiebelkuchen serviert wird. Nach Angaben der Buchhändlerin aus Emmerthal eine Lieblingsspeise von Johannes Mario Simmel. – ‚So riechen dann auch seine Bücher', meint der Sportreporter neben mir, versteht sowieso nur was von Hannover 96. Ein Zwiebelring fällt ihm ins Weinglas.

Soweit Hubert Wesemann von einem literarischen Arbeitsessen unserer Bundestagsabgeordneten für radioTOTAL.

Wesemann hat sehr geschickt hinter einem Van mit Hamburger Kennzeichen geparkt, kann von seinem Standplatz aus den Eingang von Schobinskys Haus sehen und auf der anderen Seite bis zur Rendezvousecke hinaufschauen.

Er hat sich eine Thermoskanne mit heißem Kaffee mitgenommen und zwei Klappschnitten mit Kochschinken und Gouda. Ganz tief ist er in seinen Sitz gerutscht, der Kopf lehnt an der Seitentür. Er wird warten müssen. Hat sich mit der Helligkeit irgendwie verschätzt. Neulich war es um halb fünf schon stockduster, jetzt ist es schon fünf und er kann noch immer bis zur Straßenecke ohne Laternenlicht schauen. Und wenn es zu dunkel wird? Hat er seine Taschenlampe im Handschuhfach? Er langt hinüber und öffnet das Fach.

Da geht Schobinskys Haustür auf, eine junge blonde Frau huscht ins Freie und schlendert dann möglichst unauffällig die Straße hinauf.

Wesemann zwängt sich aus dem Wagen, setzt sich zur Tarnung eine karierte Schlägermütze auf und wechselt die Straßenseite. Die junge Frau schlendert überraschend schnell, und Wesemann muss einen Schritt zulegen, um sie nicht aus den Augen zu verlieren. Jetzt ist sie schon an der Ecke und biegt ab. Wie aus dem Nichts taucht eine männliche Gestalt auf, folgt ihr mit einigem Abstand. Beide biegen noch einmal rechts ab, stehen plötzlich auf der Rückseite von Schobinskys Haus und sind gleich darauf im Haus verschwunden.

Tolle Observation, Wesemann. Und was machst du jetzt mit Kaffee und belegten Broten? Es lohnt sich doch wohl kaum, auf den Abschied der beiden zu warten. Die Brote hat Karola mit Liebe geschmiert und wenn er zu früh nach Hause kommt, denkt sie, eine Observation wäre eine reine Spazierfahrt.

Wesemann hockt sich ins Auto, isst sein Brot, trinkt einen Becher Kaffee und ordnet seine Gedanken. Das kostet schon einiges an Zeit und führt zu gar nichts.

Schon will Wesemann den Wagen starten, um beim gemeinsamen Abendessen mit Karola seine zweite Stulle zu vertilgen, da taucht Schobinskys Tochter wieder auf. Alleine. Sie scheint recht wütend zu sein, lässt die Haustür hinter sich ins Schloss fallen. Von ihrem Freund ist nichts zu sehen.

Wesemann fährt zur Rückfront von Schobinskys Haus, dann durch die seitlichen Straßen. Der Freund ist nicht zu sehen. Eigentlich ist hier überhaupt niemand zu sehen. Wesemann fährt noch einmal an der Vorderfront entlang, niemand, nur die nette Nachbarin winkt ihm zu. Geheimdienst wäre wohl nichts für Wesemann. Aber irgendwie muss der junge Mann doch zu seinem Versteck kommen. Wesemann könnte zum Bahnhof fahren oder die Bushaltestellen abklappern. Alles nicht besonders aussichtsreich.

Wesemann fährt in Richtung Hameln, aber schön langsam. Wenn er schnell fährt, kann er nur ganz schlecht nachdenken. Er hat den Freund von Schobinskys Tochter zwar nicht gesehen, er geht aber davon aus, dass der Eskimo Chinese ist und Hu Wang heißt. Natürlich steht er in irgendeinem Zusammenhang mit dem neuen Klinikprojekt. Aber wie? Schobinsky ist tot, Frau und Tochter werden Wesemann wohl kaum Auskunft geben. Außerdem ist es Wesemann unangenehm, sie zu befragen. Martin Gatow soll die Leitung des Klinikums übernehmen. Gatow kann im Augenblick aber nicht befragt werden. Wesemann wollte ihn morgen besuchen.

Wenn Martin Gatow und Hu Wang zusammenarbeiten? Gatow hat kein medizinisches Wissen, schon gar keins über die chinesische Medizin. Und das Klinikprojekt steht und fällt mit den chinesischen Anwendungen. Also braucht Gatow Hu Wang. Vielleicht hat sein Besuch in der Wunstorfer Klinik doch nicht bis morgen Zeit?

Wesemann ruft die Telefonauskunft an. Er lässt sich mit der Aufnahme der Klinik verbinden. Die normalen Besuchs- und Sprechzeiten sind längst vorbei. Eine etwas verschlafene Stimme am Telefon. Es wäre ein Notfall, vertraut Wesemann mit gepressten Atemzügen seinem Telefonpartner an. Er müsse unbedingt Herrn Gatow sofort sprechen.

„Das geht nicht." Die Stimme ist nicht verschlafen, sondern verschnupft. „Es ist sehr, sehr dringend! Seine Tante hat einen Schlaganfall erlitten."

Beim letzten Mal hat Wesemann bei einem ähnlichen Gespräch *seine Mutter* gelogen. Am nächsten Tag war die Frau wirklich tot und Wesemann fühlte sich mit verantwortlich.

„Gatow? Martin Gatow?"

„Können Sie mich mit ihm verbinden?"

„Unsere Patienten haben kein Telefon auf ihrem Zimmer. Außerdem sehe ich gerade auf dem Bildschirm, dass Martin Gatow heute Mittag entlassen wurde. Vielleicht hat seine Tante die Nachricht nicht verkraftet ..."

Ein humorvoller Mensch am Telefon der Wunstorfer Klinik. Eventuell selber Patient? Wesemann will es nicht ergründen und legt auf.

Nur noch wenige Augenblicke, und Wesemann hat seine Gedanken neu geordnet. Er wendet über eine durchgezogene weiße Linie und rechnet fest damit, im nächsten Augenblick von seinen Freunden mit dem blauen Licht auf dem Dach verfolgt zu werden. Doch nichts geschieht. Wesemann beschleunigt. Er muss nach Obernkirchen. Warum denkt er bei Martin Gatow bloß immer an *Stille Nacht, Heilige Nacht*? Hinter Schlingmühle fällt es ihm ein. Stille Nacht von Dorfschullehrer Franz Xaver Gruber. Aus Oberndorf. Hätte doch sein können ...

Er postiert sich unauffällig am Straßenrand vor Gatows Autoverwertung. Alles still, selbst die Hunde scheinen zu schlafen. In dem Bungalow im Hintergrund brennt noch Licht.

Wesemann fischt seine Taschenlampe aus dem Handschuhfach, steigt aus. Vor dem Tor mit der dicken Eisenkette sucht er im Licht der Taschenlampe den Boden ab. Vor dem Bordstein eine Pfütze. Nasse Reifenspuren auf dem Gehweg. Hier ist vor Kurzem ein Auto von der Straße auf den Hof eingebogen. Kann

Hu Wang Auto fahren? Oder hat Gatow irgendwo auf ihn gewartet? Wesemann muss auf seinem Beziehungsplan eine dicke Linie zwischen Martin Gatow und Hu Wang ziehen.

Karola hat keine Lust aufs Traumhotel oder drei Affen im Schlafrock. „Dafür bin ich nicht mit dir zusammengezogen, um jeden Abend vor der Glotze zu sitzen."

„Wir könnten eine Runde durch die Altstadt drehen."

„Es regnet."

„Ich hab' meinen guten Willen gezeigt. Vielleicht die SOKO Leipzig?"

„Wir könnten etwas spielen", sagt Karola und bevor Wesemann noch etwas antworten kann, schiebt sie hinterher: „Kniffel oder Scrabble – du kannst wählen."

Wesemann entscheidet sich für „Kniffel!" Er braucht seinen Kopf für andere, wichtigere Gedankengänge.

Karola bringt den Karton mit dem Kniffel-Spiel, es fehlen die Würfel, also doch Scrabble. Karola fängt an, schimpft über die schlechte Buchstabenauswahl und legt: ZUGANG, muss dafür aber einen Jokerstein einsetzen. 22 Punkte.

Wesemann kontert mit FRAGE. 11 Punkte. Und hat schon keine Lust mehr.

Neue Buchstaben, neues Glück.

Karola hängt ein N an Frage. 12 Punkte.

Wesemanns Antwort: TURF. Dreifacher Wortwert. 21 Punkte.

„Bist du weitergekommen?" Karola legt ZEIGER. 18 Punkte.

„Meine Hypothese: Schobinsky hat Gatow und den Chinesen viel versprochen, wollte aber nichts halten." MAUT. Zweifacher Wortwert. 12 Punkte.

Karola ergänzt: „Da hat ihm Gatow auf dem Karnevalswagen die spektakuläre Überdosis Insulin verabreicht, um seine Stelle in der Hierarchie einzunehmen."

SALM. 14 Punkte.

„Gatow war fast am Ziel. Die Bank hätte sicher mitgespielt, wenn er ein schlüssiges Businesskonzept geliefert hätte. Bevor er allerdings eine Zeile für das Konzept aufsetzen konnte, war sein wichtigster Partner bereits ein Torso. Er brauchte also Ersatz." TUSSIS. Dreifacher Wortwert. 21 Punkte.

Karola überlegt. „Er hat Hu Wang angeheuert und den Rest der Gruppe in die Heimat geschickt." PORREE. 20 Punkte.

„Martin Gatow und Hu Wang werden der Bank zu wenig an Fachkompetenz gewesen sein."

PIK. 27 Punkte.

„Da hat sich Gatow an Gerti Handtke herangemacht. Sie sollte das Bindeglied werden zwischen Hu Wang und Martin Gatow. Sozusagen eine westöstliche Diva."

Für den Kalauer hat Karola nur einen kurzen kalten Blick. „Damit wäre doch fast alles geklärt. Hypothetisch." KINN. 7 Punkte. „Bleiben eigentlich nur zwei Fragen: Warum musste Cheng Kao sterben und welche Rolle spielt Schobinskys Tochter?"

Wesemann verlängert ZUGANG zu ZUGANGSTÜR, will sich 23 Punkte aufschreiben. Karola sagt nur: „Öh, öh."

Wesemann will es nicht verstehen, und Karola sammelt seine Buchstaben wieder ein.

„Spielverderberin!"

„Ich bin nur kritisch und hinterfrage die Dinge. Ist auch ganz gut für dich. Sonst würdest du HK Bertram ein Hirngespinst servieren und er würde dich seiner Frau Klumke zum Fraß vorwerfen."

„Ich hab's!" Wesemann legt an ZUGANG SDATEN an. Dagegen kann Karola nichts sagen und Wesemann kassiert den dreifachen Wortwert mit 42 Punkten.

Karola sieht erst Wesemann an, dann schaut sie aus dem Fenster. „Es hat aufgehört zu regnen. Wir könnten noch einen kleinen Spaziergang machen und dann irgendwo einkehren."

„Soll ich den Zwischenstand vom Scrabbeln notieren?" Ein frisch gezapftes Bier käme Wesemann jetzt auch recht.

„Wenn's dir hilft", sagt Karola, und Wesemann lässt es.

SIEBZEHN

Im Augenblick stockt Wesemanns Ermittlungsarbeit auf allen Ebenen. Vielleicht bringen ihn Gatows brennende Füße einen Schritt weiter. Wenn der Vorfall allerdings etwas mit der neuen Quelle oder den beiden Todesfällen zu tun hat, wird ihm Gatow auf keine Frage eine Antwort geben.

Es könnte noch einen Ansatzpunkt geben. Um die These des Komplotts gegen Schobinsky und Cheng Kao zu erhärten, wird er nach Bad Münder fahren. Sein Apotheker Abel kommt gerne ins Plaudern. Wesemann steckt das Foto der Chinesen vor der Tischtennisplatte in seine Jackentasche. Um ihn noch gewogener zu stimmen, geht Wesemann hinüber in die Altstadt, lässt sich von den Touristen anrempeln und ein erstes Eis auf die Schuhe kleckern.

Nach wenigen Schritten verlässt Wesemann allerdings die Touristenroute und schlängelt sich Seitenstraße für Seitenstraße zu Schnurs Tabakwaren in der Wendenstraße durch. Er kauft eine dicke Montechristo für deutlich mehr als zehn Euro, seinem eigentlichen Limit und fürchtet sich schon vor den dicken Qualm-Wolken.

Jetzt braucht er nur noch einen ordentlichen Parkplatz und eine überzeugende Gesprächseröffnung. Den Parkplatz findet er in geringer Entfernung in der Straße Am Kurpark, doch weder mit Klingeln noch mit Klopfen lässt sich jemand bewegen, an die Eingangstür zu kommen.

Schon will Wesemann wieder gehen, wendet sich ab, hält sich mit einer Hand am Türgriff fest, die Tür gibt nach und Wesemann stolpert in den ehemaligen Verkaufsraum, jetzt Baustelle im Verputzstadium.

„Hallo", ruft Wesemann, „hallo, Herr Abel!" Herr Abel meldet sich nicht. Niemand meldet sich.

Wesemann lauscht, auf der Straße zieht eine lärmende Schar Kinder vorbei. Feiern wohl Kindergeburtstag mit Tröten, Rasseln und Trommeln.

In der Türöffnung zum Nebenraum liegt Abels Zigarrenetui. Ohne seine Zigarren kann sich Wesemann den Apotheker überhaupt nicht vorstellen. Er geht bis zur Türöffnung, schaut in den kaum erleuchteten Raum, späht um die Wand herum und erschrickt. Er erschrickt nicht nur, er schreit.

Auf dem Boden liegt Abel in seinem weißen Kittel, den Kopf auf die rechte Seite gedreht. Eine blutige Spur führt von der Schädeldecke bis zur Kinnlade, ein Arm steht in ungesundem Winkel vom Körper ab, ein schweres Salbengefäß aus Steingut hat den Unterarm getroffen und der etwas entfernt liegende Deckel scheint die Wunde am Kopf verursacht zu haben.

Wesemann kniet sich neben den Apotheker, fühlt seinen Puls. Der ist noch in ausreichender Stärke zu ertasten. Auch atmet der Herr Apotheker, zwar nicht kräftig, aber gleichmäßig und ohne größere Anstrengungen.

„Ist Ihnen etwas auf den Kopf gefallen?" Tolle Frage, Wesemann, aber wem fällt schon in einer solchen Situation etwas Gescheites ein.

„Ist er weg?", flüstert Abel.

„Wer?"

„Kai?"

„Welcher Kai?"

„Mein Bruder."

„Hier ist niemand außer uns!"

Der Apotheker will sich aufrichten und Wesemann stützt ihn im Rücken. Blut sickert wieder aus der Kopfwunde.

„Soll ich die Polizei holen?", fragt Wesemann.

Der Apotheker schüttelt den Kopf und stöhnt auf.

„Oder zumindest einen Krankenwagen?"

„Keine Polizei und kein Krankenwagen! Helfen Sie mir lieber auf!" Das Leben scheint in den Apotheker zurückzukehren. Er sieht sich um, stützt sich auf Wesemanns Arm ab und steht auf. Auf unsicheren Beinen bewegt er sich ein paar Schritte durch den Raum und setzt sich dann vorsichtig auf eine herumstehende Holzkiste. „Haben Sie mein Zigarrenetui gesehen?"

Wesemann grinst. Wenn jemand schon an seine Zigarren denken kann, kann es nicht so schlecht um ihn bestellt sein.

Wesemann holt das vermisste Etui. „Aber erst fahren wir in die Ambulanz des Krankenhauses, dann gibt es die Zigarren."

„Sie reden schon wie meine Frau."

„Kann ich Sie einen Augenblick allein lassen?"

Der Apotheker nickt und stöhnt. Vorsichtshalber nimmt Wesemann das Zigarrenetui mit. Aus dem Toilettenraum holt er Feuchtklopapier und eine normale Rolle. Dann richtet er den Apotheker wieder so her, dass man sich mit ihm auf die Straße trauen kann. Wesemann will ihn in einen Mantel zwängen, doch der lädierte Arm schmerzt zu sehr und lässt sich nicht anwinkeln.

Wesemann streift dem Apotheker den Mantel über einen Arm, aus dem Gürtel des Mantels macht er eine Schlinge, die dem Apotheker als Stütze für den verletzten Arm dienen kann.

„Haben Sie einen Schlüssel?", fragt Wesemann.

„In meinem Zustand kann ich nicht Auto fahren."

„Einen Schlüssel für die Eingangstür." Trotz der bedrückenden Situation muss Wesemann lachen.

„Kitteltasche", flüstert Abel.

Wesemann nimmt die Schlüssel heraus und schließt die Tür ab.

Es sind zwar nur wenige hundert Meter zur Notaufnahme der Deister-Süntel-Klinik, aber besser gut gefahren als schlecht gegangen.

Auf dem Weg zu Wesemanns Auto wird der Herr Apotheker mehrmals gegrüßt. Die Leute bleiben stehen und schauen ihm mitfühlend hinterher.

„Er macht nur noch Blödsinn, seit seine Frau ausgezogen ist." Bestimmt eine besonders gute Kundin, die mit allen Einzelheiten der Familiengeschichte vertraut ist. Die Frau mit dem Kinderwagen neben ihr nickt und hebt den herausgefallenen Kinderhandschuh auf.

Im Auto möchte Abel dann rauchen. Wesemann hat das Etui vergessen, Abel glaubt ihm kein Wort.

„Sie haben einen Bruder?", fragt Wesemann. „In meiner Kartei sind Sie als Einzeltäter, oh, Verzeihung, als Einzelkind verzeichnet. Wenn ich mich richtig erinnere, war Ihr Vater Benedikt Abel."

„Kai ist mein Halbbruder."

„Und sein Nachname?" Gar nicht mal so schlecht, nachzuhaken, wenn die Birne des Gesprächspartners noch ein wenig benebelt ist.

„Sie kennen ihn", mit der gesunden Hand hält er sich den Kopf. „Kai Zetschke."

Wesemann muss einen Augenblick nachdenken. Sein Gehirn funktioniert auch nicht mehr wie vor zwanzig Jahren. „Kai Zetschke aus Bad Pyrmont?"

Abel gibt einen Grunzlaut von sich.

„Der Leiter der Hochfeld-Therme?"

Abel sagt nichts mehr, aber da sind sie auch schon am Krankenhaus angekommen.

Wesemann hält Abel das Blatt beim Ausfüllen des Formulars. Zehn Euro soll er zahlen, hat er nicht, Wesemann streckt sie ihm vor.

In einem überheizten Wartezimmer müssen sie Platz nehmen. Nach einer knappen halben Stunde wird Abel in ein kleines Behandlungszimmer gerufen. Eine sehr junge Ärztin erscheint. Hat ein bisschen Ähnlichkeit mit Olivia, ist aber erheblich unfreundlicher. Sie besieht sich Abels Kopfwunde. „Dafür reicht wahrscheinlich ein Pflaster."

„Und wenn da drinnen was nicht stimmt?" Wesemann macht kreisende Bewegungen neben seiner Schläfe.

„Bei wem stimmt da schon alles." Sie schickt Abel mit seinem lädierten Arm zum Röntgen. Nicht direkt zum Röntgen, eher in den Vorraum des Röntgenzimmers. Zwanzig Minuten Wartezeit. Ein Ergebnis wird Abel dann auch nicht mitgeteilt, er wird zurück in den ersten Warteraum geschickt. Ein weinendes Kind kommt herein, hat sich eine Trockenerbse in die Nase geschoben.

„Jetzt eine Zigarre und ich wäre gesund", murmelt Abel.

„Durchhalten, und Sie werden reich belohnt!" Wesemann zieht eine Papiertüte aus der Jackentasche, klappt die obere Lasche auf und hält sie Abel unter die Nase.

„Eine Havanna?" Abel scheint die Zigarre mit der eingezogenen Luft aus der Tüte saugen zu wollen.

„Ihre Lieblingsmarke - eine Montechristo."

„Den Geruch hätte ich überall sofort erkannt, aber der Krankenhausgeruch lässt eine Feinbestimmung einfach nicht zu."

Abel ist also wieder auf der Höhe seiner Zeit und Wesemann kann sich allmählich um die Fortschritte seiner Ermittlungsarbeit kümmern.

Wesemann zieht das Foto mit der Tischtennisplatte aus der Tasche, hält es Abel zu dicht vor die Augen, Abel lehnt sich ein wenig zurück. „Fehlt nur noch der Kontrabass."

Also kein Dachschaden. „Kennen Sie eine der Personen?"

Abel schaut sich das Bild nur oberflächlich an. „Nein."

„Sind Sie Brillenträger?"

„Meine Augen sind hervorragend, nur für das Kleingedruckte der Beipackzettel brauche ich eine geringfügige Lesehilfe."

Abel wird wieder in den kleinen Behandlungsraum gerufen, wieder die junge Ärztin. Sie sieht Wesemann fragend an. „Vielleicht versteht er noch nicht alles." Wesemann deutet auf Abel und macht eine kreisende Bewegung vor der eigenen Stirn.

„Gebrochen ist nichts", sagt die Ärztin zu Abel. „Wir werden Ihnen eine Schiene anpassen, damit alles in Ruhe ausheilen kann."

Wesemann wird ins Aufnahmezimmer geschickt. Es dauert eine ganze Weile, bis Abel mit einer blauen Schiene und einer gleichfarbigen Trageschlaufe wieder erscheint. Eine eingehendere Untersuchung der Kopfverletzung steht noch aus. Zu Hause soll er die Prellungen kühlen. Abel setzt sich zu Wesemann. „Was wollte denn Ihr Bruder von Ihnen?"

„Mein Bruder? Von mir?"

„Sie haben davon gesprochen."

„Mein Bruder war zu Besuch und wollte sich über den Fortschritt des Umbaus informieren."

Eine zerschlagene Nase wird hereingeführt, das linke Auge hat auch etwas abbekommen.

„Und dann?“

„Nichts und dann. Ich bin ausgerutscht, zu Boden gegangen und der Salbenbehälter ist mir auf den Arm gefallen.“

„In dem Raum befinden sich weder Regale noch Salbenbehälter. Der Raum ist einfach leer mit Ausnahme der drei Stühle und dem Aschenbecher. Was wollte Ihr Bruder also von Ihnen?“

„Wissen Sie was“, sagt Abel und erhebt sich, „Sie können mich mal, ich nehme mir ein Taxi.“

„Und die Untersuchung Ihrer Kopfverletzung?“

„Dafür können Sie Ihren Kopf hinhalten, Sie haben doch so viel davon!“ Damit verlässt der Apotheker die Notaufnahme.

Wesemann ist sicher, dass es zum Streit zwischen Abel und seinem Halbbruder gekommen ist und dass die Auseinandersetzung gewaltsam endete. Doch Abel wird ihm nichts mehr dazu sagen. Aber Wesemann hat noch weitere Quellen. Er greift nach seinem Handy. Von dem Anruf sollte Karola besser nichts erfahren. Die junge Ärztin kommt in den Warteraum, sieht sich um. „Wo ist denn Ihr Freund geblieben?“

„Ich weiß es nicht“, sagt Wesemann, „und mein Freund ist er auch nicht.“ Sonst muss er noch irgendwelche Ausfallgebühren für Abel bezahlen.

Er setzt sich auf eine Bank vor dem Klinikeingang, etwas abseits von den Rauchern in Bademantel und Filzlatschen.

„Franitzki.“

„Lina Franitzki?“

„Wer will das wissen?“

„Kennst du deine besten Freunde nicht mehr?“

Stille. Wesemann spürt geradezu das angestrengte Nachdenken seiner Gesprächspartnerin. Sie wird eine Vermutung haben. Oder auch mehrere. Wie aus der Sache unbeschadet rauskommen.

„Ach, du bist es." Das klang aber ziemlich zögerlich.

„Wesemann hier."

„Brauchst du doch nicht zu sagen, hab dich doch längst erkannt, mein Wesemännchen."

Lina Franitzki hat ein Geschäft für Obst und Gemüse in Bad Pyrmonts Brunnenstraße. War eine schöne Zeit mit ihr, auch wenn's nichts Offizielles war. Immer knackig und frisch wie ihre Äpfel und Birnen. An das andere Obst mag Wesemann jetzt gar nicht denken.

Lina führt nicht nur den Laden, sie hat auch einen Lieferservice aufgebaut, der die Besteller mit frischen Vitaminen versorgt und Lina mit brandaktuellen Neuigkeiten aus Pyrmont.

„Du treulose Tomate." Pass auf, Wesemann, das kann durchaus doppeldeutig gemeint sein. Kommt immer darauf an, wen man betrügt.

„Ich habe gerade den Münderaner Apotheker Abel ins Krankenhaus gebracht. Nichts Lebensbedrohliches. Ich wollte nur seinen Bruder informieren, damit er sich um ihn kümmern kann."

„Abel aus Bad Münder? Kenn ich nicht. Wir Pyrmonter bleiben lieber im eigenen Städtchen."

„Sein Halbbruder arbeitet in leitender Position in einer Pyrmonter Therme. Mir fällt bloß sein Nachname nicht ein."

„Und der Vorname?"

„Kai."

„Kai … Kai … vielleicht Kai Zetschke. Der Leiter der Hochfeld-Therme."

„Genau!"

„Ein übler Bursche. Steht noch mit knapp achtzig Euro bei mir in der Kreide. Hat vier Gemüsekisten zurückgehen lassen, weil der Inhalt angeblich nicht frisch war."

„Kann ich mir gar nicht vorstellen. Bei dir ist doch alles frisch!" Das musste jetzt sein, berufliche Notwendigkeit. „Könnte er mit seinem Bruder in Münder in Streit geraten sein?"

„Davon weiß ich nichts. Allerdings hat er sich mit dem Aufsichtsrat der Hochfeld-Therme angelegt. Die Sanierung der Anlagen sollte sechs Millionen kosten, es sind dann aber wohl über zehn geworden. Die Kostensteigerung hat man ihm angelastet."

„Kein Wunder, dass er seine Gemüsekisten nicht bezahlen kann."

„Du hast auch noch etwas offen bei mir."

Muss sie denn immer so direkt sein? Mach dich vom Acker, Wesemann. „Ich bleibe niemandem etwas schuldig. Aber alles zu seiner Zeit!"

„Du bist mir jederzeit willkommen. Ich sehne mich nach starken Armen."

„Um dir die Kartoffelsäcke aus dem Keller zu holen?"

Beide lachen, und Wesemann kann, ohne Enttäuschung zurückzulassen, das Gespräch beenden. Er steht auf, sieht sich um. Qualm-Wolken aus der Raucherecke. Er geht zum Parkplatz hinüber. Er legt die Quittung über die Parkgebühr ins Handschuhfach. Die Montechristo fehlt. Er hat vergessen, den Wagen abzuschließen, und Abel hat sich bedient. So schlimm kann es mit seiner Verwirrung dann wohl nicht sein.

In der Gartenstraße kann Wesemann das Auto nicht direkt vor der Haustür abstellen, fährt die Straße hinauf, muss in den Feuergraben abbiegen und hätte fast einen Auffahrunfall provoziert, energisch steigt er in die Eisen. Problemlos, niemand fährt hinter ihm her. Am Fahrbahnrand steht ein Peugeot-Cabriolet. In Gold.

Jetzt nimmt Wesemann die Parklücke, die nur vielleicht passt, stößt gegen den geparkten Wagen, setzt zurück, kommt gegen die Stoßstange des anderen Autos. Wesemann steigt aus, auf dem Gehweg nähert sich der Nachbar mit dem schielenden Hund.

„Kein Wort!“, sagt Wesemann. Der Hund macht *Wuff*.

Wesemann eilt zu seinem Wohnhaus, nimmt immer zwei Stufen auf einmal die Treppen hinauf, muss dann aber vor der Wohnungstür verschnaufen, bevor er sie aufschließen kann.

Karola lacht im Wohnzimmer. Der Eintänzer aus dem Tangokurs sitzt auf der Couch. Auf dem Tisch zwei Gläser Rotwein.

„Es ist nicht so, wie du denkst“, sagt Karola nach der ersten Überraschung, „Herr Hempel hat uns Brot und Salz gebracht und wünscht uns alles Gute in der neuen Wohnung.“

Herr Hempel ist aufgesprungen und streckt Wesemann seine Hand entgegen.

Wesemann ist bekannt für seine besonnenen Reaktionen. Er sagt nur ein Wort: „Raus!“, kippt Herrn Hempel das Salz übers Oberhemd und als sich der Eintänzer nicht schnell genug in Richtung Wohnungstür bewegt, wirft ihm Wesemann das Brot hinterher.

„Das ist alles ein Missverständnis!“ Karola eilt Herrn Hempel ins Treppenhaus hinterher, Wesemann nimmt sich ein Bier aus dem Kühlschrank.

Nach einer Weile kommt Karola zurück. „Du bist ein Idiot!“

Da sagt sie ihm nichts Neues. Vor Zorn hat sich ihr Gesicht gerötet. „Hempel hat deinen Bericht im Rundfunk gehört und lange überlegt, ob er sich bei uns melden soll."

„Bei uns? – Bei dir!"

„Nun hör' mir doch einfach mal zu."

„Ich bin sehr gespannt, was du mir zu erzählen hast."

„Jetzt ist aber Schluss!", sagt Karola.

„Aha. Hab' ich's mir doch gedacht."

„Setz dich!" Karola schiebt Wesemann zum Sessel und stößt ihn dann, sodass er sich setzen muss. „Hempel hat einen Bewachungsdienst und über ein Jahr Schobinskys Haus bewacht. Da ist er Zeuge eines mächtigen Streits geworden zwischen Schobinsky und einem anderen Mann. Es muss wohl um hohe Summen gegangen sein. Schobinsky hat den anderen dann vom Wachdienst vor die Tür setzen lassen."

„Alles nur ein Vorwand, um hier einzudringen."

„Spinner! – Hempel hat sogar herausbekommen, wer dieser Mann war."

„Klein, grün und vom Mars?"

„Es war Kai Zetschke, der Leiter der Hochfeld-Therme in Bad Pyrmont."

Wesemann verschluckt sich an seinem Bier, bekommt einen Hustenanfall, ist kurz vorm Ersticken und Karola sieht ihn nur an.

„So tu' doch etwas!", fordert Wesemann.

„Wenn sich jemand verschluckt, darf man ihm nicht auf den Rücken klopfen. Neueste medizinische Erkenntnis."

„Aha", röchelt Wesemann, „du willst mich also mit deinen neuesten medizinischen Erkenntnissen aus dem Weg räumen."

Karola gibt ihm ein Glas Leitungswasser. Wesemann trinkt in kleinen Schlucken. Der Erstickungsanfall lässt nach, Wesemann kommt wieder zu Atem.

„Was hat dich an Hempels Information so überrascht?"

„Apotheker Abel aus Bad Münder ist sein Halbbruder." Noch einige kleinere Huster.

„Ich musste ihn gerade nach einem Zusammentreffen mit Kai ins Krankenhaus bringen. Er war ziemlich lädiert."

„Und?"

„Mit der Information ließe sich vielleicht etwas anfangen."

„Aber vorher entschuldigst du dich bei August Hempel."

„Man kann sich nicht selber entschuldigen, man kann nur …"

„Dann bitte ihn um Entschuldigung."

„Das ist noch schlimmer. Vorher beiße ich mir lieber die Zunge ab."

„Wesemann, weißt du, was du bist?"

So genau möchte Wesemann das jetzt eigentlich nicht wissen, aber einige der Ausdrücke spricht Karola auf dem Weg in die Küche doch so laut, dass Wesemann nicht drum herum hören kann.

„Ein Egoist, Besserwisser, Aufschneider, Blödmusiker, Mann …"

„Wesemann, wir harren Ihrer Worte!"

Baxmann. Wesemann belegt ihn mit einem von Karola übernommenen Ausdruck: Blödmusiker! Aber nur in Gedanken.

„Irgendetwas muss doch aus diesen Todesfällen in Münder und Oldendorf herauszuholen sein. Oder wollen Sie lieber einen Bericht über vierzig Jahre Vereinsgeschichte des FC Flegessen machen?"

„Ich lass mich nicht erpressen!", sagt Wesemann.

„Also bis heute Abend."

Baxmanns Wünsche gehen ihm doch da rein und da raus. Wesemann tippt sich abwechselnd auf die Ohren. Allerdings könnte er seine Ermittlungsergebnisse neu zusammenstellen.

Zwei Männer, die nicht freiwillig aus dem Leben geschieden sind. Dr. Bodo Sch., der Karnevalsprinz der Oldendorfer Sezession und Dr. Ch. K., der Mediziner aus dem Reich der Mitte. Sie wollten gemeinsam die achte Quelle im Münderaner Kurbezirk erschließen. Dann fiel der eine vom Prunkwagen und der andere verlor seinen Kopf.

Noch hält sich die Polizei bedeckt mit der Bekanntgabe ihrer Ermittlungsergebnisse. Doch damit kann sich radioTOTAL nicht zufriedengeben. Wir fühlen uns in der Pflicht, unsere Hörer umfassend zu informieren. Nach eigenem Ermittlungsstand Ihres Radiosenders radioTOTAL muss in beiden Todesfällen von Mord ausgegangen werden. Die näheren Umstände werden noch zu klären sein. Als Motiv für beide Taten kommt die Übernahme der neu zu errichtenden Klinik am Kurpark in Betracht. Wie könnte also eine Konstellation aussehen, die das Wohlwollen der geldgebenden Bank und der interessierten Privatversicherungen finden konnte. Da wären zum einen die Rechtsnachfolger von Dr. Sch., sie könnten sich das medizinische Wissen dazu gekauft haben, das zur Anwendung der Traditionellen Medizin nötig ist. Eine andere Hypothese rückt die Verbindung eines Münderaner Apothekers und seines Halbbruders, des Leiters einer Therme in Bad Pyrmont, in den Vordergrund. Der Apotheker baut bereits seine Apotheke für die Ausgabe Traditioneller Chinesischer Arzneimittel um, sein Bruder hat

Erfahrung im Aufbau und in der Verwaltung einer Kurklinik. Kommt es zum Showdown zwischen den beiden Gruppen, oder hat der schon längst stattgefunden?

Die Taten müssen in eine logische Reihenfolge gebracht werden, um einen sinnvollen Zusammenhang zu ergeben: Die raffgierigen Brüder bringen Dr. Sch. um und beseitigen den Chinesen Dr. Ch. K. Doch die Übernahme gelingt nicht reibungslos. Dr. Sch.'s Rechtsnachfolger versichern sich der medizinischen Hilfe aus dem Reich der Mitte und haben damit die besseren Argumente bei der Bank, da ihnen die Rechte an der Quelle ohnehin zustehen.

Somit könnte sich die Polizei also auf den Weg machen und die tatverdächtigen Brüder verhaften. Wenn da nicht noch ein paar Ungereimtheiten wären. Weder der Apotheker noch sein Bruder sind beim Karnevalszug in Hessisch Oldendorf gesehen worden. Auch nicht auf allen bisher gesichteten Videobändern. Auf dem Prunkwagen war allerdings ein Helfer zu erahnen, der zum Dunstkreis der Rechtsnachfolger gezählt werden kann. Warum aber musste der arme Dr. Ch. K. sterben, und dann auch noch auf so grausame, aber kunstfertige Art und Weise? Er hätte doch beiden Seiten nützlich sein können. War es ein Doppelmord oder müssen beide Taten einzeln gesehen werden? Es gibt so viele Motive oder genauso viele Verdächtige.

Wir bleiben dran. Hubert Wesemann für radioTOTAL.

Ein schöner Bericht, ein langer Bericht. Aber Wesemann darf ihn nicht an Baxmann schicken. Karola hat rechtliche Bedenken und keine Lust, ihr schwer verdientes Geld irgendwelchen Rechtsanwälten zu überweisen, die Wesemann rauspauken müssen. Also doch ein Bericht über die vierzigjährige Vereinsgeschichte.

Samstag. Karola trifft sich mit einer Freundin zum Einkaufsbummel. Wesemann zieht es ans Weserufer. Ihn zieht es nur einmal im Jahr ans Weserufer. Hier riecht es nach Frühling, nicht einfach so Blütenduft und Honigsüße. Noch ist es mehr verbranntes Benzin, Frittenfett, modernder Müll in den Abfallkörben und der Staub vom Münsterwall. Aber darüber spürt man den Frühling, die Sonne hinter dem Dunst, die Wärme auf der nackten Haut. Die Bäume in Erwartung, der Fluss, die Gärten und Rasenflächen. Gänseblümchen, vereinzelt Schneeglöckchen, Krokusse, weiß, gelb und lila, bald auch Löwenzahn. Die Kinder toben auf der kleinen Rasenfläche vor dem Ringhotel. Sie springen und schreien das ganze Jahr herum, aber nie so ausgelassen und übermütig wie in der Vorfrühlingszeit.

Ein athletischer Paddler kämpft sich gegen die Strömung, Silbermöwen streiten um ein Stück Rinde, ein Kormoran trocknet auf der Schleusenmauer sein Gefieder. Ein Grünspecht lacht über irgendeinen tierischen Witz oder vielleicht über Wesemann?

Wenn er die beiden Mordfälle wirklich lösen will, muss er tiefer graben. Die Oberfläche ist abgegrast und bietet keine überzeugenden Hinweise auf Täter und Motiv.

Der Specht lacht noch immer und Wesemann entschließt sich, den Bericht über das Vereinsjubiläum zusammenzustellen.

Er steht auf, will einen herüberfliegenden Ball stoppen, tritt daneben, die Jungs und der Specht lachen. Wesemann telefoniert mit dem FC Flegessen. Der Vereinsvorsitzende ist auf dem Platz.

„Auf welchem?“

„Natürlich auf dem Fußballplatz!“

Flegessen wird hoffentlich nicht zu viele Fußballplätze haben. Als böse Idee baut sich vor Wesemanns innerem Auge ein einziges Haus mit mindestens sechzehn Fußballplätzen drumherum auf.

Wesemann, kneif nicht! Häng dich rein! Zwei Morde sind aufzuklären. Alles ist miteinander und ineinander verstrickt. Aber wo ist das Ende des Fadens, an dem er ziehen muss, um alles aufzuriffeln?

Doch Flegessen? Wesemann, konzentrier dich! Kai Zetschke und Schobinsky sind sicher ein guter Hinweis. Wobei Zetschke die Randfigur ist und Schobinsky die Hauptperson. Und der tote Chinese bleibt die zweite. Es muss eine Person geben, die zu beiden eine Beziehung hatte. Und plötzlich taucht da aus einer von Wesemanns Gehirnwindungen ein schlanker junger Mann auf. Hu Wang. Er gehörte zu der chinesischen Medizinergruppe und hat aktuell Verbindungen zum Haus Schobinsky. Aber warum zur Tochter? Wenn es um Geschäfte im Zusammenhang mit dem neuen Klinikum gehen sollte, müsste er doch eigentlich mit Bodo Schobinskys Ehefrau verhandeln.

Vermutlich hält sich Hu Wang bei Martin Gatow versteckt. Ob die brennenden Füße etwas mit chinesischer Medizin zu tun haben? Er könnte nach Obernkirchen fahren und sich auf die Lauer legen. Aber beobachtet hat er eigentlich genug. Er muss handeln, auch wenn es unangenehm wird und keine Freunde macht. Flegessen kann warten. Er wird jetzt nach Rinteln fahren, um das Verhältnis von Hu Wang zu Mutter und Tochter Schobinsky zu klären.

Die Zeit des Versteckens ist vorbei. Er parkt seinen Corsa direkt vor Schobinskys Haus und klingelt. Nichts geschieht. Er klingelt noch einmal. Keine Reaktion.

„Sie sind beide da, die Mutter und die Tochter." Die nette Nachbarin ist am Gartenzaun aufgetaucht. „Ob der Eskimo auch anwesend ist, kann ich nicht sagen. Klingeln Sie doch zweimal kurz und einmal lang."

Solchen Nachbarn hat der Deibel das Haus persönlich verkauft.

Wesemann klingelt wie vorgegeben. Schon bald sind Schritte im Hausflur zu hören. Die Tür wird einen Spaltbreit geöffnet, eine junge Frau erscheint mit einem strahlenden Lächeln, erkennt, dass sie getäuscht wurde und schließt die Tür.

Wesemann hämmert gegen die Tür. „Ich möchte nur eine Auskunft! Zu Hu Wang! Er braucht Ihre Hilfe!"

Die Tür wird wieder geöffnet, die junge Frau lässt Wesemann in den Flur. Großzügiger Raum, weißer Marmor auf dem Boden und bis zur halben Wand, ein Beichtstuhl zur Garderobe umgearbeitet.

„Und? Was ist mit diesem Hu Tang?"

„Hu Wang – und Sie wissen, um wen es sich handelt."

„Und wenn?"

Sie ist hübsch, aber ein alltäglich moderner Typ: zu dünn, zu schrill, zu fahrig.

„Ihre Privatangelegenheiten gehen mich nichts an. Ich möchte nur wissen, in welchen geschäftlichen Beziehungen Sie und Ihre Mutter zu Hu Wang stehen und wo ich ihn finden kann."

„Das heißt, Sie wissen nicht, wo er ist?"

Wesemann, das war ein kapitaler Fehler! Du hättest doch besser nach Flegessen fahren sollen.

„Ich habe ihn kurzfristig aus den Augen verloren."

Die junge Frau mustert ihn von Kopf bis Fuß. „Haben Sie ihn überhaupt schon einmal gesprochen?"

„Natürlich."

„Kann er Deutsch?"

Wesemann, jetzt heißt es pokern. „Selbstverständlich!"

„Und wie gut sind seine Deutschkenntnisse?"

„Perfekt!"

„Sie kennen Hu Wang also nicht und haben sich auch noch nie mit ihm unterhalten. Was wollen Sie von ihm?"

„Ich denke, dass er in einem Zusammenhang mit den, äh, ungeklärten Todesfällen der letzten Zeit steht."

Sie legt den Kopf leicht schräg, denkt wohl nach. „Sie wollen ihm also etwas anhängen!"

„Ich möchte mich nur mit ihm unterhalten."

„Hu Wang möchte das aber sicher nicht." Sie holt Luft, macht den Mund auf und schreit „Hilfe", dass man es bestimmt bis zur Straße hören kann. Und noch einmal „Hilfe" und „Hilfe"!

Aus einem benachbarten Zimmer erscheint eine Frau mittleren Alters, es könnte die Mutter sein. Sie schaut irritiert erst die junge Frau und dann Wesemann an. „Was ist, mein Kind? – Was wollen Sie hier?", fragt sie erregt.

„Ich habe mich nur ..."

„Gott sei Dank, dass du gekommen bist." Die Tochter wirft sich in die Arme der Mutter. „Er wollte mich ... er wollte mich entführen. So hat er mich angefasst." Sie umfasst den linken Unterarm mit ihrer rechten Hand und zeigt ihrer Mutter dann einen blauen Flecken am Unterarm, den sie sich vermutlich irgendwo aus Unachtsamkeit geholt hat.

„Dann geh ich jetzt", sagt Wesemann. Er macht die Haustüre auf. Jetzt steht die nette Nachbarin im Vorgarten des Schobinskyschen Hauses. „Lassen Sie ihn nicht entkommen. Rufen Sie die Polizei. Er kundschaftet schon seit Tagen die Umgebung aus. Oje, oje, erst das Unglück und jetzt sollte auch noch das arme Mädchen entführt werden", schreit die Mutter.

„Ich habe doch nur ein paar Fragen stellen wollen."

„Hilfe!", schreit die junge Frau in den heiteren Vorfrühlingstag hinaus.

„Polizei!"

„Regen Sie sich nicht auf", hält Wesemann lautstark dagegen, „ich bleibe ganz ruhig hier stehen, bis die Sache geklärt ist." Wie soll er aus der Situation bloß herauskommen? Darüber braucht er sich dann keine weiteren Gedanken zu machen, schon nach kurzer Zeit biegt ein Polizeifahrzeug mit Blaulicht und Martinshorn in den Brahmsweg ein.

Sie nehmen ihn mit. Es geht über die Weser, dann die Klosterstraße hinauf und schließlich landet man im Polizeikommissariat im Hasphurtweg. Wesemann muss seine Taschen leeren, wird dann in einen kleinen Raum geführt und soll sich auf einen schmalen Stuhl setzen.

Ein Polizeimeister sitzt an seinem Computer. Wesemann grüßt ihn mit „Guten Tag!" Der Mann nickt, schaut auf den Bildschirm. „Sie heißen?"

„Hubert Wesemann und ich habe einen Presseausweis."

„Ne, ist klar. Ich hab' auch einen Polizeiausweis und muss mich anständig benehmen."

„Wurde überhaupt eine Anzeige erstattet?"

„Gleich von drei Frauen."

„Drei?"

„Mutter und Tochter Schobinsky und von einer Frau Hingsen."

„Ach, die nette Nachbarin."

„Sie wissen also Bescheid."

Mein Gott, ist das erniedrigend, auch die dämlichsten Fragen beantworten zu müssen. Ob er den Beamten bitten soll, HK Bertram anzurufen? Lieber nicht, Bertrams Reaktion ist unberechenbar. Und Baxmann? Baxmann geht.

Der Beamte meint es gut mit ihm. Er ruft beim Radiosender an, stellt am Telefon die Mithörfunktion ein.

Ein mehrmaliges Tuten, dann nimmt Karola ab. Der Chef sei unterwegs. Ob sie denn einen Hubert Wesemann kenne?

Hubert Wesemann sei auch nicht zu erreichen – auf Karolas schnelle Reaktion kann man sich verlassen – er wäre zu Recherchen unterwegs.

Es dauert dann doch noch anderthalb Stunden, bis Karola ihren Wesemann auslösen kann. Sie bringt ihn in die Nähe seines Autos zurück. Natürlich ohne Blaulicht und Martinshorn. Bevor Wesemann umsteigt, bleibt er noch einen Augenblick in Karolas Auto sitzen. Karola kann sich die ganze Zeit ein Lachen kaum verkneifen.

„Doch Flegessen?", platzt sie plötzlich heraus.

Wesemann will aufbrausen, sieht Karola an, muss selber lachen und küsst sie. Er steigt aus und geht die wenigen Schritte zu seinem Auto. Jemand hat mit roter Farbe *Hau ab*! auf die Motorhaube gesprüht. Die drei Frauen stehen bei Frau Hingsen im Vorgarten, drehen ihm demonstrativ den Rücken zu. Ist vielleicht auch besser so. Wesemann steigt in sein Auto. Was für ein Tag.

Karola hat Grünkohl gekocht. Eigentlich nicht gekocht, sondern eher aufgewärmt. Gab's in einer Wursthülle abgepackt beim Metzger. Aber ohne Grützwurst. Mögen beide nicht.

Wesemann kann sich noch immer nicht über den Polizeieinsatz beruhigen. Wo er sich doch als Freund und Helfer der Polizei sieht. Karola will sich auf keine Diskussion mit ihm einlassen, holt ein Bier aus dem Kühlschrank und schenkt ein.

„Wenn du nicht bald ein Ergebnis deiner Ermittlungen vorzuweisen hast, wird man sich kaum noch für die beiden Todesfälle interessieren."

„Todesfälle? Todesfälle?" Wesemann kann sich noch immer nicht beruhigen. „Das war Mord. Doppelmord!"

„Aber weitergekommen bist du trotzdem nicht."

„Für mich ist klar geworden, dass sich alles um diesen verschwundenen Chinesen dreht. Hu Wang. Ich werde mich bei Martin Gatow auf die Lauer legen. Irgendwann wird Hu Wang doch auftauchen. Ich bin sicher, dass beide unter einer Decke stecken."

Die Decke hätte sich Wesemann am nächsten Morgen besser mit ins Auto nehmen sollen. Es ist lausig kalt, als er den Corsa am Zaun der Autoverwertung abstellt. Er wartet und wartet, parkt den Wagen an einer anderen Stelle, vertritt sich ein wenig die Beine, trinkt heißen Kaffee aus der Thermoskanne, nur die Brote mit Kochkäse schmecken nicht. Hat er sich allerdings selber zuzuschreiben, doch auf die Schnelle ist ihm nichts anderes in die Hände gefallen, als er heute früh in den Kühlschrank geschaut hat. Schinken. Schinken war noch da, wie sich Wesemann erinnert, aber der bleibt in den Zähnen …

Da wird das Tor aufgezogen. Erst die linke Hälfte und dann die rechte. Martin Gatow besteigt einen schwarzen BMW, fährt in Richtung B 83, über Hessisch Oldendorf in Richtung Hameln. Wesemann ahnt, wohin Gatows Weg führt. An einer roten Ampel wird Wesemann aufgehalten. Ein Schwertransport kurvt umständlich aus einer Seitenstraße auf die Vorfahrtsstraße, die Ampel ist längt über Grün wieder auf Rot gesprungen, und Gatows Wagen ist verschwunden. Wesemann gibt Gas. Natürlich nach Haddessen. Die Bremslichter an Gatows Wagen leuchten noch, als ihn Wesemann wieder im Blick hat. Natürlich, er steht vor dem kleinen Backsteinhaus, steigt aus, geht aber nicht auf das Haus zu. Er hält sich sein Handy ans Ohr, gleich darauf kommt Gerti Handtke aus ihrem Häuschen. Sie winkt Gatow heranzukommen, will ihn wohl ins Haus bitten, Gatow wehrt ab.

Wesemann hat eine ungünstige Beobachtungsposition. Er zwängt sich aus dem Auto und späht vorsichtig über das Autodach.

Gatow schüttelt energisch den Kopf, scheint auf seine Füße zu zeigen. Handtke lacht.

Die Tür von Handtkes Häuschen wird ein wenig weiter aufgezogen, im Flur ist ein Schatten zu erkennen, Handtke winkt ihn heraus, doch in diesem Augenblick muss Wesemann niesen. Laut. Überlaut. Geistesgegenwärtig verschwindet er mit dem Kopf hinter dem Corsa.

Er hört, wie eine Autotür knallt, der BMW angelassen wird und gleich darauf an ihm vorbei wieder zur Bundesstraße hinunterfährt.

Wesemann reckt den Kopf wieder übers Autodach, doch das Häuschen liegt unberührt, niemand ist zu sehen, die Tür ist zu, eine Katze schleicht um einen Rosenstrauch, verschwindet dann hinter der Regentonne.

Wesemann muss erneut niesen. Alle Leute niesen normal, nur bei ihm ist es eine Explosion, ein Naturereignis, größer und heftiger als der Ausbruch des Krakataus. Und dann meist ohne Taschentuch, weil sich der Nieser nicht ankündigt. Karola hält es für eine Ausrede und ordnet seine Explosionen unter *Scheidungsgründe* ein.

Wesemann setzt sich ins Auto und fährt in die Gartenstraße. Das wird eine richtig heftige Erkältung. Er wird sich Badewasser einlassen und ein Erkältungsbad nehmen. Taschentücher auf den Rand der Badewanne, Hustenbonbons und das Handy. Er muss in jeder Situation erreichbar sein.

Wesemann taucht ab und wieder auf, inhaliert den Duft des Kräuterbades. Der raue Hals fordert sein Recht und zwingt ihn zu einem Hustenanfall. Wesemann rutscht tiefer in die Wanne, um ganz vom heißen Wasser umschlossen zu sein.

Erkältungsbad. Eucalyptus, Kampher, Kiefernnadelextrakt und Zitronenaroma stand auf der Flasche, er hat die Zusammensetzung genau studiert. Mit der linken Hand tastet er nach einem Hustenbonbon, da klingelt das Handy, Wesemann erschrickt, will sich in einem Rutsch aufsetzen, das Wasser schwappt über den Badewannenrand und das Handy fällt in die Badewanne.

Wesemann fischt nach dem Handy, erwischt es im zweiten Zufassen und das Handy klingelt überraschenderweise noch immer. Wesemann nimmt das Gespräch an.

„Karola: Ich hab eine Information für dich."

„Von wem?"

„Informanten-Schutz."

„Hört sich übel an."

„Willst du die Information oder weiter alleine rumstochern?"

„Was kostet mich die Information?"
„Vertrauen!"
„Was soll das denn heißen?"
„Du fragst nicht weiter nach!"
„Das muss ich mir genau überlegen."
„Eins … zwei … drei …"
„Wieso sollte ich dir nicht vertrauen!"
„Dein verschwundener Chinese ist bei Gerti Handtke untergetaucht."
„Das ist keine Information, das ist eine Bestätigung meiner Rechercheergebnisse."
„Nenn es, wie du willst. Ich komme heute etwas später nach Hause. Hab noch was zu besorgen."
„Wenn ich den Kerl zwischen die Finger bekomme!"
Karola lacht und beendet das Gespräch.
Ob sie ihre Informationen von dem Tangotänzer hat? Das wäre doch naheliegend. Also trifft sie sich noch mit ihm. Wesemann, jetzt musst du dich entscheiden: Mannesehre oder Fortschritte bei deinen Ermittlungen.
Mannesehre – was soll das überhaupt heißen? Wird auch oft überbewertet, vor allem in orientalischen Breiten.

Wesemann steigt aus der Badewanne, muss das übergeschwappte Wasser aufwischen, bevor er sich anziehen kann. Dick, warm und mit Karolas lila Schal um den Hals.

Er fährt hinauf nach Haddessen, stellt den Corsa direkt in die Einfahrt und klopft energisch gegen die Haustür. Es dauert eine ganze Weile, bis sich irgendetwas im Haus bewegt. Dann ist es wieder still, Wesemann klopft, Schritte im Flur, die Tür wird geöffnet. Gerti Handtke: „Was wollen Sie … ach, ich sehe schon, Sie sind verschnupft."

Jetzt keine Ausreden! „Ich suche Hu Wang und Sie verstecken ihn!"

„Ich?"

„Ich habe eindeutige Informationen."

„Kommen Sie rein. Hier im Durchzug holen Sie sich noch den Tod."

„Ist der auch bei Ihnen untergekrochen?" Wesemann will seine Angriffslust nicht verpuffen lassen, doch Gerti Handtke dreht ihm den Rücken zu und geht ins Haus. Wesemann muss hinterher.

„Wo finde ich …"

„Haben Sie Fieber? – Wenn Sie Fieber haben, müssen Sie sofort zum Arzt!"

Sie legt ihm den Handrücken auf die Stirn. „Kein Fieber, aber erhöhte Temperatur."

„Ich möchte wissen, wo …"

„Das haben wir gleich: Thymiankraut, Spitzwegerich und Efeu – ich werde Ihnen die Kräuter für einen Aufguss gleich einmal zusammenstellen."

Wesemann fasst nach ihrem Handgelenk. „Wenn Sie mir nicht sofort sagen, wo ich Hu Wang finde, werde ich auf der Stelle mit der Polizei in Hameln telefonieren, und die rückt dann mit einer Hundertschaft hier an."

Gerti Handtke setzt sich in einen Armstuhl mit gedrechselter Lehne. Irgendwie passt bei ihr nichts zusammen. Die Frau ist ziemlich altbacken, hat sich aber mit modernen Details aufgepeppt. Hochhackige Schuhe, große bunte Ohrringe und ein üppiges Dekolleté. Sie scheint sich für irgendjemanden aufzubrezeln. Ob für einen Partner oder das eigene Spiegelbild, wer kann das wissen. Sicher nicht für Hu Wang, der wurde als klein und schmächtig beschrieben.

Als Kräuterhexe hat sie natürlich eine bestimmte Vorstellung ihrer Kunden zu bedienen, aber sie selbst wird ihre Kopfschmerzen wohl eher mit Aspirin als mit Pfefferminzöl behandeln. Lina in Bad Pyrmont schwor auf Pfefferminzöl. Gegen alles. Und so roch dann auch die Wohnung.

„Haben Sie sich entschieden?"

Wesemann greift in die Tasche, um mit dem Handy zu drohen. Er hat sein Handy zu Hause vergessen. Er klopft demonstrativ auf die Tasche. „Die Hundertschaft durchwühlt Ihr ganzes Haus und pflügt jeden Zentimeter des Gartens um. Das gibt ein großes Durcheinander und eine Entschädigung gibt es auch nicht."

„Ich lasse niemanden in meinen Garten. Den habe ich in Jahrzehnten gehegt und gepflegt, der ist mein Stolz und mein Kapital. Vierundsechzig verschiedene Kräuter …"

„Also?" Wesemann greift sich einen Stuhl und setzt sich rücklings auf die Sitzfläche.

„Also schön", Gerti Handtke atmet tief durch, „ich habe Hu Wang eine Weile versteckt. Armer Kerl. Er hat sich verliebt und wollte nicht zurück nach China."

„Verliebt? Vielleicht in Paula Schobinsky?"

„Sie mag ihn wohl auch, aber der Vater war dagegen. Sie konnten sich nur heimlich treffen. Dann war der Vater tot, aber nichts wurde besser. Paula hat Hu Wang ihrer Mutter vorgestellt, doch Frau Schobinsky hat ihn rausgeworfen, ihm sogar mit der Polizei gedroht. Hu Wang wusste nicht, wo er sich verstecken konnte und da habe ich ihn aufgenommen."

„Woher kannten Sie Hu Wang?"

„Er gehörte zu der chinesischen Medizinergruppe um Cheng Kao, wir haben in Schobinskys Haus öfter über Kombinationsmöglichkeiten der Traditionellen Chinesischen Medizin und der europäischen Kräuterheilkunde gesprochen. Da gab es viele Übereinstimmungen und manches hätte sich ausbauen lassen."

Wesemann bekommt einen Hustenanfall, Gerti Handtke steht auf, geht zur Kommode und nimmt eine Tüte Salbeibonbons aus der obersten Schublade. Wesemann kennt die Verpackung aus dem Supermarkt. Aber die Bonbons helfen.

„Ich würde Hu Wang gern selber sprechen – er kann doch sicher ein wenig Deutsch?"

„Er spricht perfekt Deutsch, aber reden können Sie nicht mit ihm ..."

Wesemann klopft auf seine Jackentasche.

„... er ist seit heute Nacht verschwunden. Ist Hals über Kopf abgehauen und hat die meisten seiner Utensilien zurückgelassen."

Wesemann versucht einen überaus skeptischen Blick. Es funktioniert. Gerti Handtke erhebt sich aus ihrem gedrechselten Armstuhl. „Überzeugen Sie sich selbst!"

Es geht durch den Flur zum Hinterausgang des Häuschens, dann über einen Plattenweg am Haus entlang und endet schließlich vor einer grün gestrichenen Stalltür.

Dahinter eine karg eingerichtete Kammer. Tisch, Stuhl, Metallspind, Kommode von Omas Sperrmüll und ein Feldbett an der Wand. An einer Steckdose hängt ein Heizlüfter, neben dem Bett steht ein Kasten mit Mineralwasser, auf dem Tisch eine Plastikdose mit drei Äpfeln.

„Er wollte in keine Pension", versucht Gerti Handtke eine Erklärung, „und in die Jugendherberge konnte er auch nicht zurück."

Wesemann geht zur Kommode hinüber. Auf der Ablage stehen verschiedene Päckchen, gekennzeichnet mit chinesischen Schriftzeichen. Auf der Scherbe einer Untertasse eine weißliche Substanz. Sieht aus wie Handcreme. Wesemann nimmt die Scherbe, riecht an der verstrichenen Substanz, steckt einen Finger hinein und verreibt die weißliche Creme auf seinem Handrücken.

„Ich wäre da ein bisschen vorsichtig", sagt Gerti Handtke. „Die Wirkung chinesischer Heilmittel ist manchmal unberechenbar."

Wesemann zuckt mit den Schultern. „Und Sie wissen nicht, wo ich ihn finden kann? – Vielleicht bei Martin Gatow?"

„Bestimmt nicht!" Gerti Handtke lacht. „Die beiden verstehen sich nicht besonders gut."

Wesemann fällt keine weitere Frage ein, er streckt Gerti Handtke seine rechte Hand zum Abschied entgegen, doch Frau Handtke übersieht die Hand und geht voraus zur Tür.

Wesemann muss etwas abklären. Als er im Auto sitzt, ruft er Gerd Ort an. Gerd Ort laboriert noch immer oder schon wieder an einem grippalen Infekt, ist am Telefon vor lauter Schnaufen kaum zu verstehen.

Ob er etwas über die Verbindung vom Apotheker Abel zu seinem Halbbruder Kai Zetschke aus Bad Pyrmont wüsste.

„Ach, das sind Halbbrüder?“

Wesemann, misstraue seinem Informationsstandard! „Hast du das nicht gewusst?“

„Ich dachte, es wären Cousins.“ Damit haben seine Informationen wieder halbwegs an Glaubwürdigkeit gewonnen.

„Und?“

„Solange Abel ein Feind der neuen Quelle war, hatten sie wohl ein sehr ausgeglichenes Verhältnis, als Abel dann aber ins Geschäft mit der Quelle einsteigen wollte, waren sie sich von einem auf den anderen Tag spinnefeind.“

„Ich will dich nicht den ganzen Tag aufhalten.“

„Man munkelt, dass Abels Frau zu Zetschke übergelaufen sei. Aber Zetschke hat schon eine Frau, was soll er denn mit einer zweiten?“

„Ich habe die Vermutung, dass Zetschke seinen Halbbruder körperlich attackiert hat.“

„Aber nicht wegen Abels Frau. Abel hat doch seit Jahren ein Verhältnis mit Helen Stubbe, seiner jungen Apothekenhelferin.“

„Deine Informationen bringen mich immer aus dem Konzept.“

„Vielleicht ist die nächste besser, es ist sowieso die letzte, dann muss ich wieder vors Infrarotlicht.“ Gerd Ort putzt sich die Nase, Wesemann wartet. „Als Leiter der Hochfeld-Therme in Bad Pyrmont ist Zetschke natürlich nicht allzu erbaut von der Eröffnung einer weiteren Mineralquelle im unmittelbaren Umkreis. Er hat es seinem Cousin, vielmehr Halbbruder, außerordentlich übel genommen, dass er ihm in den Rücken gefallen ist. Zusammen haben sie gegen die Stinkequelle in Münder gekämpft und dann hat sich Abel wohl geschäftlich mit den zukünftigen Betreibern arrangiert. Wie sagt Konfuzius so schön: *Wer nicht an seine Zukunft denkt, wird bald Sorgen haben.*"

„Du kannst Chinesisch?"

„Der Spruch stand letzte Woche auf meinem Kalender, und ich finde ihn recht eingängig."

„In diesem Sinne …", sagt Wesemann.

Er startet das Auto. Es führt kein Weg daran vorbei: Wenn er Hu Wang aufstöbern will, muss er sich mit HK Bertram arrangieren.

Er fährt in Richtung Hameln, die Sonne scheint von vorne flach ins Auto, Wesemann muss die Sonnenblende nach unten klappen. Plötzlich spürt er auf seinem rechten Handrücken eine leichte Wärme, doch an der nächsten Rechtskurve wird die Wärme erst zu Hitze und gleich darauf unerträglich. Es ist nicht auszuhalten, Schweiß bricht aus, die Hand zittert, Wesemann bekommt kaum noch Luft. Er fährt überstürzt an den Straßenrand, rutscht mit einem Reifen über den Asphalt hinaus, drückt den Handrücken gegen die kalte Seitenscheibe. Es nützt nichts. Es wird immer schlimmer. War da nicht noch eine Flasche Mineralwasser im Auto? Wesemann kann sich nicht konzentrieren, sucht hektisch nach der Flasche mit Mineralwasser und findet sie schließlich unter dem Beifahrersitz.

Er öffnet die Flasche, schiebt die Tür einen Spaltbreit auf und lässt das Wasser über die glühend heiße Hand laufen. Das Wasser wird nicht ausreichen, mehr Wasser ist nur noch in der Scheibenwaschanlage. Doch Hilfe naht. Neben ihm hält ein Auto. Die Seitenscheibe senkt sich elektrisch. Ein ältere Dame mit überrot geschminkten Lippen beugt sich zu der Fensteröffnung. Sie wird ihm helfen. Alte Damen haben doch immer einen Vorrat an Mineralwasser im Auto. Ab sechzig soll man schließlich ständig trinken.

„Sie altes Schwein!“, keift die Frau, die keine Dame ist, herüber. „Konnten Sie nicht in einen Seitenweg fahren und sich hinter einen Baum stellen? Ich habe das Autokennzeichen notiert und werde Sie anzeigen.“ Die Seitenscheibe schließt sich, die Räder des Kia drehen durch und der silberfarbene Wagen fährt davon.

Gleich ist das Wasser verbraucht. Ob er sich, wie die Frau vermutet hat … – auf keinen Fall. Ihm fällt der Kanister mit Gefrierschutzmittel im Kofferraum ein.

Als sich Wesemann aus dem Auto quält, macht er sich vor Schmerzen geringfügig in die Hose, wenn die Schmerzen nicht bald nachlassen, wird es die volle Ladung werden. Doch dazu kommt es nicht. Als er sich zwei bis zweieinhalb Liter des Fünf-Liter-Kanisters über die Hand gegossen hat, hört der Schmerz mit einem Schlag auf.

Wesemann muss erst einmal verschnaufen, dann verschließt er den Kanister und stellt ihn zurück. Der Handrücken glüht wie Gerd Orts Infrarotlampe, doch die Röte verschwindet dann genauso plötzlich wie die Hitze. Wesemann säubert sich die Hände mit Papiertaschentüchern aus dem Handschuhfach. Vielleicht kann er sich in der Polizeidirektion die Hände auf der Toilette waschen.

Er biegt auf den Parkplatz ein, schließt die Türe ab und dreht sich um. Vor ihm steht die energische Frau aus dem Kia. „Es ist sehr vernünftig, dass Sie sich selber stellen wollen. Es wird Ihnen aber nichts nützen, ich habe bereits Anzeige erstattet."

Wesemann will sich nicht aufhalten lassen.

„Junger Mann!", ruft die Kia-Fahrerin über den Parkplatz, „gegen diesen Mann habe ich gerade Anzeige erstattet und ich möchte, dass Sie ihn sofort festnehmen."

Für die nächsten Minuten schaltet Wesemann einfach ab. Er will sich nicht über Lappalien aufregen, ihn interessiert nur der größere Zusammenhang. So sitzt er schließlich in HK Bertrams Büro und kann endlich seine Vermutungen loswerden.

„Hu Wang wird also in Schobinskys Haus versteckt?"

„Es gibt keine andere Möglichkeit."

„Angenommen, wir finden ihn im Keller oder auf dem Speicher. Und dann?"

„Wissen wir, wie die Morde an Schobinsky und Cheng Kao zusammenhängen."

„Wie hängen sie denn zusammen? Einfach mal ein logischer Ablauf mit Motiv, Tathergang und Begründung."

„Schobinsky bekommt auf dem Prunkwagen eine Überdosis Insulin von Martin Gatow verpasst …"

„Warum?"

„Warum, warum …das wird sich später ergeben."

„Wenn Sie's sagen."

„Nach Schobinskys Tod ergibt sich eine neue Konstellation. Martin Gatow und Cheng Kao werden Geschäftspartner …"

„Für einen Tag. Dann springt er über die Klinge. Warum?"

„Später! – Ohne Cheng Kao findet sich ein neues Dreiergestirn zusammen: Martin Gatow, Gerti

Handtke und Hu Wang. Die Pläne sind geblieben, nur die Akteure haben gewechselt. Die TWH-Bank in Hannover gründet eine Holding, Gesellschafter werden Gatow und Handtke. Hu Wang und Wilhelm-Karsten Abel übernehmen den medizinisch-pharmazeutischen Teil und Hu Wang verbindet sich mit dem Haus Schobinsky über die Tochter Paula."

„Dazu habe ich eine aktuelle Information für Sie: Frau Schobinsky hat ihren zukünftigen Schwiegersohn mit Pauken und Trompeten rausgeschmissen. Tut man denn so etwas, wenn man ganz groß mit ihm absahnen will?"

„Wechseljahre?", fragt Wesemann.

Er ist ratlos.

„Und dann wären da noch mein *Warum* und *Ihr* Später. – Kümmern Sie sich lieber um Ihre Anzeige wegen Erregung öffentlichen Ärgernisses."

„Tja", sagt Wesemann.

„Nun schauen Sie mal nicht so deprimiert. Die Anzeige ist wohl ein wenig überzogen und dann habe ich auch noch eine Information für Sie."

„Wo der Ausgang ist?" Wesemann wird sarkastisch.

„So schlimm ist es noch nicht, Wesemann. Sie sind mir mit Ihrer Originalität doch richtig ans Herz gewachsen. Darum so viel: Ihr Leiter der chinesischen Medizinergruppe – wie hieß er doch gleich ..." Bertram kramt in seinen Unterlagen, Wesemann sagt „Cheng Kao", Bertram kramt weiter, findet ein eng beschriebenes Blatt Papier und sagt: „Cheng Kao."

Wesemann atmet tief durch.

„... also dieser Cheng Kao war gar kein Mediziner. Er hat sich in die Gruppe eingekauft. Wie vermutet: Geldwäsche. Er ist mit einem Koffer voller Dollars eingereist und hat kräftig investiert. Auch in ein medizinisches Projekt mit traditioneller chinesischer Ausrichtung. Das Geld wird natürlich eingefroren."

Wesemann schaut auf seine Hand, nichts mehr zu sehen von der Hitzeattacke. „TWH-Bank?"

„Dazu sage ich nichts." HK Bertram grinst und Wesemann könnte ihn umarmen. Nein, kann er nicht und will er auch nicht.

Wesemann spürt, dass er ganz nah dran ist. Es ist so ein leichtes Kribbeln über dem Lendenwirbel. Endlich hat er etwas in der Hand und kann seine Verdachtsmomente neu gruppieren. Er fährt in die Gartenstraße, legt sich auf die Couch. Es regnet Frühlingsregen. Wesemann erhebt sich noch einmal, öffnet das Fenster weit. Streckt sich wieder aus, und lauscht dem Klang der Dunkelheit. Ganz sanft wird das Zimmer vom Widerschein der Straßenlaternen erleuchtet, hin und wieder auch vom Licht eines vorbeifahrenden Autos. Es ist sein Abend, er weiß, er schafft es. Er schließt die Augen, spürt dem zufriedenen Gefühl in der Bauchgegend nach.

Karola kommt später, hat sich mit der Neuen auf einen Cappuccino verabredet. Die Neue? Der Neue? Das Neue? Auf einmal ist es da, das alles überschwemmende Gefühl. Und die Unruhe ist weg, das Misstrauen. So muss sie sich anfühlen. Die Liebe! Wesemann grinst leicht kindisch in die Dunkelheit, er tastet nach einem Sofakissen und drückt es sich an die Brust. Ja, es ist die Liebe! Als Wesemann aufwacht, liegt Karola neben ihm auf der Couch, die Füße unter seinem Oberarm, sie atmet gleichmäßig. Wesemann will sie nicht wecken, muss sich aber auf die andere Seite drehen, Karola erwacht und wenige Augenblicke später liegen sie nebeneinander im Doppelbett.

„Moment“, flüstert Wesemann, „ich muss noch das Fenster im Wohnzimmer schließen.“

„Hab‘ ich schon“, murmelt Karola und jetzt kann er sich endlich fallen lassen.

Am nächsten Morgen ruft er bei der TWH-Bank an, lässt sich mit Löhneisen verbinden.

„Was kann ich für Sie tun?“

Wesemann würde es nie gelingen, in einen kurzen Satz eine solche Distanz zu legen. Hannover und Hameln – dazwischen liegen Welten.

„Hatten Sie schon Besuch von der Staatsanwaltschaft?“

„Man bezahlt mich nicht für launige Gespräche.“

„Ich könnte einen Bericht über die Finanzierung der *Margareten-Klinik am Kurpark* mit Schwarzgeld machen.“

„Sie haben uns also die Staatsanwaltschaft auf den Hals gehetzt!“

„Im Augenblick liebäugle ich mit der Öffentlichkeit.“

„Das ist Erpressung!“

„Dient aber einem guten Zweck.“

„Und der wäre?“

„Zwei Morde aufzuklären.“

„Wollen Sie uns damit auch noch in Verbindung bringen?“

„Es kommt darauf an.“

„Worauf?“

„Auf die Beantwortung einer einzigen Frage: Wer sollte die Geschäftsführung der *Margareten-Klinik* übernehmen?“

„Hm.“

„Das ist keine Antwort!“

„Habe ich Ihr Wort, dass Sie uns aus der Berichterstattung herauslassen?"

„Ich gebe Ihnen auf nichts mein Wort."

„Dann bitte ich Sie darum. Übrigens haben wir aus einem Sonderfonds gerade die Möglichkeit, Neukunden mit besten Konditionen im Kreditgeschäft entgegenzukommen. Wenn Sie vielleicht eine größere Anschaffung planen …"

„Ich plane die Aufklärung eines Doppelmordes."

„Als alleinige Geschäftsführerin ist oder war Gerti Handtke vorgesehen."

„Für die Koordination der westlichen und östlichen Medizin könnte ich mir Gerti Handtke vorstellen. Aber für den kaufmännischen Bereich …"

„Frau Handtke hat BWL studiert und zwanzig Jahre in einer leitenden Stellung in einer Bausparkasse gearbeitet."

Plötzlich hat Wesemann eine Vorahnung: „Sie können mir viel erzählen. Haben Sie ihre Adresse, damit ich mich rückversichern kann, bevor ich meinen Bericht mache?"

„Moment."

Wesemann hört das Tippen auf einer Tastatur, dann einen Augenblick Stille.

„Karmarschstraße vierzehn. Termine nur nach vorheriger telefonischer Vereinbarung."

„Und?"

„Und was?"

„Die Telefonnummer?"

„Kann ich Ihnen nicht geben, ist eine Geheimnummer."

Wesemann sagt nur „Schwarzgeld", und Löhneisen nennt ihm die Telefonnummer.

Es ist ein neuer Wesemann, der sich in den Sender traut. Selbstbewusst, stark, auf der Gewinnerstraße. Als er allerdings die Tür zum Sender aufdrückt, trifft ihn der Schlag. Genau gegenüber vom Eingang sitzt Marion. Mit ihr hatte Wesemann vor Karola anbandeln wollen. Natürlich ist sie viel zu jung für ihn, außerdem war sie in den Fall um die tote Casting-Queen verwickelt. Wesemann hatte sie nur mit Mühe aus den Ermittlungen der Polizei heraushalten können.

Wesemann schaut zu Karola hinüber. Sie lächelt, winkt ihm zu.

Marion hat sich von ihrem Stuhl erhoben und ist an den Tresen gekommen. „Schön, dich nach so langer Zeit wiederzusehen."

Sie stützt sich mit beiden Händen auf der Naturholzplatte ab. An ihrem rechten Ringfinger blitzt ein goldener Ring auf. Eine Herausforderung weniger, sie ist also verheiratet.

„Ja, sehr schön." Einmal möchte Wesemann über eine solch verfängliche Situation mit einem lockeren Spruch hinweggehen können. Ihm fällt nichts ein. Er schluckt trocken. Plötzlich ein Horrorbild vor seinem inneren Auge. Die Tür zu Baxmanns Büro fliegt auf und heraus kommt Wesemanns erste Frau Helga. Doch dann ist es nur ein Trugbild und Baxmann erscheint. Baxmann legt Marion locker einen Arm um die Schulter. „Jetzt ist die alte Crew also wieder vereint. Da muss sich die Konkurrenz aber warm anziehen!"

Marion windet sich aus seinem Arm. So ist es richtig, gleich Grenzen setzen!

„Also, Wesemann, was machen die Sensationen?"

„Kein Problem", sagt Wesemann, „wie viele dürfen es denn sein: zwei, hundert, tausend?"

Alle lachen.

„Ich mach' mich gleich an die Arbeit!" Wesemann nimmt seine Tasche vom Tresen, verabschiedet sich mit einem Rundumgruß. „Bis morgen."

„Aber denk an die Schachtel Bahlsen Summertime – die schuldest du mir noch!"

Wesemann fährt nach Hannover. Innenstadt. Am Straßenrand natürlich keinen Parkplatz, er muss ins Parkhaus Windmühlenstraße. Reges Treiben am Kröpcke. Überall Plakate mit *Sale* und %%%. Viele Leute sind unterwegs, aber nur wenige mit Einkaufstüten. Städtische Arbeiter leeren die Müllbehälter, schicke orangefarbene Arbeitsanzüge. Aber sonst ... Alles ein bisschen bieder und grau, kein modischer Aufreißer: Kein Hallo, hier bin ich, schaut mich an. Eine Stadt zum Verschwinden.

Karmarschstraße. Breit, grau, aber die Markthalle mit interessanten Angeboten und Menschen.

Wesemann hat keine Zeit für einen Cappuccino. Hausnummer vierzehn. Ernst-August-Apotheke, darüber Praxis- und Büroräume.

Wesemann studiert die Klingeltafel. Nichts. Keine Gerti Handtke. Er will schon in der Apotheke fragen, da bleibt sein Blick an einem besonders ungewöhnlichen Namen hängen: *LuckyCat oHG.*

LuckyCat, LuckyCat – das sagt ihm was. Aber was? Er ruft im Sender an. Marion meldet sich. *LuckyCat* ist der englische Name für die berühmte chinesische Winkekatze, die angeblich Glück bringen soll. Das hätte Olivia niemals gewusst! Er klingelt.

Sprechanlage: „Guten Tag, zum wem möchten Sie?"

„DBP-Paketdienst."

„Zweite Etage."

Der Türöffner summt. Wesemann betritt das Haus. Innen schnieker als außen. Marmor vom Feinsten. Aufzug ohne Graffitis auf der Wähltafel für die Stockwerke. Im zweiten Stock ein dezenter Pfeil nach rechts: *LuckyCat oHG*. Wesemann folgt dem Pfeil, die Tür ist nur angelehnt. Top-Büro. Glasschreibtisch, Lampen wie aus einem Ufo an der Decke und auf dem Schreibtisch, lindgrüne Sitzecke, der Arbeitsstuhl hinter dem Bildschirm in der gleichen Farbe.

„Stellen Sie die Pakete neben den Garderobenständer!"

Wesemann hätte es für eine Skulptur aus dem Städel-Museum gehalten. Moderne Kunst, irgendetwas zwischen Gekreuzigtem und Jonglage mit Stahlkugeln.

„Ich möchte zu Frau Handtke."

Hinter dem Bildschirm taucht eine Gestalt auf. Ein junger Mann. Es gibt Kindergärtner, Gentleman-Hostessen, warum nicht auch Sekretäre? Er scheint jede freie Minute in einer Muckibude zu verbringen, seine Oberarme beulen das weiße Oberhemd.

„Da müssen Sie sich in der Tür geirrt haben. Wir vermitteln Glücksbringer aus der Volksrepublik China. Aber nur an Wiederverkäufer." Er weist mit einer kleinen Armbewegung auf ein Glasregal an der rechten Wand. Darauf zwölf bis fünfzehn winkende Katzen und Buddha-Statuen in unterschiedlicher Größe und Korpulenz. Wesemann würde das Gewinke der Katze verrückt machen.

„Ich habe Ihre Adresse von der TWH-Bank!"

„Bitte gehen Sie jetzt, sonst …"

Eine unauffällige Tür, nur an der Klinke als Tür zu erkennen, geht auf, Gerti Handtke kommt in den Empfang. „Danke, Herr Maizière!", sagt sie zu ihrem Angestellten, „Herr Wesemann bleibt nicht lange."

Sie muss das Gespräch mitgehört haben.

„Kommen Sie", sagt Gerti Handtke und geht voraus.

Wesemann hätte sie bei einer zufälligen Begegnung kaum erkannt. Elegant, souverän und durchaus attraktiv. Ihr Büro eine Orgie in Weiß und Pink. Großzügig designt, Freiräume, Pflanzen, offener Blick auf Hannovers verhangenen Himmel.

„Setzen Sie sich!" Das klang in Wesemanns Ohren ein bisschen zu energisch. Wesemann setzt sich aufs pinke Sofa. Ihm ist nicht wohl in seiner Haut. Vielleicht hätte er den Besuch doch etwas besser vorbereiten sollen. Sie setzt sich hinter ihren Schreibtisch. An der Wand hinter ihr ein großes chinesisches Schriftzeichen.

Handtke folgt Wesemanns Blick: „Das Zeichen Qi – steht für Kraft, Vitalität, Lebensenergie."

„Kann man brauchen." Wesemann findet, dass sich seine Stimme ein wenig unsicher anhört. Rechts an der Wand die reich verzierte Scheide eines Säbels. Da kein Griff zu sehen ist, fehlt offensichtlich der Inhalt. Die Scheide allein macht schon ein mulmiges Gefühl.

„Ich möchte mich mit Ihnen über die Nutzung der achten Mineralquelle in Bad Münder unterhalten", sagt Wesemann.

Sie greift nach einem Jadekästchen auf dem dunkelbraunen Holztischchen neben sich, nimmt einen Zigarillo heraus und zündet ihn an. „Ich werde mich nicht mit Ihnen unterhalten", sagt sie, „ich habe Ihnen etwas zu sagen, und dann verschwinden Sie aus meinem Blickfeld. Für immer!"

„Ich kann meinen Radiobericht über den Zusammenhang zwischen den beiden Morden in Hessisch Oldendorf und Bad Münder natürlich auch …"

„Es wird keinen weiteren Bericht geben! Sollten Sie meinem gut gemeinten Rat allerdings keine Beachtung schenken, werden Sie die nächsten Jahre ein Gerichtsverfahren nach dem anderen am Hals haben. Falls …"

Handtke grinst, „... Sie dann überhaupt noch einen Hals haben."

„Es sind doch nur ganz harmlose Fragen."

„Sie haben uns schon genügend Scherereien gemacht. Es ist nicht schön, an seiner eigenen Zunge zu ersticken, auch von einer S-Bahn überrollt zu werden ist nicht erstrebenswert und die Weser ist an einigen Stellen verdammt tief."

„Sie drohen mir?"

„Denken Sie an sich, an das Leben Ihrer Freundin und Ihres Sohnes und halten Sie sich raus! Sie können gehen!"

Die Tür zum Vorraum öffnet sich wie von Geisterhand, der Sekretär steht neben der Tür und sieht Wesemann ohne jegliches Interesse oder Mitgefühl an.

Wesemann steht auf, zögert – und zögert einen Moment zu lange. Der junge Mann ist mit wenigen Schritten bei ihm, packt ihn mit beiden Händen am Oberarm und Wesemann ist es, als würde er hinausgetragen.

Wesemann steht vor dem Haus in Hannovers Karmarschstraße und muss sich darüber klar werden, ob er das alles wirklich erlebt hat, was er vor wenigen Augenblicken hinter sich gelassen hat. Gerti Handtke. Gewandelt von der provinziellen Kräuterfrau zur skrupellosen Geschäftsfrau. Aber Hexe bleibt Hexe. Und sie hat ihn bedroht. Ihn, Karola und seinen Sohn Moritz. Das gibt den beiden Mordfällen eine ganz neue Dimension. Verflucht, bisher hat er geglaubt, weiche Knie wären eine lächerliche Umschreibung für die Mutlosigkeit von Weicheiern. Jetzt spürt er sie selber. Außerdem zittern seine Hände bis hinauf zu den Ellbogen. Er muss sich einen Augenblick an der Hauswand abstützen. Er könnte sich in die Apotheke flüchten. Blödsinn! So schlimm wird es doch nicht sein.

Oder doch? Handtke hat sicher gemeint, wenn er *weiter* ermittelt. Wobei das Ermitteln bestimmt nicht das Problem ist. Erst das Veröffentlichen seiner Rechercheergebnisse könnte problematisch werden.

Aber Neugier, Recherche und Ermittlungen in allen Ehren - er wird sich und sein Umfeld schützen und sich einfach raushalten. Es gibt so viele journalistische Felder, die er beackern kann, ohne gleich in Lebensgefahr zu geraten. Er könnte einen Ausflug nach l'Ondit machen und berichten, wie die Querelen um den Weihnachtsmarkt unter den Teppich gekehrt werden.

Oder er hält sich eine Weile ganz raus, er könnte sein Archiv ordnen oder den Wagen waschen. Ihm ist ganz schlecht. Seine Gedanken schießen nur so durcheinander. Eine Warnmeldung lässt sich allerdings nicht unterdrücken: Er kann nicht einfach abwarten, er muss mit Karola und Moritz reden. Jetzt hat die ganze Geheimniskrämerei als Vorbereitung auf den großen Enthüllungsbericht einfach keinen Sinn mehr. Er wird HK Bertram anrufen.

Wesemann vergewissert sich, dass er nicht beobachtet wird, nimmt sein Handy aus der Tasche, das Handy vibriert. Er kann den Apparat kaum noch festhalten. Aber das Zittern ist nur in dem einen Arm. Also ein Anruf! Wesemann nimmt ihn an.

Der Makler. Die Wohnung in der Deisterstraße könnte vermietet werden, allerdings müsste Wesemann die Kosten für die Renovierung übernehmen. Laminatböden, neue Elektroanschlüsse und Abflussrohre.

Schön, schön, Wesemann sagt alles zu, er kann sich jetzt nicht um solche Sachen kümmern.

HK Bertram ist sofort am Apparat, hört Wesemann aufmerksam zu, als er von seinem Besuch bei der *Lu-*

ckyCat oHG berichtet, unterbricht ihn nicht einmal mit einem seiner üblichen Scherze. Ob sich Wesemann akut bedroht fühle?

Wesemann ist sich nicht sicher. Bertram gibt ihm eine Handynummer, unter der er immer zu erreichen ist. „Unternehmen Sie nichts Unüberlegtes", sagt Bertram, „und melden Sie sich, sobald Ihnen etwas Merkwürdiges begegnet." Gegen Gerti Handtke könne natürlich nicht ermittelt werden, sie würde Wesemanns Anschuldigungen einfach zurückweisen und damit wäre sie aus dem Schneider.

„Na klar", sagt Wesemann, „verstehe. Aber was soll ich machen?"

„Endlich die Karten auf den Tisch legen", sagt HK Bertram. „Wir müssen zusammenarbeiten. Ich werde mich auch rückversichern. Die Sache nimmt Ausmaße an, die nicht so einfach zu kontrollieren sind."

Wesemann fährt in die Zentralstraße. HK Bertram ist sofort für ihn zu sprechen. Aus dem Kopf zeichnet Wesemann sein bisher ermitteltes Beziehungsgeflecht und informiert Bertram zu jeder einzelnen Person über seine Rechercheergebnisse. Es wird ein langes Gespräch. Frau Klumke muss Kaffee kochen, was sie nur ungern tut. Kaffeekochen stünde nicht in ihrem Arbeitsvertrag, darauf hätte sie Bertram nun schon mehrmals hingewiesen. Als Bertram dann allerdings sehr spitz „es geht auch ohne Kaffee" sagt, ist sie später sogar bereit, eine zweite Kanne aufzubrühen.

Beim Abschied rät Bertram, Wesemann möge die Tür seiner Wohnung gut hinter sich abschließen und sich von den Fenstern fernhalten. Das wertet Wesemann als einen typischen Bertram-Scherz. Allerdings bleibt Wesemanns Lächeln doch ein wenig gequält.

Wesemann gibt gerade Frau Klumke die Hand, da klingelt Bertrams Telefon. Bertram meldet sich und bedeutet Wesemann nach einem kurzen Zögern zurückzukommen.

Wesemann hockt sich wieder auf den Stuhl vor dem Schreibtisch. Das Gespräch dauert ewig. Wesemann schaut sich um. Die Wände hätten einen neuen Anstrich nötig. Bertram legt auf. „Ich weiß gar nicht, ob ich Ihnen das jetzt mitteilen soll."

„Warum nicht?"

„Sie müssen mir versprechen, nichts zu unternehmen."

„Versprochen."

„Nach einer Information des Landeskriminalamtes bestand die chinesische Gruppe um Cheng Kao und Hu Wang keineswegs aus Medizinern. Die Herren hatten wohl alle so wenig Ahnung von der Medizin wie wir vom Mäusemelken. Sie haben sich als Geschäftsleute ausgegeben, die mit Spielwaren und traditionellen chinesischen Glücksbringern handeln. Wesemann, jetzt wird es richtig ernst. Es soll sich um Mitglieder einer Triaden-Gruppe aus Wuzhong handeln. Allerdings wären die Morde untypisch für eine Triaden-Gruppe. Konflikte, die mit dem Tod von Betroffenen enden, tragen die Triaden normalerweise diskret aus und nicht vor den Augen von Nichtchinesen, hat mein Informant gemeint."

Man verabschiedet sich, Wesemann gibt auch Frau Klumke die Hand, obwohl der Kaffee miserabel war.

„Ich hab noch ein kleines Geschenk für Sie", sagt Bertram, „als Dankeschön für die gute Zusammenarbeit." Er händigt Wesemann einen Plastikgegenstand in Größe eines Schokoriegels aus.

„Ein MP3-Player?"

„Sie sollten die Gebrauchsanweisung ganz genau lesen, bevor Sie das erste Musikstück abspielen. Bleiben Sie vorsichtig, Wesemann!"

Wesemann fährt zum Sender. Die beiden Damen im Empfang sagen „Hallo". Karola schaut ihn an, steht auf und kommt an den Tresen. „Was ist? Du siehst aus, als wärst du dem Leibhaftigen begegnet."

„Bin ich."

„Wie sieht er aus?", fragt Marion, ohne vom Bildschirm aufzusehen.

„Gut."

Karola schiebt Wesemann zu der kleinen Sitzgruppe, setzt sich zu ihm.

„Was bedrückt dich?"

Wesemann kann nicht sprechen.

„Ihm fehlt sein Kaffee", sagt Marion.

Karola steht auf und schüttet einen Kaffee aus der Thermoskanne ein. Wesemann nimmt einen Schluck, verzieht das Gesicht, stellt die Tasse auf den Rand des Übertopfs der Zimmerpalme. Er starrt vor sich auf den Boden, hat die Lippen zusammengepresst, Karola streichelt seinen Arm.

„Wesemann, Wesemann!" Baxmann kommt in den Empfang, der hat ihnen gerade noch gefehlt. „In welches Wespennest haben Sie denn da hineingestochen?" Er wippt auf den Fußballen. „Ich habe gerade einen Anruf von ganz oben erhalten: Vorläufig senden wir keine Beiträge mehr aus Ihrer Feder, äh, vielmehr aus Ihrem Mikrofon. Zu viele Hörer hätten sich über Ihre unqualifizierten Darstellungen beschwert. Na ja, ich wüsste nicht, worauf sich diese Beschwerden beziehen könnten. Vielleicht ist es auch eine geschäftliche Entscheidung. Aber wir werden Sie schon durchfüttern.

Suchen Sie sich ein Pseudonym und unverfängliche Themen. Was macht eigentlich die Vereinsgeschichte vom FC Flegessen?"

„Ach, seien Sie doch still!" Karola hat Wesemann an sich gezogen.

„Sehr direkt, aber treffend!", sagt Marion.

Baxmann schluckt, sieht Wesemann an, dann von Karola zu Marion und dreht sich um. Er geht in sein Büro, nicht ohne ein abschließendes „Habe ich denn überhaupt nichts mehr zu sagen?"

„Was ist?", fragt Karola leise.

„Er hat Bahlsen Summertime vergessen", murmelt Marion.

„Komm", Karola zieht Wesemann am Arm in die Höhe, „lass uns ein paar Schritte durch den Bürgergarten laufen."

Sie hakt sich bei Wesemann ein und sagt erst einmal gar nichts.

Ein Kind auf einem roten Fahrrad kurvt um die beiden herum.

„Weint der Mann?"

„Es geht ihm nicht gut", sagt die Mutter, „vielleicht ist er krank."

Wesemann kann im Gehen nicht sprechen. Die Bänke sind nass. Karola lotst ihn in die Fußgängerzone, in einer Ecke des Museumscafés ist ein Tischchen frei.

Ein Milchkaffee für Karola und ein Campari-Soda für Wesemann. War zu viel Kaffee für ihn in den letzten Stunden.

„Betrifft es unsere Beziehung?", fragt Karola. Sie streichelt seine Hand.

Wesemann schüttelt den Kopf. Und dann fängt er an zu sprechen. Mit leiser Stimme berichtet er von seinem Besuch in Hannover und bei HK Bertram.

Karola lässt ihn sprechen, ohne ihn zu unterbrechen. Es entsteht eine Pause. Beide hängen ihren Gedanken nach.

„Jetzt musst du jeden Schritt ganz genau überlegen!", sagt Karola.

„Es gibt keinen einzigen Schritt mehr!", sagt Wesemann. „Ich will weder dich noch Moritz in Gefahr bringen."

„Das kann ich gut verstehen. Aber da sind auch zwei unaufgeklärte Morde."

„Die Polizei soll sich um die Morde kümmern. Ich habe ihnen alle meine Rechercheergebnisse auf den Tisch gelegt."

„Und was willst du machen? Von morgens bis abends aus dem Fenster schauen und die Tauben füttern?"

„Früher habe ich mal Bierdeckel gesammelt." Wesemann lächelt schief.

„So gefällst du mir schon wieder besser." Karola rückt mit ihrem Stuhl an Wesemann heran, hakt sich bei ihm ein.

„Darf's noch etwas sein?", fragt die Bedienung nach.

Wesemann hat seinen Campari-Soda kaum angerührt, Karola bestellt sich noch einen Espresso.

„Du könntest Bertram unterstützen", sagt Karola, „arbeite deine Hypothese des Tathergangs genauer aus, versuche online oder übers Telefon Details abzuklären, du hast Freunde, mit denen du dich besprechen kannst und von mir aus auch Freundinnen."

Wesemann gibt Karola einen Kuss, die Bedienung bringt den Espresso.

„Hast du keine Angst?", fragt Wesemann.

„Natürlich habe ich Angst", sagt Karola, „aber ein Leben ohne Angst gibt es nicht. Ich werde ein bisschen vorsichtiger sein und mich nicht mit fremden Männern treffen."

„Es tut gut, dich zu haben", sagt Wesemann.

„Vergiss das nie!"

Wesemann trinkt von seinem Campari, eine Frau vom Tisch am Fenster lächelt ihm zu, Wesemann stellt das Glas ab und sieht Karola an. „Und Moritz?"

„Sag ihm die Wahrheit, es muss nicht die ganze sein und dann warte ab, wie er reagiert."

Wesemann lehnt sich auf seinem Stuhl zurück, atmet tief ein und wieder aus, scheint seine Benommenheit zu überwinden. „Zwei Morde kann man wirklich nicht einfach so stehen lassen."

„Kann man nicht", sagt Karola.

Ihre Beziehung hat eine erste Bewährungsprobe überstanden. Er kann sich auf Karola verlassen. Wenn er doch bloß selbst so verlässlich wäre. Er bestellt zwei Gläser Sekt, greift dann in die Jackentasche und legt Bertrams Geschenk auf den Tisch.

„Hübsch", sagt Karola, „damit kann man beim Joggen Musik hören."

„Ich will nicht joggen."

„Wozu soll es sonst gut sein?"

Wesemann schaut sich um, ob niemand mithören kann. „Das ist eine Ortungseinheit, habe ich nachgelesen. Wenn man auf den OK-Knopf drückt, geht bei der Polizei ein rotes Licht an, und die Beamten können innerhalb von Sekunden feststellen, wo sich das Gerät befindet."

„Sicher sehr nützlich …"

„… beim Ostereiersuchen." Und jetzt lachen beide.

Später bringt ihn Karola nach Hause, bevor sie wieder zur Arbeit in den Sender fährt. Sie ruft an, als sie im Sender angekommen ist, und Wesemann will mit Moritz reden.

Moritz wird nicht recht klug aus Wesemanns stockendem Bericht. Er will die Sache abkürzen, sich aufs Fahrrad setzen und direkt zu Wesemann kommen.

Es dauert aber eine Weile, bis Moritz eintrifft. Er war erst in der alten Wohnung in der Deisterstraße, hatte nicht an Wesemanns Umzug gedacht. Wie der Vater, so der Sohn. Wesemann wird es warm ums Herz.

„Triaden?", fragt Moritz nach Wesemanns ausführlichem Bericht. „Ist das nicht ein bisschen hoch beziehungsweise tief gegriffen bei einer unbedeutenden stinkenden Mineralquelle in Bad Münder?" Er hat bei seiner Ankunft kein Bier haben wollen, lieber eine Tasse Kaffee.

„Vielleicht geht es um mehr." Irgendwie ist es Wesemann unangenehm, sich wieder in den Fall hineinzudenken. „Aber in diesem Fall werde ich die weiteren Ermittlungen der Polizei überlassen. Ich mache dann den Abschlussbericht. Bertram wird mich sicher bevorzugt informieren."

„Mach dir nichts vor", sagt Moritz. Er trinkt den Kaffee aus und steht auf. „Sobald ich raus bin, hängst du gedanklich schon wieder in deinem Fall. Du kannst dich doch auf nichts anderes konzentrieren." Moritz umarmt seinen Vater zum Abschied, hat er früher auch nicht gemacht. „Um mich mach dir mal keine Sorgen. Es ist gut, dass du mich gewarnt hast, aber aufpassen auf mich kann ich schon selber. Wollen wir am Sonntag vielleicht zu viert Kaffee trinken? Ich bringe auch Alina mit."

„Wer ist Alina?"

„Werdet ihr dann schon sehen."

Wesemann setzt sich an den Tisch, um die Dewezet zu lesen. Doch er kann sich nicht konzentrieren, nicht mal auf den Sportteil. Die Gedanken schweifen immer wieder ab.

Er faltet die Zeitung zusammen, schiebt sie auf den Tisch. Warum findet er in seinen Gedanken keine klare Linie? Weil er immer wieder abschweift. Es gibt tausend Aspekte, die ihn immer wieder abschweifen lassen. Er muss die Sachlage klarer durchdenken: Eine unbedeutende Mineralquelle soll ausgebeutet werden. Moritz hat recht, dafür begibt sich kein chinesisches Kapital auf die lange Reise. Kurbetriebe sind nicht mehr die großen Renner im Renditegeschäft. Und die OHG in der Karmarschstraße wird nur Fassade sein. Keiner verdient mit Buddhas und Winkekatzen das große Geld.

Wesemann stößt an seine Grenzen. Da ist nichts, was ihn weiterbringen könnte. Keine Idee, keine Vermutung, nicht mal eine Ahnung.

Er greift wieder zur Zeitung. *Einfach Glück haben* verspricht die Anzeige der Süddeutschen Klassenlotterie auf der Rückseite der Zeitung.

Wesemann räumt die Küche auf, führt ein kurzes Telefongespräch mit Karola, sie hat keine Zeit, Wesemann schaltet das Fernsehgerät ein. *Die Küchenschlacht,* anschließend *Die Topfgeldjäger*. Dann schon lieber die Endlosübertragungen vom Dart oder Snooker. Gehen Wesemann nach einer halben Stunde allerdings auch auf die Nerven. Warum ist er bei seinen Ermittlungen nicht bis auf die Knochen gekommen, warum hat er immer bloß am Fell herumgeschnippelt?

Er schaltet den Fernseher aus und nimmt ein Kochbuch aus der Bücherwand. Er wird Karola ein Abendessen kochen. Natürlich auch für sich. Vielleicht Böhmisches Bierfleisch? Oder Curry-Fisch Ragout? Mit Schafskäse gefüllte Frikadellen wären sicher auch nach Karolas Geschmack. Aber nicht nach seinem Können.

Im Küchenschrank findet er zwei Päckchen *Knorr Helle Soße,* sechs Eier stehen im Kühlschrank und Senf ist auch noch vorhanden. Und dazu eine Packung Kochbeutelreis. Ganz hinten taucht in seinem Erinnerungsvermögen etwas auf. Eine Gestalt. Wesemann kann das schemenhafte Bild nicht verdeutlichen. Bevor er sich an Details erinnern kann, ist es auch schon wieder verschwunden. Doch es ist ein Fortschritt, keine absolute Leere mehr im Zusammenhang mit den Mordfällen. Er hat etwas gesehen, dem er bisher keine Bedeutung zugemessen hat. Er wird sich jetzt aber keine weiteren Gedanken machen und die Soße kochen. Gute Ideen kommen wieder! Manchmal! Meist!

Wesemann schiebt eine CD von Édith Piaf in den CD-Player und studiert die Gebrauchsanweisung auf dem Päckchen der hellen Soße.

Karola ist ganz begeistert, weniger von der Soße, mehr von Wesemanns Eifer.

Karola isst ein Ei, Wesemann zwei. „Dann haben wir für morgen noch etwas übrig", freut sich Wesemann.

„Dann könntest du vielleicht ein bisschen Petersilie an die Soße machen", Karola zwinkert ihm zu, „soll den Geschmack unglaublich verbessern. Und Salz kann auch nicht schaden."

„Ich lerne noch."

„Danke!" Karola wirft ihm eine Kusshand zu. „Hast du mit Moritz gesprochen?"

„Mein Sohn sieht das alles ganz locker."

„Und du?"

„Irgendwo schwirrt mir ein Bild durch den Kopf, das ich noch nicht fassen kann. Es ist eine Figur, klein und rund ..." Wesemanns Blick fällt auf die Rückseite der Dewezet. Die Anzeige der Lotterie. *Einfach Glück haben*. Und da sieht er sie ganz genau. Die winkende Katze. Er hat sie bei Handtke im Büro gesehen, das war kein Lichtblick, aber die Katze war auch noch irgendwo anders.

Karola meint, dass diese winkenden Ungeheuer in jedem zweitklassigen Dekorationsgeschäft angeboten würden, von den Feng Shui-Geschäften ganz zu schweigen. Ob er einen Espresso nach dem Essen möchte.

Sofort springt Wesemann auf und bereitet den Espresso vor. Nicht in der Maschine. Der Espresso aus der silbernen sechseckigen Kanne, die direkt auf den Herd gestellt wird, schmeckt einfach besser.

„So eine winkende Katze habe ich an einer markanteren Stelle gesehen." Die Espressokanne zischt auf dem Herd. „Wenn mir der Bezugspunkt wieder einfällt, bin ich schon ein ganzes Stück weiter. Da bin ich mir ganz sicher."

„Wie wär's mit einer Partie Scrabble?" fragt Karola.

„Tut mir leid", Wesemann setzt einen zerknirschten Ausdruck auf, „aber heute kann ich mich einfach nicht konzentrieren."

„Schade", sagt Karola. Sie holt eine neue Einrichtungszeitschrift aus ihrer Tasche und kuschelt sich in die Couchecke. „Scrabble wäre sicher billiger geworden."

Wesemann stellt sich ans Fenster. Er schaut gerne hinunter auf die dunkle Straße. Der Nachbar geht mit seinem Hund spazieren. Im gegenüberliegenden Haus werden die Betten gemacht. Ein Auto parkt ein, eine Frau steigt aus, öffnet die hintere Klappe des Autos und trägt ihre Einkäufe ins Haus. Zwei Taschen, dann Toilettenpapier und Küchenrollen, schließlich die Mineralwasserflaschen in zwei Sechserpackungen.

Wesemann dreht sich wieder ins Zimmer, Karola hat sich eine Flauschdecke über die Beine gezogen, und plötzlich sind die bunten Bilder wieder da. Sein Gehirn hat die Schockstarre überwunden. Schobinskys Sturz aufs Pflaster, Apotheker Abel in den renovierten Räumen, der Söltjerbrunnen in Münder, die Chinesen vor der Tischtennisplatte, Schweinefleisch süßsauer im China-Restaurant, Schobinskys Prospekt für die Eröffnung der Quelle, Lina Franitzki taucht auch auf mit einem Bund Petersilie und dann fällt dem Drucker eine zweite Broschüre auf den Boden, und Wesemann hebt sie auf. Er erinnert sich wieder genau. Auf der Titelseite eine Glückskatze und der Slogan: *Jetzt einsteigen - Millionär werden*.

Glück, Glückwunsch, Glücksspiel. Wesemann holt sein Laptop und setzt sich zu Karola. Er gibt *Glücksspiel* in die Suchmaschine ein. Der *Spiegel* meldet: Altenheim-Bewohner knacken 20-Millionen-Jackpot. *Dejure*: Wer ohne behördliche Erlaubnis öffentlich ein Glücksspiel veranstaltet oder hält oder die Einrichtungen hierzu bereitstellt, wird mit Freiheitsstrafe bis zu zwei ... *ZDF-online*: Glücksspiel-Staatsvertrag: 15 Länder einig, Kiel schert aus.

Aus dem Artikel geht hervor, dass sich fünfzehn Bundesländer auf eine Neuordnung des milliardenschweren Glücksspielmarktes geeinigt haben. Zwanzig Lizenzen sollen vergeben werden. Das Bundesland Niedersachsen wird die Lizenzen bundesweit vergeben.

„Bingo“, sagt Wesemann, „ich ahne, worum es den Chinesen in Wirklichkeit ging.“

„Du machst noch so lange weiter, bis uns Schlitzaugen von außen in die Wohnung starren.“

„Ich muss den Drucker in Bad Münder anrufen.“

Das Telefon klingelt. Wesemann und Karola sehen sich an. Wesemann zuckt mit den Achseln, er nimmt das Gespräch an.

Moritz. Seine Freundin meint, es wäre eine Unverschämtheit von ihm gewesen, sich bei Wesemann und Karola einzuladen.

„Ihr seid doch jung und könnt noch viel lernen", sagt Wesemann. Er drückt auf den Knopf für die Mithörfunktion des Telefons.

„Also, wir wollen euch für Sonntag zu uns einladen. Ist zwar ein bisschen eng bei uns, aber Alina backt einen Kuchen und ich koche Kaffee."

„Eine gute Idee", sagt Wesemann. Karola nickt. „Wann sollen wir kommen?"

„So gegen drei. Aber ohne Abendessen. Das schafft unser Herd nicht."

„Kaffee ist Kaffee", sagt Wesemann.

„Wir haben euch auch etwas zu berichten."

„Doch nicht ..."

„Dann also bis Sonntag."

Wesemann legt auf.

„Oh, oh", sagt Karola, sie sieht ihn mit einem übermütigen Blick von der Seite an, „ein Junge oder ein Mädchen?"

„Doch nicht Moritz, der ist doch noch viel zu jung!"

„Wie alt?"

„Zweiunddreißig."

„Ist genau der richtige Zeitpunkt: Studium abgeschlossen, eigene Wohnung, und es wird bald Sommer."

„Müssen wir am Sonntag schon was mitnehmen? Schnuller? Strampelanzug? Mützchen?"

Karola schüttelt den Kopf und vertieft sich wieder in ihre Zeitschrift.

Opa Wesemann. Er sieht sich schon mit dem Kinderwagen durch Hameln schieben. „Oh, wie süß. Ganz der Opa. Und wie er lacht."

Am nächsten Morgen ruft Wesemann den Drucker in Bad Münder an. Nicht einfach so. Wieder die gleiche Prozedur wie beim letzten Mal. Warum kann er sich bloß den Namen nicht merken. Aber bei seinem Enkelkind fordert er ein Mitspracherecht bei der Namenswahl, sonst wird das noch eine Lisa-Ella oder Sophia-Marie oder gar eine Aurelia-Eileen-Lara, gibt's durchaus, hat er in den Geburtstagsanzeigen gelesen. Aber worüber regt er sich auf, es wird bestimmt ein Junge.

Gelbe Seiten. Drei Druckereien in Bad Münder und Umgebung. Die vorletzte ist es. Diesmal schreibt Wesemann mit: Namen und Adresse.

Druckerei Schröder, Bad Münder, Gerhart-Hauptmann-Straße.

„Na," begrüßt ihn Herr Schröder, „wollen Sie Ihre Hochzeitskarten in Auftrag geben? Wir haben sehr schöne Druckmuster auf Bütten oder Leinen, mit Golddruck oder Prägung. Soll doch was Besonderes sein?"

Wesemann fragt nach der Broschüre mit der Glückskatze. Schröder kratzt sich hinterm Ohr. „Das wird wohl wieder ein Super-Auftrag?"

„Wir trinken mal wieder zusammen 'ne Lüttje Lage."

„Ich kann mich an keine Broschüre mit einer Glückskatze erinnern."

Wesemann beschreibt das Titelblatt so genau wie möglich - und wie er es noch im Gedächtnis hat. Er kann sich auch noch an die Überschrift erinnern: *Jetzt einsteigen - Millionär werden!*

„Wer möchte das nicht?“, fragt Schröder mehr sich selber.

„Ich brauche bloß eine einzige von den Broschüren“, sagt Wesemann. Aus dem Text wird er erfahren, welche geschäftlichen Ziele die chinesischen *Kaufleute* nun wirklich verfolgten und über Frau Handtke noch immer verfolgen. Denn so dämlich ist er nun auch nicht: Frau Handtke kauft nichts und verkauft nichts, wenigstens nichts, was dieses anspruchsvolle Büro in der Karmarschstraße rechtfertigen würde. Sie ist Repräsentantin einer Unternehmensstruktur, die ihre Zentrale an einem anderen Ort hat. Was hat HK Bertram noch gesagt: Mitglieder einer Organisation aus Wuzhong. In Gedanken hat Wesemann die *Triaden-Gruppe* gegen *Organisation* getauscht. Klingt weniger dramatisch.

Schröder steht vor einem mannshohen Schrank mit großen flachen Schubladen. Er zieht mehrere auf, findet nichts, überlegt, geht zu einem Schrank, nimmt einen Aktenordner heraus, noch einen. „Hab ich's mir doch gedacht.“

„Was?“

„Sie stehlen meine Arbeitszeit!“

Auffällig ist das *Sie* – hatten sie sich nicht geduzt? Aber darauf soll es nicht ankommen.

„Und die Broschüre?“

„Das ist keine Broschüre“, Schröder lässt den Klemmhaken im Aktenordner aufspringen und entnimmt eine Klarsichtfolie mit Inhalt, „das war ein Entwurf!“ Er nimmt das bunte Blatt aus der Hülle und legt es auf den Tisch.

Jetzt, Wesemann, wird sich vieles klären. Die winkende Katze, die Überschrift: *Jetzt einsteigen – Millionär werden!*, und dann der Text. Wesemann tastet nach der Lehne eines Stuhls, setzt sich und studiert den Text:

Wenn Sie diese Zeilen hier lesen können, dann haben Sie Glück gehabt. Dann gehören Sie nicht zu jener Minderheit von 800.000 Personen, welche mit lesen, schreiben oder rechnen Mühe hat. Man will es kaum wahrhaben, dass in der Schweiz so viele Personen Mühe mit dem Lesen, Schreiben oder Rechnen bekunden, zumal hierzulande jeder einige Jahre die Schulbank drücken muss. Trotzdem: Etwas läuft schief …

Wesemann richtet sich wieder auf. Eine humanistische Organisation, die sich mit dem Analphabetismus in der Welt beschäftigt?

Ratlos sieht er Schröder an.

Schröder grinst. „Das ist ein willkürlicher Blindtext, den kleben wir immer ein, wenn der richtige Inhalt noch nicht feststeht."

„Ach so", sagt Wesemann, und es fühlt sich an wie eine Niederlage.

Wesemann sitzt mal wieder vor seiner Tapete mit dem Beziehungsgeflecht. Eine Tasse Kaffee in Griffweite, das Fenster gekippt, draußen singt eine Kohlmeise *Frühling, Frühling*. Bildet sich Wesemann zumindest ein. Karola hat ihm eine E-Mail geschrieben. *Pass auf dich auf. Ich liebe dich!* Moritz ruft an, sie hätten die Einladung noch nicht angenommen. Es würde langsam Zeit, es wären noch einige Vorbereitungen zu treffen.

„Für einen Marmorkuchen?"

„Zuerst müssen wir uns mal einen Staubsauger besorgen."

Wesemann bedankt sich für die Einladung, bestätigt ihr Kommen, lacht und trinkt einen Schluck Kaffee, als er aufgelegt hat.

Ihm fällt auf, dass er kaum noch Sodbrennen hat. Ob das von der regelmäßigen Ernährung kommt? Karola achtet sehr auf die Zutaten. Bloß nach den Eiern in Senfsoße ...

Er nimmt einen dicken Filzschreiber und durchkreuzt das aufgezeichnete Beziehungsgeflecht mit groben Strichen. Er muss die ganze Sache vom anderen Ende her aufrollen. Im Zentrum steht Gerti Handtke, hinter ihr die Herren aus Wuzhong und ihr zur Seite die TWH-Bank in Hannover. Eine Stufe darunter das geplante Klinikum in Bad Münder mit den Hauptakteuren Schobinsky, Cheng Kao und Hu Wang. Zwei von ihnen waren tot, einer war in den Untergrund verschwunden. Hatten sie nur etwas mit der geplanten Klinik zu tun oder wussten sie von den Machenschaften hinter der Fassade? Cheng Kao und Hu Wang müssen eingeweiht gewesen sein, sie brachten schließlich die Geschäftsidee und das Bargeld. Die Quelle war Schobinskys Kind. Damit wollte er nicht nur reich werden, sie sollte dem ehemaligen Ossi auch Anerkennung und einen Eintrag in die Chronik der Stadt bringen. Wenn er sich nun gegen die Pläne gewehrt hat, mit seiner Klinik nur als Feigenblatt für die wirklich geplanten Geschäfte zu dienen, musste er aus dem Weg geräumt werden. Handtke hat ihm den Täter doch auf dem Silbertablett serviert: Martin Gatow. Und wenn das eine Irreführung war? Er muss zu Gatow nach Obernkirchen. Bei dem Gedanken wird es Wesemann allerdings ein wenig mulmig. So ganz ignorieren kann er Handtkes Warnung nun doch nicht. Er ruft Moritz an.

Moritz hat keine Zeit. Er hat schon Mehl und Hefe besorgt, jetzt fehlen noch Eier und Kakao.

„Machen wir auf dem Rückweg!“, sagt Wesemann.

Als Moritz so schweigsam neben ihm im Auto sitzt, steigt das schlechte Gewissen in Wesemann hoch. Ob

Moritz die Einkäufe nur vorgeschoben hat, um der Fahrt nach Obernkirchen zu entgehen? Wer kauft schon alle Zutaten für einen Marmorkuchen einzeln ein.

Doch Moritz kann sich nicht mehr zurückhalten. Die Neuigkeit kann nicht bis Sonntag warten.

Sie muss raus.

Jetzt und hier.

„Ich werde umziehen."

Mit der Auskunft hätte Moritz auch bis vor eine rote Ampel warten können, dann wäre der Corsa nicht ins Schlingern geraten.

„Du hast doch gerade erst mit deiner Freundin die neue Wohnung bezogen."

„Ich habe einen Job."

Wesemann schaut Moritz kurz an, ob das ein Witz sein soll. Es ist kein Witz.

„Wir ziehen nach Cuxhaven. Ich kann als Geologe bei einer Firma arbeiten, die Offshore-Anlagen errichtet. Ein Job mit Zukunft und recht gut bezahlt."

Erst einmal kann Wesemann nichts sagen und seine Freude kann er auch nicht zeigen. Er kann doch nicht auf seinem Autositz herumhopsen wie ein Känguru. Und er hat sich immer über das brotlose Studium seines Sohnes geärgert.

Er fasst mit der rechten Hand nach Moritz' Arm. „Ich gratuliere. Das ist die schönste Nachricht nach dem Jawort von Karola. Oder sogar noch ein bisschen schöner. Darfst du ihr nur nicht sagen."

„Hoffentlich war es nicht die letzte gute Nachricht vor den vielen schlechten." Sie sind in Obernkirchen angekommen.

Martin Gatow sitzt mal wieder auf dem Eisenrost der Treppe zum Büro. Kein schlechter Platz bei dem Wetter, ein Sonnenstrahl direkt auf seinen Kopf ausgerichtet. Das Tor ist sperrangelweit geöffnet. Gatow schaut herüber, zieht noch einmal an seiner Zigarette und wirft die Kippe dann in den Schotter.

Wesemann gibt ihm die Hand, Moritz winkt ihm einen Gruß zu.

„Schönes Wetter", sagt Wesemann.

„Was wollen Sie?", fragt Gatow und steckt sich eine neue Zigarette an.

„Sie kommen aber schnell zur Sache."

„Immer!"

„Ich wollte noch mal auf den merkwürdigen Zwischenfall mit Ihren Füßen zurückkommen."

„Ich aber nicht."

„Wir sind sozusagen Leidensgenossen."

Gatow schaut ihn verständnislos an.

„Als ich bei Gerti Handtke war, habe ich zufällig in einen Salbentopf gegriffen und auf dem Heimweg hätte ich mir am liebsten die Hand abgehackt, so stark hat es gebrannt."

Gatow scheint noch immer nichts sagen zu wollen.

„Ich hab mir sogar eine Anzeige wegen Erregung öffentlichen Ärgernisses eingehandelt, weil ich die Hand mit Mineralwasser in der offenen Autotür löschen wollte. Eine vorbeifahrende Autofahrerin hat die Situation falsch aufgefasst."

Moritz spielt mit dem Schuh in den Steinchen vor seinen Füßen.

„Also Salbe?", sagt Gatow schließlich. „Wo stand sie denn?"

„Im Anbau hinter dem Haus."

„Hu Wangs Kabuff?

Wesemann nickt mit dem Kopf.

„Dieses Luder!"

Wesemann, jetzt nichts sagen, es kommt gleich von alleine.

„Schobinsky wollte mir den technischen Kram der Klinik am Kurpark übergeben. Wäre ein toller Job gewesen. Aber mit Schobinskys Tod hat sich die Lage geändert. Auf einmal war die Klinik gar nicht mehr so wichtig, dieser Apotheker konnte sich günstig einkaufen und wollte natürlich sein Klientel bedienen. Ich war raus."

„Ein Martin Gatow lässt sich nicht so einfach abservieren."

„Ich hab das Luder in Haddessen aufgesucht. Wir hatten viel zu besprechen. Mehrmals bin ich bei ihr gewesen. Und wie es so kommt, als wir nichts mehr zu besprechen hatten und ich mit ihrem Angebot zufrieden war, sind wir in der Kiste gelandet." Gatow grinst. „Gar nicht schlecht, das Luder. Dafür hätte man im Puff einen halben Monatsverdienst anlegen müssen."

„Bevor wir zu den Einzelheiten kommen …"

„Nun ja, wir haben uns für einen der nächsten Tage verabredet, ich hab mich angezogen und bin gefahren und nach ein paar Minuten – na, Sie wissen schon, wofür ich in Wunstorf gelandet bin." Gatow schaut auf seine Schuhe. „Salbe, haben Sie gesagt? – Dieses Schwein. Ich bin sicher, dass ich meine Schuhe neben dem Bett geparkt hatte. Da muss sich das Schlitzauge reingeschlichen haben, als wir gerade zugange waren. Diese chinesische Sau!"

Moritz macht den Mund auf, sicher will er protestieren, Wesemann stößt ihm den Ellbogen in die Seite, und Moritz klappt den Mund wieder zu.

„Aber die Lektion habe ich verstanden: Lass die Finger von der Alten! Ich glaube allerdings nicht, dass er eifersüchtig war, vielleicht wollte er nur seine Interessen schützen. Da sollen doch ganz große Geschäfte in Vorbereitung gewesen sein."

„Haben Sie eine Ahnung, was da angebahnt wurde?"

„Ne, damit ist das Luder selbst in seiner schwächsten Stunde nicht herausgerückt. Ich wollte doch selber mitmischen. – So, und jetzt mache ich Mittag." Er steht auf und geht die Gitterstufen zu seinem Büro hinauf.

„Eine Frage hätte ich aber noch."

Gatow hält auf der obersten Stufe an, dreht sich halb um.

„Waren Sie auf dem Prunkwagen, als sich Schobinsky zu Tode gestürzt hat?"

„Ich bin auf dem Wagen des OCC mitgefahren, da gab es Bier statt diesem Rülps-Wasser."

„Wie bitte?", fragt Wesemann entgeistert.

„Ich mag keinen Sekt!"

„Angeblich hätten Sie Schobinsky mit Insulin gegen seine Diabetes-Attacken versorgt."

„Iiiiiich? Dafür war dieser Apotheker aus Münder zuständig. Er ist Schobinsky doch keinen Millimeter von der Seite gewichen, um schnellstens eingreifen zu können."

EINUNDZWANZIG

Wesemann kann nicht schlafen, stellt sich aber ruhig und gleichmäßig, damit Karola endlich ins Reich der Träume hinübergleitet. Wie soll es weitergehen? Alles lassen, wie es ist oder eingreifen? Wenn ihm wirklich etwas passieren sollte, wer würde ihn vermissen? Karola bestimmt, aber sie ist noch jung genug, um sich nach einiger Zeit neu zu orientieren. Moritz? Sein Sohn ist gerade dabei, sich endgültig abzunabeln. Der Sender? Baxmann würde schnell einen Ersatz finden und ihm längere Zeit Wesemann als Vorbild vorhalten. Aber das würde auch nach einiger Zeit verschwinden. Wie würde sich Karola neu orientieren? Vielleicht würde sie zu ihrer Mutter nach Malente ziehen. Oder sich mit diesem Tangotänzer August Hempel zusammentun. Allein die Vorstellung lässt Wesemann schaudern. Er kann sich nicht ausklinken, muss noch weiterkämpfen! Morgen wird er den großen Angriff starten. Morgen! Und dann ist schon Morgen.

Karola hat bereits Kaffee gekocht, als Wesemann aufwacht. Sie frühstücken zusammen. Wesemann kaut an seinem Brot mit der Aldi-Schokocreme. Nach zwei Bissen legt er das Brot auf den Teller zurück. Trinkt einen Schluck Kaffee.

„Hast du schlecht geschlafen?"

„Nicht besonders gut", gibt Wesemann zu.

„Du machst dir Sorgen?"

„Keine besonderen!"

„Wir sprechen heute Abend darüber." Karola trinkt ihren Kaffee aus, stellt die leere Tasse auf die Abtropffläche neben der Spüle. „Ich muss los."

„Ich wünsch dir einen schönen Tag."

Schnell noch mal die Zähne geputzt, rein in Schuhe und Jacke, ein prüfender Blick in den Spiegel.

Wesemann bringt Karola bis zur Wohnungstür. Tschüs und Tschüs. Karola ist schon auf der zweiten oder dritten Treppenstufe. „Du ...", ruft ihr Wesemann hinterher. Karola bleibt stehen. „... du bist keine Frau für den Tango-Tänzer."

„Was soll das denn jetzt?"

„Ach, nichts. Ich wollte dir nur sagen, dass ich dich liebe!"

„Ich dich doch auch, aber jetzt muss ich los." Sie sendet Wesemann einen Luftkuss die Treppe hoch.

Wesemann geht nachdenklich in die Wohnung zurück. Er muss an die Triaden denken, hat im Internet über sie recherchiert. Schutzgelderpressung, Schweigegelübde, Kopf ab und dann die merkwürdigen Ideen von Ehre, verlorenem Gesicht, Prestige und Familie.

Wesemann setzt sich zurück an den Tisch, schenkt sich noch eine Tasse Kaffee ein, will sich konzentrieren. Ein entscheidendes Telefongespräch steht ihm bevor. Er spürt, dass er am Ende seiner Ermittlungen angekommen ist. Wenn er jetzt zuschlägt, sind entweder die Mordfälle erledigt oder er und seine Ambitionen.

Seine Hand mit der Kaffeetasse zittert. Der große Bluff – war das nicht mal ein Kinofilm? Er könnte Karola mal wieder ins Kino einladen.

Schluss mit den Ausflüchten! Jetzt ist die Zeit zu handeln!

Er holt das Mobilteil des Telefons, setzt sich wieder an den Tisch, schlägt in seinem Notizbuch nach. Apotheker Abel. Wilhelm-Karsten Abel. Er wählt, es dauert eine ganze Weile, bis abgenommen wird.

Abel meldet sich.

„Hier Hubert Wesemann. – Nein, ich brauche kein Mittel gegen mein Sodbrennen."

Für ein Schwätzchen, sagt Apotheker Abel, habe er keine Zeit.

Die Zeit müsse er sich nehmen, meint Wesemann, er habe da einen Verdacht, den nur Abel ausräumen könne.

Für ein paar Augenblicke ist nur Abels beschleunigter Atem zu hören.

„Sie kannten doch Doktor Bodo Schobinsky?"

„Was heißt schon kennen. Er war ein Kunde der Apotheke."

„Und Sie waren am Karnevalssonntag auf dem Prunkwagen und standen direkt hinter ihm."

„Welchem Karnevalsumzug?"

„Dem Umzug in Hessisch Oldendorf."

„Ich mache mir nichts aus Karneval."

Jetzt, Wesemann, die erste der beiden dicken Lügen: „Ich habe ein Pressefoto vor mir liegen, auf dem Sie ganz genau zu erkennen sind. Direkt hinter dem Prinzen."

„Ach? Ja, stimmt. Jetzt fällt es mir wieder ein. Das war mehr ein dienstlicher Einsatz. Schobinsky hatte mich gebeten, in seiner Nähe zu sein. – Weil er hochgradiger Diabetiker war, sollte ich ihn im Auge behalten und bei einem eventuellen Schub sofort eingreifen."

„Und?"

„Also, an Diabetes ist er nicht gestorben."

„Weil Sie rechtzeitig eingegriffen haben?"

„Ich kann mich gar nicht erinnern, ob ich überhaupt eingreifen musste. Das war so eine Aufregung, als er vom Wagen gefallen ist, da ging doch alles drunter und drüber. Ich muss jetzt aber wirklich auflegen und mich um die Bauarbeiten kümmern."

„In den Überresten des Prunkwagens wurde ein Pen gefunden, mit dem Sie Schobinsky eine Überdosis Insulin verabreicht haben."

„Ach, Wesemann, Sie sollten selber einem Karnevalsverein beitreten. Bei Ihren witzigen Einfällen."

„Die Polizei wird über meine Einfälle sicher nicht lachen." Jetzt die zweite Lüge. „Sie wird sicher eine Obduktion von Schobinskys Leiche veranlassen und dann wird man schnell einen Zusammenhang zwischen dem Pen, der Überdosis Insulin und Schobinskys Sturz vom Karnevalswagen herstellen."

Wesemann hält den Atem an. Jetzt ein Lachen und ein „Schobinskys Leiche ist verbrannt worden" und alles wäre verloren. Wesemann fährt sich mit der Hand über sein linkes Ohr, schweißnass. Schnell wischt er mit einer Serviette über das Mobilteil.

Er presst den Hörer wieder ans Ohr. Abel sagt nichts, atmet nur noch schneller.

„Ich wünsche noch einen schönen Tag", sagt Wesemann. Sein Mund ist völlig ausgetrocknet, die Kaffeetasse ist leer. Er will sich keinen neuen Kaffee einschütten, um kein Wort von Abel zu verpassen.

„Wesemann, und wenn es so wäre, Sie könnten nichts beweisen."

„Pressefotos! Sie haben zum fraglichen Zeitpunkt direkt hinter Schobinsky gestanden, ein DNA-Test wird zeigen, dass Sie den Pen in der Hand hatten und dazu die Überdosis Insulin in Schobinskys Leiche – wie wollen Sie da rauskommen? Mit einem Geständnis würden Sie bei der Staatsanwaltschaft sicher einen guten Eindruck machen."

„Wesemann, wissen Sie, was Sie mich können?"

Damit wird das Gespräch von Abel beendet.

Wesemann steht auf, um die Kaffeetassen in die Spülmaschine einzuräumen. Das Telefon klingelt. Abel will klein beigeben oder den Druck erhöhen. Eine männliche Stimme. Fuhrmann, Herbert. Er habe aus der Umgebung der Deisterstraße erfahren, dass Wesemann seine Wohnung vermieten wolle.

„Von Engin, dem Gemüsehändler?"

„Genau!"

„Die Wohnung müsste allerdings auf Kosten des neuen Mieters renoviert werden."

„Kein Problem. Für mich ist die Lage der Wohnung ideal, nicht weit von der Innenstadt und in wenigen Minuten ist man am Bahnhof."

Wesemann überlegt, ob er mit dem Makler einen Vertrag geschlossen hat, ausschließlich ihm die Vermietung der Wohnung zu überlassen. Er kann sich nicht erinnern.

„Laminatböden, neue Elektroanschlüsse und Abflussrohre?"

„Wir haben Handwerker in der Familie, die das schnell erledigen."

Wesemann will vorsichtshalber noch mal im Maklervertrag nachlesen. „Wir könnten einen Besichtigungstermin vereinbaren. Geben Sie mir Ihre Handynummer und ich rufe Sie Ende der Woche zur Terminvereinbarung an."

Herr Fuhrmann geht morgen auf Geschäftsreise, sagt er, und käme erst Mitte nächster Woche zurück. Wäre schön, wenn die Sache vorher geklärt wäre.

Wesemann, du kannst eine Monatsmiete sparen, die dem Vermieter noch zusteht. Außerdem übernimmt der neue Mieter die gesamte Renovierung!

„So um vierzehn Uhr in der Deisterstraße?"
„Ist mir recht."
„Sie wissen, wo es ist?"
Herr Fuhrmann lacht. „Natürlich. Ich will doch dort einziehen!"

Wesemann stellt sich ans Fenster und schaut auf die Straße hinunter. Er vermisst den Nachbarn mit dem schielenden Hund. Er wird seine Runde schon erledigt haben. Was wollte er mit seinem Anruf bei Abel bezwecken? Im Nachhinein kommt ihm der Anruf ziemlich sinnlos vor. Abel braucht sich einfach nicht zu rühren, und die Ermittlungen in den beiden Mordfällen kommen kein Stück weiter. Und wenn Wesemann HK Bertram davon berichtet? Wieder eine Vermutung ohne einen stichhaltigen Beweis.

Er nimmt sich die Wochenendausgabe der Tageszeitung. Kreuzworträtsel. Nutzpflanze: Erle. Edelgas: Eon. Voll: Satt. Aber was soll dann bitte schön Dratl sein?

Wesemann faltet die Zeitung zusammen und steckt sie in den Papierkorb. Er kann sich nicht konzentrieren – und gleich noch die Wohnungsbesichtigung. Wesemann geht zum Metzger, kauft ein dreiviertel Pfund gemischtes Hackfleisch und eine Tüte Frikadellenfix. So allmählich perfektionieren sich seine Kochkenntnisse. Er will noch bei Engin vorbeigehen, einen Mokka trinken und ein Fladenbrot fürs Abendessen mitbringen. Vielleicht auch noch ein paar eingelegte Oliven. Und ein Stück Schafskäse gleich für morgen.

Wesemann macht sich auf den Weg. Steigerturm, Elsa-Buchwitz-Straße, Falkestraße.

Beim Überqueren der Deisterstraße fällt ihm ein, dass er den Schlüssel für die Wohnung vergessen hat.

Also schnellstens noch mal zurück und keine Zeit mehr für einen Mokka vor dem Besichtigungstermin.

Wesemann schließt die Wohnung auf, ein Schwall unangenehmer Gerüche scheint nur auf das Öffnen der Tür gewartet zu haben. Sie stürzen sich geballt auf Wesemann. Wesemann kämpft sich durch und reißt die beiden Fenster zur Deisterstraße auf, dann sieht er sich um. Hier hat er ein paar Jahre gehaust und kann es sich schon nicht mehr vorstellen. Er öffnet die Tür zur Abstellkammer, seinem ehemaligen Aufnahmestudio. Auf dem Boden bewegt sich etwas, Wesemann tritt auf den Silberfisch und dann noch auf einen zweiten und dritten.

Mit Karola hat er sich wirklich verbessert, stellt er zufrieden fest. Vielleicht kann nur eine Frau ein wirkliches Zuhause schaffen. Er fühlt sich einfach wohl im neuen Leben.

Stimmen im Treppenhaus. Wesemann schließt die Wohnungstür, soll keiner denken, er könne den Besichtigungstermin nicht erwarten.

Wesemann geht zum Spülbecken, lässt das Wasser laufen, ebenso im Badezimmer. Hier wieder der Silberfisch-Stepptanz. Es klingelt, Wesemann zählt bis fünf, geht dann zur Sprechanlage: „Ja, bitte?"

„Fuhrmann. Wir hatten uns zu einer Wohnungsbesichtigung verabredet."

Wessemann drückt auf den Türöffner der Haustür, macht die Wohnungstür auf und geht zurück in die Wohnung, um den Wasserhahn zuzudrehen.

Jemand klopft an die Wohnungstür. „Kommen Sie rein!"

Das Wasser läuft aus dem Spülbecken ab. komisch, irgendetwas stimmt da nicht. Keine Schritte! Wesemann dreht sich um, direkt vor ihm stehen zwei kräftige junge Männer. Beide haben Sturmhauben über den Kopf gezogen. Und jetzt passiert alles fast gleichzeitig. Später wird sich Wesemann nicht mehr an die Reihenfolge erinnern können. Er erkennt den Ernst der Situation, ein Überfall, will fliehen, wird aufgehalten, die Arme werden ihm auf den Rücken gedreht, der Mund mit einem Klebeband verpflastert, die Hände auf dem Rücken zusammengebunden und dann wird ihm ein dunkler Sack über den Kopf gezogen.

Was soll das? Warum gerade er? Die müssen sich vertan haben!

Er wird gegen eine Wand gelehnt. „Wenn du keine Zicken machst", sagt einer der Männer, „passiert dir nichts. Wenn du uns provozierst, werden wir …" Er drückt Wesemann einen runden Gegenstand gegen den Kopf und lässt es klacken, als würde eine Pistole entsichert.

Wesemann schüttelt heftig mit dem Kopf. In seinem Gehirn ist es so dunkel wie vor seinen Augen.

„Hör auf zu zappeln!", sagt wieder der Sprecher der beiden. „Wir warten auf einen Anruf." Wesemann hört, wie sich die Schritte entfernen, will nach vorn, der zweite Mann stößt ihn zurück gegen die Wand. Nebenan hört er ein Plätschern in die Kloschüssel. Gleich darauf nähern sich die Schritte wieder.

Das Ferkel hat sich nicht einmal die Hände gewaschen, geht es Wesemann durch den Kopf. Hoffentlich fasst ihn der Kerl nicht wieder an!

Wesemann bekommt kaum Luft durch die Nase. Er nimmt sich vor, bewusst zu atmen. Das Unterhemd klebt ihm vor Schweiß auf dem Rücken, er will sich mit Wippen bemerkbar machen, bekommt einen Stoß gegen den Kopf, und Wesemann stellt den geplanten Widerstand sofort ein.

Plötzlich etwas total Irrsinniges. Kühe muhen auf der Weide. Dreimal, viermal, dann sagt einer der Männer: „Ja?“ Es war also der Klingelton des Handys. Dann sagt der Angerufene noch „Okay“, und das Gespräch ist beendet.

„Wir machen jetzt eine kleine Reise“, sagt der Sprecher der Zweiergruppe. „Beweg dich nicht und verhalte dich ruhig, dann geschieht dir nichts, sonst …“ Er drückt ihm wieder diesen runden Gegenstand ins Gesicht. Diesmal trifft er Wesemanns Nasenspitze und Wesemann stöhnt auf. „Keinen Mucks!“

Wesemann wird auf die Seite gekippt, dann vorsichtig bis zur Wohnungstür getragen. Die Wohnungstür wird geöffnet, die beiden Männer warten noch eine Weile, nichts bewegt sich, dann tragen sie Wesemann erstaunlich schnell die Treppe hinunter, obwohl sich Wesemann so schwer wie möglich macht.

Hinter der Haustür wird er abgestellt, dann scheint einer der Männer die Lage auf der Straße zu sichern. Wenn er jetzt Passanten auf sich aufmerksam machen könnte! Aber wen interessiert schon ein zappelnder Sack?

Plötzlich wird Wesemann angehoben, wenige Schritte getragen und auf irgendeine Ladefläche verfrachtet.

In Filmen springt jetzt der Wagen nicht an, schießt es Wesemann durch den Kopf. Mit welchem Blödsinn sich sein Gehirn beschäftigt, es sollte sich lieber um die wesentlichen Dinge kümmern. Wer, warum und wie komme ich aus der Situation heil heraus.

Er wird in einem größeren Wagen mit sehr ruhigem Motor durch die Gegend kutschiert. Er sollte sich ungefähr die gefahrene Zeit merken, um später die Entfernung von seiner Wohnung in der Deisterstraße einschätzen zu können. HK Bertram wird ihn bestimmt danach fragen. Wenn er sich die Zeit wirklich hätte merken wollen, hätte er bei der Abfahrt mit dem Zählen beginnen müssen. So sind es jetzt geschätzte acht, neun Minuten. Oder fünfzehn, sechzehn. Irgendetwas drückt ihm ins Kreuz. Könnte das Warndreieck sein.

Es dauert eine ganze Weile, bis der Wagen wieder hält. Wesemann wird ausgeladen, macht sich schwer, die Männer ächzen und stöhnen, schließlich geht es eine Treppe hinunter, eine Tür wird aufgeschlossen, Wesemann auf einem harten Boden abgelegt. Die Männer schnaufen durch. Schließlich öffnet einer den Sack und rollt Wesemann heraus.

Ein paar Augenblicke geschieht gar nichts. Wesemanns Augen müssen sich an die neue Helligkeit gewöhnen. Der Raum wird von Neonlicht kalt ausgeleuchtet. Ein kahler Raum, nur an der Wand stehen mehrere Kisten und zwei Koffer. Kein Fenster und die Tür ist wohl aus Metall und scheint sehr stabil. Wie ein Bunker, geht es Wesemann durch den Kopf. Wo gibt es im Weserbergland Bunker?

Wesemann kommt nicht dazu, weiter nachzudenken. Er wird aufgerichtet, in eine Ecke des Raums geführt, seine rechte Hand wird mit einer Handschelle an einem Rohr fixiert. Dann reißt ihm der größere der Männer das Klebeband vom Mund. „Hier kannst du schreien, so viel du willst. Die Wände sind anderthalb Meter dick und aus Beton."

Er beginnt, Wesemann abzutasten, zieht alles, was er findet aus den Taschen und wirft es auf den Boden.

„Warum?", fragt Wesemann.

„Das weißt du selbst am besten", sagt der Kleinere, „Sieh es als eine Art Guantanamo. Hier gibt es auch keine Verhandlung vor dem Urteil."

„Sei still!", fährt ihn der Größere an. Er hält Bertrams kleines Geschenk in der Hand. „Was ist das denn?", fragt er misstrauisch.

„Ein MP3-Player. Den benutze ich beim Joggen." Der Mann drückt die wenigen Knöpfe in unterschiedlicher Reihenfolge, nichts geschieht, er wirft das Teil zu den anderen aussortierten Sachen.

Wesemann ist es furchtbar unangenehm, als er ihm in die Hosentaschen fasst und später auch die Hosenbeine abtastet. Als er fertig ist, schiebt er Wesemanns Sachen außerhalb seiner Reichweite mit dem Fuß zusammen. „Wir kommen wieder!" Er gibt dem Jüngeren einen Wink, der macht das Licht aus und die beiden Männer verlassen den Raum. Die Tür schließen sie mehrmals ab.

Wesemann rutscht an dem Rohr herunter, setzt sich auf den Betonboden. Erst jetzt kommt die Angst. Sie fängt in den Zehenspitzen an und steigt dann die Beine hinauf. Und die ganze Zeit der Gedanke, er wird sich in die Hose machen. Wie ekelhaft. Er könnte versuchen zu schlafen. Im Schlaf werden alle menschlichen Funktionen auf ein Mindestmaß reduziert. Wesemann lehnt sich gegen die Wand, dann den Kopf gegen das Metallrohr, streckt die Beine aus und zieht sie wieder an. Kein Schlaf. Was wird mit ihm geschehen? Ist doch klar, dass ihm Hu Wang die Kidnapper auf den Hals geschickt hat. Abel wird ihm von Wesemanns Anruf berichtet haben. Hu Wang ist die zentrale Figur, und Wesemann ist ihm zu nahegekommen. Hu Wang gibt die Befehle. Abel und die Schobinsky-Frauen führen sie aus, versorgen Gerti Handtke mit seinen Anweisungen, übernehmen die Ausfertigung der deutschen Formalitäten, erledigen Botengänge und besorgen ihm die Handlanger für seine Pläne. So kann Hu Wang im

Verborgenen bleiben. Und dann sieht Wesemann plötzlich ein Bild vor sich, den Söltjerbrunnen in Münder mit einem abgeschlagenen Kopf in der Kiepe. Seinem Kopf. Er kann das Wasser nicht mehr halten, bepinkelt sein linkes Bein, die Hose wird nass. Er steht auf, versucht die nasse Stelle vom Bein zu lösen, er schreit: „Hilfe!", und „Hört mich denn keiner?"

Sinnlos. Die Stimme wird geschluckt, als stünde er in einem Wattebausch. Außerdem war es eine saudumme Frage. Er hätte heute früh nicht die dritte Scheibe Brot essen sollen, jetzt drückt der Darm.

Wesemann hört das eigene Blut in den Adern pulsieren. Er muss sich ablenken. Hat er nicht mal autogenes Training gemacht? Er erinnert sich. Seine verflossene Ehefrau hat den Kurs gemacht und er hat sie zur Übungsstunde gefahren. Jetzt hätte der Kurs lebensrettend sein können. Er wird alle Gedichte, die er in seiner Schulzeit gelernt hat, der Reihe nach aufsagen. *Der Mond ist aufgegangen, die gold'nen Sternlein …* Das war kein Gedicht, das war ein Lied. Also ein Gedicht und ein Lied. Sing, Wesemann, sing! Er kommt nur bis *prangen,* dann ist es aus, vorbei, kein weiteres Wort fällt ihm ein. Vielleicht irgendetwas von Édith Piaf? Sein Französisch ist zu schlecht. Peter Maffay: *Über sieben Brücken musst du gehn!* Dabei ist der Titel von der Gruppe Karat. Die Hose klebt an seinem Bein. Tränen steigen ihm in die Augen. Er hat seit Jahrzehnten nicht mehr geweint. Aber jetzt, jetzt muss alles raus, seine misslungene Ehe mit Helga, seine verkorkste Karriere ohne Aussicht auf den größeren Durchbruch und seine scheiß Hilflosigkeit. Einfach bepinkelt an der Wand zu stehen und nichts unternehmen zu können. Er wird müde, schläft kurz ein, schreckt auf, schläft wieder, alle Knochen schmerzen.

Die Angst setzt sich fest in seinem Brustkorb. Er kann kaum noch atmen. Er ruft, schreit, brüllt. Er wird nur noch kurzatmiger. Kann ihm denn keiner helfen? Karola wird ihn frühestens heute Abend vermissen, dann an einen unerwarteten Termin denken, aber spätestens morgen wird sie Bertram anrufen.

Ein leichtes Schaben an der Tür, Wesemann ahnt Stimmen, zu hören ist nichts. Nebel zieht ein in seine Gehirnwindungen. Doch dann geht alles ganz schnell. Die Tür fliegt auf, das Licht flammt auf, drei Männer eines Einsatzkommandos stürmen den Raum, dahinter HK Bertram. Die Männer des Einsatzkommandos verteilen sich im Raum, HK Bertram kommt herein.

„Sie freuen sich doch sicher, mich zu sehen?"

Wesemann kann seine Tränen nicht stoppen. Bertram tritt ganz nah vor ihn. „Befreien Sie den Mann!" Einer der schwarzen Männer kommt zu Wesemann, sucht etwas in seiner aufgeplusterten Brusttasche, schließt dann die Fessel auf.

Bertram nimmt eine Packung Papiertaschentücher aus seiner Jackentasche und gibt sie Wesemann.

„Wie haben Sie mich so schnell gefunden?"

„Schon vergessen, Wesemann, wir hatten einen Deal." Bertram schaut sich um, entdeckt den kleinen grauen Kasten vor Wesemanns Füßen, hebt ihn auf. „Sie drücken auf den entscheidenden Knopf und wir kommen."

„Ich war gefesselt. Ich habe überhaupt nicht auf den Knopf drücken können."

„Ist auch egal, ob oder ob nicht, wir wussten immer, wo Sie waren."

„Dann ...", Wesemann kommt ein ungeheuerlicher Verdacht, „... dann haben Sie mich als Lockvogel benutzt?"

„So würde ich es nicht ausdrücken, aber …"

Wesemann ballt die Faust, holt aus und verpasst HK Bertram einen Schlag ins Gesicht. Seit seiner Schulzeit hat er sich nicht mehr geprügelt und völlig vergessen, wie schmerzhaft so ein Schlag an den eigenen Fingern ist.

Bertram wird einen Schritt zurückgeworfen, sofort stehen zwei der schwarzen Männer zwischen Bertram und Wesemann.

„Lassen Sie nur", HK Bertram pfeift die Männer seines Einsatzkommandos zurück, „ich hätte wahrscheinlich auch nicht anders gehandelt. Aber, Wesemann, Sie waren unsere letzte Chance." Bertrams Blick fällt auf Wesemanns Hose. „Holen Sie dem Mann eine Decke. So kann er nicht über die Straße laufen."

Erst hat Wesemann den Hauptkommissar geschlagen, jetzt würde er ihn am liebsten umarmen.

„Aufmachen!", befiehlt HK Bertram einem weiteren der Männer. Er zeigt auf die Kisten in der Ecke. Ob sie das Schloss jetzt aufschießen? Die Schlösser sind nicht einmal eingerastet. In den Kisten Waffen, Munition und Schusswesten. Oben auf dem ganzen modernen Waffenarsenal liegt ein reich verzierter chinesischer Säbel. Wesemann erinnert sich an die Scheide in den Geschäftsräumen in der Karmarschstraße.

„Nur zur Bestätigung!", sagt HK Bertram und tritt mit der Schuhspitze gegen einen der Koffer. „Ich kann Ihnen aber auch so schon sagen, was wir in den Koffern finden werden." Wesemann reibt sich das Handgelenk. „Über zwanzig Millionen US-Dollar." Der Kofferdeckel wird angehoben, Dollar-Noten über Dollar-Noten, alle zu handlichen Päckchen gebündelt. „Damit hätten wir alle Puzzleteile zusammen." Bertram greift zu seinem Handy, wartet eine Weile und sagt dann:

„Zugriff jetzt!" Er schmunzelt. „Sie sehen, Wesemann, wir haben uns gut vorbereitet. Der Verdächtige sitzt in der Falle und wird gerade jetzt verhaftet."

Sie steigen die Kellertreppe hinauf, treten vors Haus. Wesemanns Überraschung ist groß, sie stehen vor dem Kreisverband des Deutschen Roten Kreuzes in der Zentralstraße. Schräg gegenüber liegt die Polizeidirektion. Bertram grinst.

„Haben Sie etwas von dem Bunker gewusst?", fragt Wesemann.

„Nein!", er fasst Wesemann am Ellbogen, „aber jetzt kommen Sie erst mal von der Straße." Wesemann setzt sich in Bewegung. „Und lassen Sie sich von Ihrer Frau neue Kleidung bringen, sonst müssen Sie meine Hose anziehen!"

„Was ich am meisten an Ihnen liebe, ist Ihr Humor." Wesemann ist wieder in der Realzeit angekommen. Er setzt sich zu Bertram ins Büro. Wesemann sieht ihn an. „Tja, Wesemann, Sie waren ganz nah dran." Und dann berichtet HK Bertram über die polizeilichen Ermittlungsergebnisse. Und als Karola endlich mit frischer Kleidung kommt, hat Wesemann die Zusage, alle Informationen zu einem Exklusivbericht verarbeiten zu können.

Karola will davon nichts hören, sie nimmt ihren Wesemann mit nach Hause, stellt ihn unter die Dusche und kocht ihm einen starken Kaffee.

Wesemann tut so, als wolle er sich erholen, doch in Gedanken formuliert er schon seinen Radiobericht:

… es sind also zwei Morde geschehen zwischen Deister und Weserbergland. Ein Rintelner Geschäftsmann muss sterben, weil er an seine Idee glaubt, die von ihm erschlossene Mineral-Quelle in Bad Münder könne zum Wohl der menschli-

chen Gesundheit eingesetzt werden. In seinem Klinikum will er die westliche mit der Traditionellen Chinesischen Medizin in gegenseitiger Ergänzung anwenden lassen. Um eine überzeugende Kompetenz vorweisen zu können, heuert er fünf chinesische Mediziner direkt im Reich der Mitte an. Doch das ist sein Todesurteil. Die fernöstlichen Mediziner sind skrupellose Geschäftsleute, die im neu geordneten deutschen Glücksspielmarkt eine famose Möglichkeit sehen, ihr Schwarzgeld zu waschen. Doch der Rintelner Geschäftsmann sträubt sich. Für ihn ist sein Klinikprojekt eine Herzensangelegenheit, kein Tarnobjekt für schmutzige Geschäfte. Als er die Absichten der deutsch-chinesischen Investorengruppe öffentlich machen will, muss er sterben. Als Karnevalsprinz wird dem hochgradigen Diabetiker beim Oldendorfer Karnevalsumzug mittels Pen eine vernichtend hohe Insulindosis verabreicht. Er stürzt vom Prinzenwagen und ist tot.

Den chinesischen Geschäftsleuten wird das große öffentliche Interesse am Tod des Karnevalsprinzen zu gefährlich für ihre Geschäfte.

Sie wollen sich schnellstmöglich ins Reich der Mitte zurückziehen. Doch das jüngste Mitglied der chinesischen Gruppe hat sich ausgerechnet in die Tochter des Karnevalsprinzen verliebt und widersetzt sich der Ausreise. Als er von den anderen Mitgliedern der Gruppe gezwungen werden soll, rastet er aus und enthauptet den Leiter der Gruppe mit einem chinesischen Säbel, den die Gruppe als rituellen Gegenstand ihrer Bruderschaft ordnungsgemäß eingeführt hat. Den Kopf drapiert er zur Warnung an alle, die ihm zu nahe kommen sollten, in der Kiepe des Salzträgers im Söltjerbrunnen in Bad Münder.

Die restlichen Mitglieder der Gruppe ziehen sich ins Land der Mitte zurück. Der verliebte Chinese verbündet sich mit der Angebeteten und ihrer Mutter, der Ehefrau des getöte-

ten Karnevalsprinzen. Gleichzeitig wird in Hannover eine deutsch-chinesische Handelsfirma gegründet, die zur Tarnung chinesische Glücksbringer importiert und mit einer attraktiven Geschäftsführerin bestückt wird. Schon bald gerät die neue Gruppe um den verliebten Chinesen ins Blickfeld der hannoverschen Geschäftsleitung, die aus dem Untergrund heraus operiert. Der Zweck heiligt die Mittel. Man bekämpft sich nicht, man arrangiert sich. Die Marktanteile sollen später ausgehandelt werden. Es hätte alles so schön gewinnbringend laufen können, die Tarnung war perfekt, Beweise nicht vorhanden. Wären da nicht die hartnäckige Hamelner Polizei und ein findiger Rundfunkjournalist gewesen. Die Polizei beantragt eine Fangschaltung, um den untergetauchten Boss zu orten. Zusätzlich wird ihm eine Falle gestellt, und er tappt mit achtundzwanzig Millionen US-Dollar und einem Waffenarsenal hinein. Telefonisch beauftragt er seine Eingreiftruppe, den Journalisten zu kidnappen und in ihren geheimen Unterschlupf in Hameln zu bringen. Sinnigerweise wenige Schritte von der Polizeidirektion entfernt. Und die Polizei hört alles mit.

Es ist noch keine vierundzwanzig Stunden her, da wird der Rundfunkjournalist in eine Falle gelockt und in den Bunker in der Zentralstraße gebracht. Dank eines mitgeführten Ortungsgeräts ist der Aufenthaltsort des Mannes schnell gefunden. Der Journalist wird befreit, Geld und Waffen sichergestellt und gleichzeitig verhaftet die Polizei den stadtbekannten Apotheker A. aus Bad Münder als Kopf des betrügerischen Unternehmens. Er gesteht noch auf dem Weg in die Polizeidirektion.

Der verliebte Chinese, der seinen ehemaligen Chef um sein ausdrucksstarkes Haupt gebracht hat, ist wenige Stunden vor der Polizeiaktion in seine Heimat geflogen. Es könnte Zufall sein, muss aber nicht. Die Staatsanwaltschaft wird seine Auslieferung wegen Mordes beantragen, resü-

miert der leitende Hauptkommissar Bertram, aber wie das so ist, man wird ihn in China vor Gericht stellen wollen. Wegen eines Pass- oder Devisenvergehens.

Wie von zuverlässiger Stelle zu erfahren war, soll die achte Mineralquelle in Bad Münder nun wieder geschlossen werden, da kein geschäftliches Interesse mehr bestehe.

Soweit Hubert Wesemann für radioTOTAL – Ihrem Informationsradio.

ZWEIUNDZWANZIG

Moritz ruft an. Nein, nein, es bleibe bei der Einladung zum Kaffee am Sonntagnachmittag. Der Anlass habe sich allerdings geringfügig geändert. Es würde nur noch sein Abschied nach Cuxhaven gefeiert, die Freundin könne er allerdings nicht mehr vorstellen. Er hoffe, dass Wesemann mit Karola käme. Auch in seiner Verlässlichkeit wäre ihm sein Vater ein Vorbild.

„Essen und Beischlaf sind die beiden großen Begierden des Mannes", sagt Wesemann.

„Wie bitte?"

„Konfuzius!"